La guerre des
Clans

Retour à l'état sauvage

L'auteur

Pour écrire *La guerre des Clans*, **Erin Hunter** puise son inspiration dans son amour des chats et du monde sauvage. Erin est une fidèle protectrice de la nature. Elle aime par-dessus tout expliquer le comportement animal grâce aux mythologies, à l'astrologie, et aux pierres levées.

Du même auteur, chez Pocket Jeunesse :

2. *À feu et à sang*
3. *Les mystères de la forêt*
4. *Avant la tempête*
5. *Sur le sentier de la guerre*
6. *Une sombre prophétie*

Suivi de la dernière prophétie :
1 : Minuit

Vous aimez les livres de la collection

LA GUERRE DES
CLANS

Écrivez-nous
pour nous faire partager votre enthousiasme :
Pocket Jeunesse, 12, avenue d'Italie, 75013 Paris.

Erin Hunter

LA GUERRE DES CLANS

Livre I

Retour
à l'état sauvage

Traduit de l'anglais par Cécile Pournin

Titre original :
Into the Wild

Loi nº 49 956 du 16 juillet 1949 sur les publications
destinées à la jeunesse : mars 2007.

© 2003, Working Partners Ltd.
Publié pour la première fois en 2003 par Harper Collins *Publishers*.
Tous droits réservés.
© 2005, éditions Pocket Jeunesse,
département d'Univers Poche.
Pour la présente édition :
Pocket Jeunesse, département d'Univers Poche, Paris, 2007.
La série « La guerre des clans » a été créée par
Working Partners Ltd, Londres.

ISBN 978-2-266-16865-6

Pour Billy, qui a quitté notre foyer de Bipèdes afin de devenir un Guerrier, et qui nous manque encore infiniment.
Et pour Benjamin, son frère, qui a rejoint lui aussi le Clan des Étoiles.

Remerciements tout particuliers à Kate Cary.

CLANS

CLAN DU TONNERRE

CHEF   **ÉTOILE BLEUE** – femelle gris-bleu au museau argenté.

LIEUTENANT   **PLUME ROUSSE** – petit chat tigré à la queue rousse.

     APPRENTI : NUAGE DE POUSSIÈRE.

GUERISSEUSE   **PETITE FEUILLE** – jolie chatte écaille brun foncé.

GUERRIERS   (mâles et femelles sans petits)

     CŒUR DE LION – magnifique chat jaune moucheté à la fourrure épaisse comme la crinière d'un lion.

     APPRENTI : NUAGE GRIS.

     GRIFFE DE TIGRE – grand mâle brun tacheté aux griffes très longues.

     APPRENTI : NUAGE DE JAIS.

     TORNADE BLANCHE – grand matou blanc.

     APPRENTIE : NUAGE DE SABLE.

     ÉCLAIR NOIR – chat gris tigré de noir à la fourrure lustrée.

     LONGUE PLUME – chat crème rayé de brun.

     VIF-ARGENT – matou rapide comme l'éclair.

     FLEUR DE SAULE – femelle gris perle aux yeux d'un bleu remarquable.

     POIL DE SOURIS – petite chatte brun foncé.

APPRENTIS   (âgés d'au moins six mois, initiés pour devenir des guerriers)

NUAGE DE POUSSIÈRE – mâle brun.

NUAGE GRIS – chat gris plutôt massif à poil long.

NUAGE DE JAIS – petit matou noir très maigre avec une tache blanche sur la poitrine et une sur le bout de la queue.

NUAGE DE SABLE – chatte roux pâle.

NUAGE DE FEU – jeune matou au beau pelage roux.

REINES   (femelles pleines ou en train d'allaiter)

PELAGE DE GIVRE – belle robe blanche et yeux bleus.

PLUME BLANCHE – jolie chatte mouchetée.

BOUTON-D'OR – femelle roux pâle.

PERCE-NEIGE – chatte crème mouchetée, qui est l'aînée des reines.

ANCIENS   (guerriers et reines âgés)

DEMI-QUEUE – grand chat brun tacheté auquel il manque la moitié de la queue.

PETITE OREILLE – matou gris aux oreilles minuscules, doyen du Clan.

POMME DE PIN – petit mâle noir et blanc.

UN-ŒIL – chatte gris perle, presque sourde et aveugle, doyenne du Clan.

PLUME CENDRÉE – femelle écaille, très jolie autrefois.

CLAN DE L'OMBRE

CHEF   **ÉTOILE BRISÉE** – chat moucheté brun foncé au poil long.

LIEUTENANT   **PATTE NOIRE** – grand matou blanc aux longues pattes noires de jais.

GUÉRISSEUR	**RHUME DES FOINS** – chat gris et blanc de petite taille.
GUERRIERS	**PETITE QUEUE** – mâle brun tacheté.
	APPRENTI : NUAGE BRUN.
	FLÈCHE GRISE – matou gris pommelé.
	APPRENTI : NUAGE DE PLUIE.
	MUSEAU BALAFRÉ – mâle brun couturé de cicatrices.
	APPRENTI : PETIT NUAGE.
	LUNE NOIRE – chat noir.
REINES	**ORAGE DU MATIN** – petite chatte tigrée.
	REINE-DES-PRÉS – chatte noire et blanche.
ANCIEN	**PELAGE CENDRÉ** – matou gris famélique.

CLAN DU VENT

CHEF	**ÉTOILE FILANTE** – matou noir et blanc à la queue très longue.

CLAN DE LA RIVIÈRE

CHEF	**ÉTOILE BALAFRÉE** – grand chat beige tigré à la mâchoire tordue.
LIEUTENANT	**CŒUR DE CHÊNE** – matou brun-roux.

DIVERS

CROC JAUNE – vieille chatte gris foncé au large museau plat.

FICELLE – gros chaton noir et blanc qui habite une maison à la lisière du bois.

GERBOISE – matou noir et blanc qui vit près d'une ferme, de l'autre côté de la forêt.

Hautes Pierres

Ferme de Gerboise

Camp du Vent

Quatre Chênes

Chutes

Arbre aux Chouettes

Camp de la Rivière

Rivière

Rochers du Soleil

Charnier

Camp
de l'Ombre

Chemin du Tonnerre

Camp
du Tonnerre   Grand Sycomore
Rochers
Combe   aux Serpents
sablonneuse

Grands
Pins

Cabane à
couper le bois   Ville des Bipèdes

Clan
du Tonnerre

Clan
de la Rivière

Clan
de l'Ombre

Clan
du Vent

Clan
des Étoiles

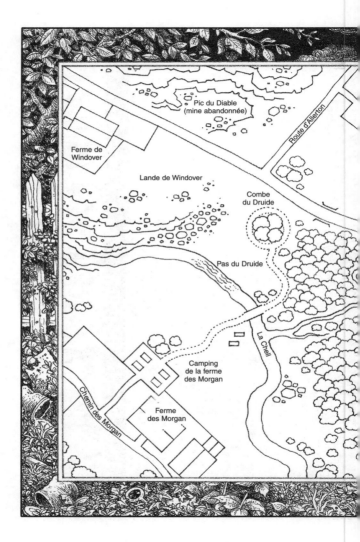

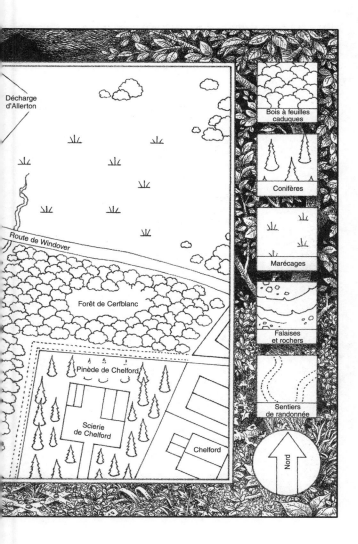

Décharge
d'Allerton

Route de Windover

Forêt de Cerfblanc

Pinède de Chelford

Scierie
de Chelford

Chelford

Bois à feuilles
caduques

Conifères

Marécages

Falaises
et rochers

Sentiers
de randonnée

Nord

PROLOGUE

❧

Une demi-lune luisait sur des blocs de granit lisse, qu'elle teintait d'argent. Seuls le clapotis des eaux sombres de la rivière et le bruissement des arbres de la forêt proche venaient rompre le silence.

Dans l'obscurité, il y eut un frémissement, et de tous côtés surgirent des ombres agiles qui se glissèrent furtivement sur les pierres. Des griffes nues étincelèrent au clair de lune. Des yeux méfiants jetèrent des éclairs ambrés. Puis, comme si elles obéissaient à un signal muet, les bêtes s'attaquèrent. Les rochers fourmillèrent soudain de chats qui se battaient en poussant des cris aigus.

Au centre de ce tourbillon de fourrure, de griffes, un énorme animal moucheté au pelage sombre plaqua au sol un matou brun olivâtre avant de relever la tête, triomphal.

« Cœur de Chêne ! gronda le chat tigré. Comment oses-tu chasser sur notre territoire ? Les Rochers du Soleil appartiennent au Clan du Tonnerre !

— Désolé, Griffe de Tigre, ce sera un nouveau terrain de chasse du Clan de la Rivière ! » cracha le matou brun.

Un miaulement inquiet retentit sur la berge, à la fois perçant et chargé d'angoisse.

« D'autres guerriers du Clan de la Rivière approchent. Attention ! »

Griffe de Tigre fit volte-face et vit sous les rochers des corps luisant d'humidité se glisser hors de l'eau. Les troupes ennemies remontèrent la rive en silence, se jetant dans la bataille sans même s'ébrouer.

Le chat tigré au poil sombre foudroya Cœur de Chêne du regard.

« Vous avez beau nager comme des poissons, toi et tes guerriers, vous n'avez rien à faire dans cette forêt ! »

Les lèvres retroussées, il montra les dents à l'animal qui luttait pour se dégager.

Le cri désespéré d'une chatte du Clan du Tonnerre s'éleva au-dessus du vacarme. Un félin au corps noueux l'avait plaquée sur le ventre. Il lui sautait maintenant à la gorge, la mâchoire encore ruisselante d'eau après sa traversée.

Griffe de Tigre entendit le hurlement et relâcha Cœur de Chêne. D'un bond puissant, il fit rouler le guerrier ennemi loin de la femelle.

« Vite, Poil de Souris, sauve-toi ! » lui ordonna-t-il avant de se tourner vers le mâle qui l'avait menacée.

Elle se releva, une profonde entaille à l'épaule, et s'éloigna à toute allure, grimaçante.

Derrière elle, le chat tigré cracha : le matou du Clan de la Rivière lui avait tailladé le nez. Le sang l'aveugla un instant, mais il se jeta quand même en avant pour planter ses dents dans la patte arrière de son adversaire. L'animal poussa un hurlement mais parvint à se dégager.

« Griffe de Tigre ! miaula un félin à la queue aussi rousse que le pelage d'un renard. C'est peine perdue ! Les guerriers du Clan de la Rivière sont trop nombreux !

— Non, Plume Rousse. Le Clan du Tonnerre ne sera jamais battu ! lui répondit le chat moucheté, qui le rejoignit en quelques bonds. Ici, c'est notre territoire ! »

Il secoua la tête avec impatience, le sang qui coulait sur son large museau noir éclaboussa les rochers de gouttes écarlates.

« Le Clan saura honorer ton courage, Griffe de Tigre, mais nous ne pouvons pas nous permettre de perdre d'autres combattants, insista Plume Rousse. Jamais Étoile Bleue ne demanderait à ses guerriers de mener une lutte aussi inégale. Nous aurons l'occasion de nous venger. »

Il soutint calmement le regard ambré de Griffe de Tigre, recula et sauta sur un rocher à la lisière de la forêt.

« Repliez-vous, Camp du Tonnerre ! Repliez-vous ! » hurla-t-il.

Aussitôt, ses troupes se démenèrent pour échapper à leurs adversaires. Crachant et montrant les crocs, elles battirent en retraite à la suite de Plume Rousse. L'espace d'un instant, les chats du Clan de la Rivière semblèrent déconcertés. La victoire était-elle donc si facile ? Cœur de Chêne poussa un miaulement de jubilation. Dès qu'ils l'entendirent, les guerriers ennemis joignirent leurs voix à celle de leur lieutenant pour crier victoire.

Plume Rousse balaya ses troupes du regard. D'un mouvement de la queue, il fit un signal et les chats du Clan du Tonnerre dévalèrent la pente à l'autre extrémité des Rochers du Soleil, avant de disparaître entre les arbres.

Griffe de Tigre fut le dernier à partir. Il marqua une hésitation à l'orée du bois et se retourna pour regarder le champ de bataille ensanglanté. L'air sombre, les yeux plissés de fureur, il suivit les siens dans la forêt silencieuse.

Assise seule dans une clairière déserte, une vieille femelle grise fixait le ciel clair de la nuit. Tout autour d'elle, dans l'obscurité, elle entendait respirer des félins endormis.

Surgie d'un coin sombre, une petite chatte écaille-de-tortue s'avança à pas feutrés.

La bête grise inclina la tête en signe de bienvenue.

« Comment va Poil de Souris ? demanda-t-elle.

— Ses blessures sont profondes, Étoile Bleue, répondit la chatte écaille, qui s'assit sur l'herbe fraîche de rosée. Mais elle est jeune et robuste, elle guérira vite.

— Et les autres ?

— Ils se rétabliront, eux aussi. »

Étoile Bleue soupira.

« Nous avons de la chance de n'avoir perdu aucun de nos guerriers cette fois-ci. Tu es une excellente guérisseuse, Petite Feuille. »

Elle pencha de nouveau la tête pour observer les étoiles :

« La défaite de ce soir me trouble. Jamais le Clan du Tonnerre n'a été battu sur son territoire depuis que je suis à sa tête. Les temps sont durs pour la tribu. La saison des feuilles nouvelles est tardive, et les petits moins nombreux. Notre Clan a besoin de nouveaux guerriers pour pouvoir survivre.

— Mais on n'est encore qu'au début de l'année, fit remarquer sa cadette. Il y aura d'autres petits à la saison des feuilles vertes. »

La chatte grise haussa ses larges épaules.

« Peut-être. Mais former des guerriers prend du temps. Le Clan du Tonnerre manque de combattants pour défendre son territoire.

— Tu interroges le Clan des Étoiles ? murmura Petite Feuille, les yeux fixés, elle aussi, sur la traînée lumineuse qui scintillait là-haut dans le ciel sombre.

— Oui, la sagesse des guerriers d'autrefois nous est d'un grand secours. Le Clan des Étoiles s'est-il adressé à toi dernièrement ?

— Pas depuis quelques lunes. »

Une étoile filante scintilla soudain au-dessus des cimes. La queue de la guérisseuse frémit, son échine se hérissa.

Les oreilles d'Étoile Bleue se dressèrent, mais elle resta silencieuse tandis que Petite Feuille continuait à fixer le ciel.

Au bout d'un instant, la chatte écaille baissa la tête et se tourna vers la grise.

« C'était un message du Clan des Étoiles, souffla-t-elle, le regard perdu dans le vague. Seul le feu sauvera notre Clan.

— Le feu ? répéta Étoile Bleue. Toutes les tribus le craignent. Comment pourrait-il nous sauver ? »

Petite Feuille secoua la tête.

« Je... Je ne sais pas. Mais c'est le message que nos ancêtres ont choisi de me faire parvenir. »

Le chef du Clan du Tonnerre posa ses yeux d'un bleu limpide sur la guérisseuse :

« Tu ne t'es jamais trompée, Petite Feuille. Les Anciens ont parlé, il en sera donc ainsi. Le feu sauvera notre Clan. »

CHAPITRE PREMIER

❧

IL FAISAIT TRÈS SOMBRE. Rusty sentait approcher quelque chose. Ses yeux de chaton s'ouvrirent tout grand et il parcourut les broussailles touffues du regard. Il ne savait pas où il se trouvait, mais les odeurs étranges le poussaient à s'aventurer plus loin encore dans l'obscurité. Les gargouillements de son ventre lui rappelèrent qu'il avait faim. Les parfums alléchants de la forêt lui chatouillaient les narines. Aux relents moisis de l'humus se mêlait le fumet appétissant d'une petite bête poilue.

Soudain, un éclair gris passa en trombe à sa hauteur. Rusty s'immobilisa, l'oreille aux aguets. Sa proie se cachait au milieu des feuilles, à moins de quatre pas. Il savait que c'était une souris : il entendait le tempo rapide d'un cœur minuscule. Il déglutit pour faire cesser les gargouillis de son estomac. Sa faim allait bientôt être satisfaite.

Il se plaqua lentement au sol, prêt à passer à l'attaque. Puisque le vent soufflait vers lui, la souris n'avait pas pu sentir sa présence. Rusty vérifia une dernière fois où se trouvait le rongeur, prit son élan et bondit en soulevant un tourbillon de feuilles.

La petite bête fila vers un trou pour se mettre à l'abri. Mais le chaton s'était déjà jeté sur elle. Il cueillit l'animal sans défense du bout de ses griffes acérées et le lança assez haut. Sa proie retomba sur le sol couvert de feuilles, sonnée mais vivante. Elle tenta de s'échapper, sans succès. Il l'envoya à nouveau dans les airs, un peu plus loin cette fois : la souris parvint à faire quelques pas avant qu'il la rattrape.

Un bruit retentit soudain tout près de lui. Rusty balaya la forêt du regard : la bête en profita pour échapper à ses griffes. Quand le chat se retourna, il la vit disparaître dans l'obscurité entre les racines enchevêtrées d'un arbre.

Furieux, Rusty renonça à la poursuivre. Il tourna sur lui-même, les yeux flamboyant de colère, pour trouver l'origine du vacarme qui avait fait fuir sa proie. Le tintement continua, de plus en plus familier.

Rusty ouvrit les yeux.

La forêt avait disparu. Il était bien au chaud dans une cuisine à l'atmosphère confinée, roulé en boule dans son panier. Le clair de lune qui entrait par la fenêtre projetait des ombres sur le sol lisse. Le bruit ? C'était celui des croquettes versées dans sa gamelle.

Le chaton leva la tête et posa le menton sur le rebord de sa corbeille. Son collier le démangeait. Dans son rêve, il avait senti l'air frais caresser sa fourrure, d'habitude comprimée par la lanière de cuir. Rusty roula sur le dos et savoura le songe quelques instants. Il sentait encore le fumet de la souris. C'était la troisième fois depuis la pleine lune qu'il faisait le même rêve, et le rongeur lui avait toujours échappé.

Il se lécha les babines. L'odeur fade de ses croquettes s'imposait peu à peu. Ses maîtres remplissaient toujours son bol avant d'aller se coucher. Les effluves insipides remplacèrent le parfum entêtant de son rêve. Mais comme la faim continuait à lui chatouiller l'estomac, Rusty s'étira pour chasser le sommeil de ses membres et traverser la cuisine à pas feutrés jusqu'à son dîner. La nourriture lui sembla sèche, sans saveur. Le chaton se força à en avaler encore une bouchée. Puis il abandonna sa gamelle et sortit par la chatière, dans l'espoir que l'odeur de la verdure raviverait les sensations de son rêve.

Dehors, la lune brillait. Une pluie fine tombait. À la lumière des étoiles, Rusty remonta l'allée jusqu'au fond du jardin bien entretenu, le gravier froid et pointu sous ses pattes. Il fit ses besoins sous un gros buisson aux feuilles vertes et luisantes, chargé de fleurs pourpres. Leur parfum douceâtre lui fit plisser le nez.

Ensuite, l'animal se percha sur un des poteaux de la clôture qui entourait son jardin. C'était un de ses endroits préférés : il donnait directement sur les maisons voisines, mais aussi sur la forêt verte et touffue, au-delà de la barrière.

La bruine avait cessé. Derrière Rusty, le gazon tondu ras chatoyait au clair de lune ; de l'autre côté de la palissade, les bois étaient plongés dans l'ombre. Le chaton tendit le cou pour flairer l'air humide. Sous son épaisse fourrure, sa peau était à l'abri de la pluie et du froid, bien que son pelage roux fût constellé de gouttes scintillantes.

Il entendit ses maîtres l'appeler une dernière fois à la porte de derrière. S'il rentrait maintenant, il serait accueilli par des caresses et des mots affectueux, puis invité dans leur lit bien chaud où il se pelotonnerait au creux d'un genou en ronronnant. Cette fois, il résista.

L'échine du chat se hérissa soudain. Là-bas, quelque chose bougeait. Il se sentait épié. Rusty scruta les arbres. Impossible de voir ou de flairer quoi que ce soit dans l'air nocturne chargé d'arômes boisés. Il se releva et planta ses griffes dans le poteau pour s'étirer, les pattes tendues, le dos rond. Il ferma les yeux pour humer encore une fois alentour. Le parfum plein de promesses le poussait à s'aventurer dans le noir. Il s'accroupit un bref instant, les muscles bandés. Puis il sauta dans les hautes herbes de l'autre côté de la clôture du jardin. Lorsqu'il toucha le sol, la clochette de son collier tinta dans le silence de la nuit.

« Où tu vas, comme ça ? » miaula une voix familière derrière lui.

Le chaton roux leva la tête. Un jeune matou noir et blanc s'était juché sur la barrière avec maladresse.

« Salut, Ficelle ! » lança Rusty.

Le nouveau venu ouvrit de grands yeux couleur d'ambre :

« Ne me dis pas que tu vas dans la forêt ?

— Juste pour jeter un coup d'œil, se défendit-il, mal à l'aise.

« — Ne compte pas sur moi pour t'accompagner !
C'est trop risqué ! » L'animal fronça le nez d'un air
dégoûté. « Prosper y est allé, une fois. »

Il indiqua d'un mouvement de tête la maison où
vivait leur aîné, quelques palissades plus loin.

« Ce bon gros matou ? Ça m'étonnerait ! s'esclaffa
Rusty. Il n'a quasiment pas quitté son jardin depuis
son passage chez le vétérinaire. Il ne sait que
manger et dormir.

— Si, je t'assure. Il avait même attrapé un rouge-
gorge !

— Eh ben, si c'est vrai, c'était avant le véto.
Maintenant, il se plaint que les oiseaux l'empêchent
de dormir.

— De toute façon, poursuivit Ficelle, indiffé-
rent à son ton méprisant, Prosper m'a dit qu'il y a
des tas d'animaux dangereux là-bas. Des chats sauvages énormes qui dévorent des lapins vivants au
petit déjeuner et qui se font les griffes sur des os !

— Je vais juste jeter un coup d'œil. Ça ne sera
pas long.

— Je t'aurai prévenu ! » grogna son ami.

Il tourna le dos à Rusty et sauta de la clôture
dans son jardin.

Le chaton roux s'assit dans l'herbe grasse, de
l'autre côté de la barrière. Il se lécha nerveusement
l'épaule en se demandant s'il y avait du vrai dans
les racontars de Ficelle.

Le mouvement d'un minuscule animal attira
soudain son attention. Il le regarda détaler sous un
roncier.

D'instinct, Rusty s'aplatit contre le sol. Il se glissa à pas lents à travers les broussailles. Les oreilles dressées, les narines dilatées, l'œil fixe, il s'avança vers la petite bête. Maintenant il la voyait bien : assise parmi les branches épineuses, elle grignotait une grosse graine – une souris.

Le félin fléchit les pattes arrière, prêt à bondir. Il retenait son souffle pour empêcher sa clochette de sonner. Son cœur battait la chamade. Encore mieux que dans ses rêves ! Un bruit de feuilles et de brindilles piétinées le fit sursauter. Trahi par le tintement de son grelot, il vit sa proie disparaître ventre à terre dans le taillis le plus touffu du roncier.

Immobile, Rusty balaya du regard les alentours. Il aperçut la pointe blanche d'une épaisse queue rousse qui dépassait d'un massif de fougères en face de lui. Il flaira une forte odeur inconnue... celle d'un carnivore, pas de doute, mais ni chien ni chat. Captivé, Rusty en oublia la souris et observa avec curiosité la touffe de poils orangés. Il voulait voir ça de plus près.

Tous les sens en éveil, il se mit en chasse. C'est alors qu'il l'entendit. Le son, lointain et étouffé, venait de derrière lui. Il tourna la tête pour mieux l'écouter. *Des bruits de pas ?* se demanda-t-il sans interrompre sa progression, les yeux fixés sur l'étrange fourrure rousse. Dans son dos, le bruissement s'enfla, devint une vraie cavalcade. Il comprit qu'il était en danger. Trop tard.

Heurté de plein fouet, il fut projeté dans un bouquet d'orties. Il gigota en poussant des cris aigus pour se débarrasser de l'assaillant agrippé à son dos. Son adversaire se cramponnait à lui, ses griffes acérées lui labouraient l'échine. Rusty sentait des dents pointues lui érafler le cou. Il se démenait comme un beau diable pour se dégager, en vain. L'espace d'un instant, il crut que tout était perdu. Puis il se figea. Pris d'une inspiration subite, il se laissa tomber sur le dos. Il savait d'instinct ce qu'il risquait en exposant la peau fragile de son ventre, mais il n'avait pas d'autre solution.

Il eut de la chance : la ruse sembla fonctionner. Il entendit son agresseur pousser un râle, le souffle coupé. Rusty parvint à se libérer et s'élança vers la maison sans un regard en arrière.

Un bruit de course l'avertit que l'autre animal lui donnait la chasse. Les griffures le brûlaient, pourtant il préféra faire demi-tour et combattre plutôt que de se laisser encore sauter dessus.

Il s'arrêta en dérapage contrôlé, se retourna et affronta son poursuivant.

C'était un autre chaton, au pelage gris ébouriffé, au large museau et aux pattes robustes. Impressionné par les épaules puissantes qu'il devinait sous cette fourrure soyeuse, Rusty eut le temps de reconnaître l'odeur d'un mâle. Puis son assaillant, surpris par sa volte-face, le percuta violemment et s'effondra, hébété.

Le chaton roux tituba sous le choc, le souffle coupé. Il retrouva vite son équilibre cependant, et fit le gros dos, le poil hérissé, bien décidé à se jeter sur le matou... La bête s'assit alors sur son arrière-train en se léchant une patte avant, toute agressivité évanouie.

Rusty éprouva une étrange déception. Les nerfs tendus à craquer, il était prêt au combat.

« Pas mal, dis donc ! lança gaiement l'animal. Tu te défends bien, pour un chat domestique ! »

Un moment, le chaton resta sur ses gardes. Mais, se rappelant la force qu'il avait sentie dans les pattes de son adversaire, il se détendit :

« Et je t'affronterai encore, s'il le faut ! gronda-t-il.

— Moi, c'est Nuage Gris, reprit le matou sans se soucier de ses menaces. Je suis un des apprentis du Clan du Tonnerre, un futur guerrier. »

Rusty garda le silence. Il ne comprenait rien à ce que ce félin au nom étrange lui racontait, mais il sentait que le danger était passé. Pour cacher sa perplexité, il lissa à grands coups de langue les poils ébouriffés de son poitrail.

« Qu'est-ce qu'un chat domestique comme toi fabrique dans la forêt ? Tu ne sais pas que c'est imprudent ?

— Si tu es le plus grand péril qui me guette, alors je crois que je m'en sortirai ! » bluffa Rusty.

Nuage Gris le considéra un instant, les sourcils froncés.

« Oh ! Ne crois pas ça ! Si tu tombes sur un chasseur expérimenté, il peut t'infliger des blessures qui te feront passer l'envie de revenir. »

Un « chasseur » ? Un frisson de peur parcourut le dos de Rusty.

« Quoi qu'il en soit, je n'ai aucun intérêt à te

battre, ajouta son assaillant en se mordillant une patte. Tu ne fais partie d'aucun Clan, c'est évident.

— D'aucun Clan ? » répéta Rusty, interloqué.

Nuage Gris poussa un soupir.

« Tu as sûrement entendu parler des quatre tribus qui se partagent les terrains de chasse des environs ! J'appartiens à celle du Tonnerre. Nos ennemis essaient toujours de nous voler notre gibier. Le Clan de l'Ombre, surtout. Eux, ils sont si féroces qu'ils t'auraient taillé en pièces sans hésiter. »

Il feula avec colère et reprit :

« Nos guerriers les empêchent de pénétrer sur notre territoire pour capturer des proies qui nous reviennent de droit. Quand mon entraînement sera terminé, je serai tellement puissant qu'ils trembleront devant moi. Ils n'oseront même plus nous approcher ! »

Rusty plissa les yeux. Il s'agissait sans doute d'un des chats sauvages dont lui avait parlé Ficelle ! Ils vivaient à la dure, chassaient pour se nourrir, se disputaient la moindre parcelle de viande. Pourtant, le chaton n'avait pas peur. En fait, il lui était difficile de ne pas admirer l'assurance de son adversaire.

« Alors tu n'es pas encore guerrier ? lui demanda-t-il.

— Pourquoi, tu l'as cru ? ronronna Nuage Gris avec fierté avant de secouer son large museau soyeux. Eh bien non, et de loin. Il faut d'abord que je termine mon apprentissage. Les petits ne commencent à s'entraîner qu'à l'âge de six lunes.

Aujourd'hui, c'est ma première sortie en tant que novice.

— Pourquoi ne pas plutôt te chercher des maîtres et une maison bien douillette ? Ta vie serait bien plus facile. Il y a des tas d'hommes qui voudraient d'un chaton comme toi. Il te suffirait de te percher bien en évidence et de prendre l'air affamé un jour ou deux...

— Tout ça pour des croquettes desséchées et une pâtée infecte, merci bien ! Chat domestique, ce n'est pas une vie ! Les Bipèdes les mènent à la baguette ! Manger des choses insipides, faire ses besoins dans une boîte et ne sortir que si on vous y autorise ? Jamais ! Ici, on vit dans la nature, en toute liberté. On va où on veut, quand on veut. »

Il conclut sa tirade par un feulement triomphal avant d'ajouter, malicieux :

« Tant qu'on n'a pas goûté à la viande de souris, on ne sait pas ce que c'est que la vie. Tu en as déjà mangé ?

— Non, avoua Rusty, sur la défensive. Jamais.

— Alors tu ne peux pas comprendre ! Tu n'es pas né en liberté. Le sang des guerriers ne coule pas dans tes veines, tu n'as jamais senti le vent dans tes moustaches. Ça fait une sacrée différence. Les chats de la ville ne sauront jamais ce qu'ils perdent. »

Rusty se rappela les sensations de son rêve :

« Ce n'est pas vrai ! » s'écria-t-il, indigné.

L'animal ne répondit pas. Il suspendit soudain sa toilette, une patte en l'air, et renifla.

« Des chats de mon Clan ! souffla-t-il. Tu devrais filer. S'ils te surprennent à chasser sur notre territoire, ça ne va pas leur plaire ! »

Rusty regarda autour de lui, perplexe. Il ne décelait aucune odeur suspecte. Mais le ton pressant de Nuage Gris fit se hérisser sa fourrure.

« Vite ! Sauve-toi ! »

Il se prépara à bondir dans les buissons, sans savoir de quel côté venait le danger. Trop tard ! Un miaulement menaçant s'éleva derrière lui :

« Que se passe-t-il ici ? »

Rusty fit volte-face : une grande femelle grise, majestueuse, sortait du sous-bois. Elle était magnifique, malgré son museau zébré de poils blancs et sa vilaine balafre en travers des épaules. Son pelage soyeux brillait d'un éclat argenté au clair de lune.

« Étoile Bleue ! »

À côté de lui, l'apprenti s'aplatit contre le sol, les yeux plissés. Il s'inclina encore plus bas quand un matou à la belle robe mouchetée d'or pénétra lui aussi dans la clairière.

« Tu ne devrais pas être si près de la ville, Nuage Gris ! grogna le mâle avec colère, en le foudroyant du regard.

— Je sais, Cœur de Lion, je suis désolé », répondit-il, les yeux baissés.

Rusty se tapit lui aussi, ventre au sol, les oreilles frémissantes. Ces félins étaient baignés d'une aura de force qu'il n'avait jamais vue chez ses voisins de la ville. Et si Ficelle avait dit vrai ?

« Qui est-ce ? » demanda Étoile Bleue.

Le chaton tressaillit quand elle posa sur lui un regard perçant. Il se sentit soudain encore plus vulnérable.

« Il est inoffensif, s'empressa d'expliquer Nuage Gris. Il ne fait partie d'aucun Clan, c'est un simple chat domestique. »

Un simple chat domestique ! Irrité, Rusty tint cependant sa langue. La femelle, qui avait surpris son regard furieux, fronçait les sourcils : il détourna la tête.

« Voici Étoile Bleue, le chef de mon Clan ! lui souffla l'apprenti. Et Cœur de Lion, mon mentor : c'est lui qui m'entraîne à devenir un guerrier.

— Merci pour les présentations », jeta froidement le matou.

Sa compagne fixait toujours Rusty.

« Tu te bats bien pour un chat domestique », déclara-t-elle.

Les chatons échangèrent un regard interloqué. Comment pouvait-elle le savoir ?

« Nous vous surveillions, continua-t-elle, comme si elle avait lu dans leurs pensées. Nous nous demandions comment tu te débrouillerais avec un intrus, Nuage Gris. Tu l'as attaqué avec bravoure. »

Le jeune novice parut enchanté du compliment.

« Relevez-vous ! leur ordonna-t-elle, les yeux posés sur Rusty. Toi aussi, chat domestique. »

Il se redressa aussitôt et soutint calmement le regard d'Étoile Bleue.

« Tu as bien réagi. Nuage Gris est plus fort que toi, mais tu t'es servi de ta tête. Et tu lui as fait face quand il t'a poursuivi. Je n'avais jamais vu un chat des villes montrer autant de courage, avant toi. »

Il parvint à incliner la tête pour la remercier, surpris par ces félicitations inattendues. Le plus étrange restait à venir.

« Je me demandais comment tu te débrouillerais ici, loin du territoire des Bipèdes. Nous patrouillons souvent sur nos frontières, et je t'ai vu de nombreuses fois fixer la forêt, assis au bout de ton jardin. Voilà qu'enfin tu as osé te risquer dans les bois, poursuivit-elle, pensive. Tu sembles avoir un don naturel pour la chasse. Et des yeux perçants. Tu aurais attrapé cette souris si tu avais hésité moins longtemps.

— Ce... C'est vrai ? » balbutia Rusty.

Cœur de Lion intervint. Il parlait avec déférence mais sur un ton pressant.

« Voyons, Étoile Bleue, ce n'est qu'un chat domestique. Il ne devrait pas chasser sur le territoire de notre Clan. Qu'il retourne chez ses Bipèdes !

— Retourner chez mes Bipèdes ? » rétorqua Rusty, agacé.

Les paroles de la chatte l'avaient transporté de fierté : dire qu'elle l'avait remarqué, qu'elle avait été impressionnée par ses capacités !

« Je suis juste venu attraper quelques souris. Je suis sûr qu'il y en a assez pour tout le monde. »

Étoile Bleue s'était tournée vers le chasseur pour lui répondre. Elle fit soudain volte-face. Ses yeux étincelaient.

« Il n'y en a jamais assez, cracha-t-elle. Si tu

n'étais pas si bien nourri, si ta vie n'était pas si douillette, tu le saurais ! »

Cette brusque flambée de colère déconcerta Rusty, mais l'expression atterrée de l'apprenti suffit à lui faire comprendre qu'il avait parlé trop librement. Cœur de Lion s'avança au côté de son chef. Les deux guerriers se penchèrent sur lui, menaçants. Sous le regard sévère d'Étoile Bleue, toute la fierté du chaton s'évanouit. Il n'avait pas affaire à de bons gros chats domestiques, mais à des félins affamés, qui n'allaient pas tarder à achever ce que Nuage Gris avait commencé.

CHAPITRE 2

« **A**LORS ? » CRACHA ÉTOILE BLEUE, dont le museau n'était plus qu'à un souffle du sien.

Cœur de Lion, qui dominait Rusty de toute sa hauteur, resta silencieux. Les oreilles couchées en arrière, l'impertinent se recroquevilla sous le poids du regard du chat jaune. Il n'en menait pas large.

« Je ne suis pas une menace pour votre Clan, gémit-il, tremblant sur ses pattes.

— Quand tu nous voles notre gibier, si, rétorqua-t-elle. Tu as toute la nourriture qu'il te faut chez toi. Tu chasses uniquement pour le plaisir. Alors que pour nous, c'est une question de vie ou de mort. »

Frappé par les paroles de la reine guerrière, il comprit soudain sa fureur. Rusty cessa de trembler, se redressa et pointa les oreilles en avant. Il plongea son regard dans celui de la chatte :

« Je n'y avais jamais réfléchi. Je suis désolé, déclara-t-il sur un ton solennel. Je ne chasserai plus ici. »

Étoile Bleue relâcha son dos hérissé et fit signe à son compagnon de reculer.

« Tu n'es pas un chat domestique ordinaire »,
observa-t-elle.

Les oreilles de Rusty tressaillirent : Nuage Gris
avait poussé un soupir de soulagement. Il remarqua
le ton approbateur de la chatte et vit qu'elle lançait
à Cœur de Lion un regard entendu. Leur conni-
vence l'intrigua. Que se disaient les deux chasseurs ?

« La vie est-elle vraiment si difficile, ici ?
demanda-t-il calmement.

— Notre territoire ne couvre qu'une partie de
la forêt, répondit-elle. Nous sommes obligés de le
défendre contre les autres Clans. Et cette année,
comme la saison des feuilles nouvelles a été tardive,
le gibier se fait rare.

— Vous êtes très nombreux ? s'enquit Rusty en
ouvrant de grand yeux.

— Bien assez. Nos terres suffisent tout juste à
nos besoins.

— Et vous êtes tous des guerriers ? »

Les sages explications de la femelle excitaient sa
curiosité. Cette fois, ce fut Cœur de Lion qui prit
la parole :

« Certains, oui. Il y a aussi ceux qui élèvent les
petits, ceux qui sont trop jeunes ou trop vieux pour
pouvoir chasser.

— Alors vous vivez tous ensemble, en partageant
le gibier ? » murmura le chaton, impressionné.

Sa vie douillette et égoïste le mettait un peu
mal à l'aise. Une fois encore, Étoile Bleue fixa le
matou jaune, qui lui rendit calmement son regard.
Elle finit par se tourner vers Rusty :

« Peut-être devrais-tu le découvrir par toi-même.
Que dirais-tu de faire partie de notre Clan ? »

Le rouquin resta muet de stupéfaction.

« Si tu étais des nôtres, reprit-elle, tu pourrais t'entraîner pour devenir un vrai chasseur.

— Mais c'est un chat domestique ! s'écria Nuage Gris. Le sang des guerriers ne coule pas dans ses veines !

— Le sang dont tu parles a été versé trop souvent, soupira-t-elle, le regard soudain voilé de tristesse.

— Étoile Bleue t'offre seulement de te former, ajouta Cœur de Lion. Devenir un chasseur accompli est une tâche difficile. Tu n'y parviendras peut-être pas. Après tout, tu es habitué à une vie douillette. »

Ces paroles piquèrent Rusty au vif. Il regarda le matou bien en face.

« Pourquoi me faire cette proposition, alors ? »

Mais la réponse vint de la femelle :

« Tu as raison de t'interroger sur nos motifs, jeune chat. C'est vrai : le Clan du Tonnerre manque de guerriers.

— Comprends bien que notre chef ne te fait pas cette offre à la légère, l'avertit le félin. Si tu veux suivre notre entraînement, tu devras faire partie du Clan. Il te faut soit venir vivre avec nous et respecter nos lois, soit retourner pour toujours chez les Bipèdes. Tu ne peux pas avoir une patte dans chaque monde. »

Le vent froid qui agitait les broussailles ébouriffa la fourrure de Rusty. Le chaton frissonna, non de froid, mais d'excitation, en pensant à toutes les possibilités incroyables qui s'offraient à lui.

« Tu te demandes sans doute si tout ça vaut la peine de renoncer à ta vie de chat domestique ? lui demanda gentiment Étoile Bleue. Mais comprends-tu le prix qu'il te faudra payer en échange de ta pâtée et de ton panier moelleux ? »

Il la regarda, perplexe. Si sa rencontre avec ces bêtes des bois ne lui avait appris qu'une chose, c'était à quel point sa vie était facile, luxueuse.

« Malgré la puanteur des Bipèdes qui t'enveloppe, je sens à ton odeur que tu es encore un matou, ajouta-t-elle.

— "Encore" un matou ? C'est-à-dire ?

— Les Bipèdes ne t'ont pas encore conduit chez le Coupeur, expliqua-t-elle d'un air grave. Sinon tu serais bien différent. Tu tiendrais beaucoup moins à affronter un chat sauvage, je le crains ! »

Rusty était déconcerté. Il pensa soudain à Prosper, devenu énorme et paresseux depuis sa visite chez le vétérinaire. C'était donc cela qu'entendait la femelle par « le Coupeur » ?

« Au sein du Clan, il t'arrivera peut-être d'avoir faim et froid, poursuivit-elle. À la saison des neiges, les nuits dans la forêt peuvent être glaciales. Le Clan exigera une loyauté sans faille et beaucoup de travail. Il te faudra le protéger au péril de ta vie. Et les bouches à nourrir ne manquent pas. Mais il y aura des compensations. Tu resteras un matou. Tu apprendras à survivre dans la forêt. Tu sauras ce qu'être un chat veut dire. La force et la fraternité du Clan t'accompagneront partout, même si tu chasses en solitaire. »

Rusty avait le vertige. Elle semblait lui offrir l'existence qu'il avait souvent imaginée en rêve – une telle vie était-elle vraiment possible ?

Cœur de Lion interrompit le cours de ses pensées.

« Ne perdons pas plus de temps ici, Étoile Bleue. Nous devons être prêts à rejoindre l'autre patrouille à minuit. Griffe de Tigre va se demander ce qui nous est arrivé. »

Le guerrier se releva en agitant la queue avec impatience.

« Attendez ! s'écria le chaton roux. Puis-je y réfléchir ? »

La femelle le regarda un long moment avant de hocher la tête.

« Cœur de Lion sera ici demain à midi, lui répondit-elle. Tu lui donneras ta réponse à ce moment-là. »

À son signal, les trois félins firent volte-face d'un seul mouvement et disparurent dans le sous-bois.

Rusty n'en revenait pas. À la fois fébrile et incertain, il regarda à travers les branchages les étoiles qui scintillaient dans le ciel clair. L'odeur des chats sauvages imprégnait encore l'air nocturne. Il reprit le chemin de sa maison, mais les profondeurs de la forêt l'attiraient inexplicablement. Le vent caressait sa fourrure et, dans l'ombre, les feuillages semblaient murmurer son nom.

CHAPITRE 3

❧

Ce matin-là, tandis que Rusty se remettait des aventures de la nuit, le rêve de la souris lui revint, encore plus vif qu'avant. Libéré de son collier, il poursuivait le timide animal au clair de lune. Mais cette fois, il sentait qu'on l'épiait. Il vit des dizaines d'yeux jaunes briller dans la pénombre. Les chats sauvages avaient pénétré dans le monde de ses rêves.

Rusty se réveilla en clignant des paupières, ébloui par la lumière du soleil qui zébrait le sol de la cuisine. Une douce chaleur l'enveloppait. On avait rajouté des croquettes dans sa gamelle, rempli son bol d'une eau au goût amer. Le chaton préférait boire dehors, dans les flaques, sauf quand il faisait chaud ou que la soif était trop forte. Pouvait-il vraiment renoncer à cette vie douillette ?

Il se remplit l'estomac avant de sortir par la chatière. La journée promettait d'être chaude ; dans le jardin flottait le parfum des premiers bourgeons.

« Salut, Rusty ! lança Ficelle, perché sur la clôture. Tu as raté quelque chose : les bébés moineaux étaient de sortie.

— Tu as fait de belles prises ? »

Ficelle bâilla, se lécha le nez.

« J'ai eu la flemme. Je n'avais plus faim. Bon, et toi, c'est à cette heure-ci que tu te lèves ? Hier, tu te plaignais que Prosper passe sa vie à dormir, et aujourd'hui regarde-toi ! »

Le chat roux s'assit au pied de la barrière et enroula sa queue autour de ses pattes avant.

« Je suis allé dans les bois, hier soir », rappela-t-il à son ami.

Aussitôt, il sentit la fièvre l'envahir, son pelage frissonner. Ficelle le regarda en ouvrant de grands yeux.

« C'est vrai, j'avais oublié ! Alors, raconte ! Tu as attrapé quelque chose, ou c'est toi qui t'es fait attraper ? »

Rusty hésita : comment lui expliquer ce qui était arrivé ?

« J'ai rencontré des chats sauvages.

— Quoi ! s'exclama le matou noir et blanc, estomaqué. Et tu t'es battu ?

— Plus ou moins... »

Au souvenir de la puissance des membres du Clan, le sang se mit à bouillir dans ses veines.

« Que s'est-il passé ? lui demanda Ficelle, fébrile. Tu n'as pas été blessé ?

— Ils étaient trois. Plus grands et plus forts qu'aucun d'entre nous.

— Tu les as tous affrontés ? le coupa son compagnon, la queue frétillante.

— Non ! se hâta-t-il de répondre. Seulement le plus jeune, les deux autres sont arrivés après.

— Ils ne t'ont pas taillé en pièces ? !

— Ils m'ont seulement demandé de quitter leur territoire. Et puis... »

Il marqua un temps d'hésitation.

« Quoi ? piaula Ficelle avec impatience.

— Ils m'ont proposé de me joindre à leur Clan. »

Les moustaches de son ami frémirent d'incrédulité.

« C'est vrai, je t'assure ! insista Rusty.

— Pourquoi t'auraient-ils proposé une chose pareille ?

— Je... Je ne sais pas. Je crois qu'ils manquent de monde.

— Moi, je trouve ça bizarre, rétorqua Ficelle, dubitatif. Si j'étais toi, je me méfierais. »

Le matou noir et blanc n'avait jamais montré le moindre intérêt pour la forêt. Il était parfaitement heureux avec ses maîtres. Il ne comprendrait jamais la nostalgie irrépressible que les rêves de Rusty suscitaient en lui, nuit après nuit.

« Pourtant, j'ai confiance en eux, murmura le chat roux. J'ai pris ma décision. Je vais accepter. »

Son camarade descendit avec précipitation de la palissade pour s'approcher de lui, l'air très inquiet :

« Ne fais pas ça, s'il te plaît ! Je ne te reverrai peut-être jamais ! »

Rusty lui donna un coup de museau affectueux.

« Ne t'inquiète pas. Mes maîtres prendront un autre animal. Vous deviendrez amis : tu t'entends avec tout le monde !

— Mais ce ne sera plus pareil ! » geignit Ficelle.

Son compagnon remua la queue avec irritation :

« Justement ! Si je reste ici jusqu'à ce qu'on me traîne chez le Coupeur, rien ne sera plus pareil.

— Le Coupeur ?

— Le vétérinaire. Pour me faire castrer, comme Prosper. »

Le chat noir et blanc haussa les épaules, les paupières baissées.

« Prosper va bien, marmonna-t-il. Enfin, je sais qu'il est un peu plus paresseux maintenant, mais il n'est pas malheureux. Ça ne nous empêcherait pas de bien nous amuser. »

À l'idée de quitter son voisin, Rusty sentit son cœur se serrer.

« Je suis désolé. Tu vas me manquer, mais je dois partir. »

Ficelle s'avança pour lui effleurer le bout du nez :

« Très bien. Je vois que je ne pourrai pas te faire changer d'avis ; au moins, profitons des dernières heures qu'il nous reste. »

La matinée passa tel un rêve, pour Rusty, à revisiter ses endroits préférés et à parler à ses camarades d'enfance. Tous ses sens semblaient exacerbés, comme s'il était sur le point de faire le grand saut. Plus midi approchait, plus la fébrilité du chaton grandissait. Les menus potins de ses amis n'étaient plus qu'un lointain murmure : son attention était fixée sur les bruits de la forêt.

Pour la dernière fois, il sauta de la clôture de son jardin pour se glisser à pas de loup entre les arbres. Il avait fait ses adieux à Ficelle. Seuls le bois et ses habitants comptaient, à présent.

Assis, il huma l'air près de l'endroit où il avait rencontré les chats sauvages. Il faisait bon à l'ombre des grands arbres. De loin en loin, le soleil pénétrait par un trou dans le feuillage et venait éclairer le sol. Les mêmes odeurs que la veille chatouillèrent ses narines, mais impossible de dire si elles étaient récentes. Il leva la tête et renifla, hésitant.

« Tu as beaucoup à apprendre, miaula une voix grave. Même le plus jeune des petits du Clan sait quand un autre animal approche. »

Rusty vit une paire d'yeux verts scintiller sous un taillis de ronces. Il reconnaissait ce parfum, maintenant : c'était Cœur de Lion.

« Saurais-tu me dire si je suis seul ? » lui demanda le félin en s'avançant dans la lumière.

Le chat roux s'empressa de flairer autour de lui. Il sentait encore la trace d'Étoile Bleue et de Nuage Gris, mais plus ténue que cette nuit-là.

« Cette fois-ci, les deux autres ne sont pas avec toi, murmura-t-il après une hésitation.

— Exact. Cependant, je ne suis pas seul. »

Rusty se raidit quand un second animal entra dans la clairière.

« Voici Tornade Blanche. C'est un des vétérans du Clan. »

Il sentit son échine se hérisser sous l'effet de la peur. Était-ce un piège ? Le chasseur aux muscles noueux vint se planter devant lui. Il avait une épaisse robe blanche, immaculée, et des yeux jaunes étincelants, de la couleur du sable au soleil. Les oreilles couchées en arrière, le chaton se prépara au combat.

« Calme-toi avant que l'odeur de ta peur n'attire l'attention, gronda Cœur de Lion. Nous sommes simplement là pour t'emmener au camp. »

Rusty, qui osait à peine respirer, ne fit pas un mouvement lorsque Tornade Blanche tendit le cou pour le flairer avec curiosité.

« Enchanté, murmura le félin blanc. J'ai beaucoup entendu parler de toi. »

Le rouquin inclina la tête en guise de salut.

« Venez, nous poursuivrons cette conversation au camp », décréta Cœur de Lion et, aussitôt, les guerriers bondirent dans les broussailles.

Rusty se lança derrière eux aussi vite qu'il le put.

Les deux chats s'élancèrent à travers la forêt sans ralentir l'allure pour lui permettre de les suivre. Il devait lutter pour ne pas se laisser distancer. Ils marquèrent à peine le pas lorsque le chaton se hissa difficilement par-dessus un tronc abattu qu'eux-mêmes avaient franchi d'un bond. Ils traversèrent une pinède parfumée, où ils durent sauter par-dessus de profondes rigoles creusées par un des dévoreurs d'arbres utilisés par les Bipèdes. Depuis son perchoir sur la clôture du jardin, Rusty avait souvent entendu la machine rugir au loin. À moitié pleine d'eau boueuse à l'odeur nauséabonde, une des ornières était trop large pour être sautée. Les deux chasseurs pataugèrent dans la vase sans hésiter.

Le chat roux n'avait jamais mis une patte dans l'eau de sa vie. Mais il était bien décidé à ne montrer aucun signe de faiblesse : grimaçant de dégoût, il suivit les autres sans s'attarder sur la sensation désagréable de l'eau contre son ventre.

Ses compagnons firent halte enfin. Il s'arrêta derrière eux, hors d'haleine, et les regarda grimper sur un rocher au bord d'un petit ravin.

« Nous sommes tout près de chez nous, maintenant », annonça Cœur de Lion.

Rusty tendit le cou pour surprendre un signe de vie – le balancement d'une branche, un éclair de fourrure dans les buissons en contrebas : il ne vit rien, hormis les broussailles qui tapissaient le sol comme partout ailleurs dans la forêt.

« Sers-toi de ton nez. Tu dois pouvoir sentir le camp », l'exhorta Tornade Blanche avec impatience.

Les yeux fermés, le chaton huma l'air. Le guerrier avait raison. Les effluves, ici, étaient bien différents de ce qu'il connaissait : plus corsés, ils indiquaient la présence d'un grand nombre de félins.

Il acquiesça, pensif :

« Ça sent le chat. »

Les deux vétérans échangèrent un regard amusé.

« Si le Clan t'accueille en son sein, un jour viendra où tu sauras mettre un nom sur chacune de ces odeurs, dit Cœur de Lion. Suis-moi ! »

Il descendit le premier la pente rocailleuse jusqu'au fond du ravin pour se frayer un chemin à travers un épais bouquet d'ajoncs, Rusty sur les talons. Tornade Blanche fermait la marche. Les yeux baissés, les flancs égratignés par les branches épineuses, le chaton remarqua que dans l'herbe

46

piétinée, sous ses pattes, se dessinait une large piste. *Ce doit être l'entrée principale du camp*, pensa-t-il.

De l'autre côté du taillis s'ouvrait une clairière. Au centre se trouvait un espace nu en terre battue, tassée par d'innombrables passages. Le camp devait exister depuis longtemps.

Rusty regarda tout autour de lui, les yeux écarquillés. Partout, des félins assis seuls ou en groupes dévoraient une proie ou ronronnaient doucement en léchant le pelage d'un congénère.

« L'heure la plus chaude de la journée, juste après midi, est celle du partage, lui expliqua Cœur de Lion.

— Du partage ?

— Les chats du Clan passent un peu de temps à faire leur toilette en se racontant les nouvelles du jour, répondit Tornade Blanche. C'est ce qu'on appelle le partage. Cette coutume cimente les liens de la tribu. »

De toute évidence, les bêtes avaient remarqué une odeur inconnue : les têtes commencèrent à se tourner vers l'intrus avec curiosité.

Répugnant soudain à croiser leur regard, Rusty parcourut la clairière des yeux. Bordée de hautes herbes, elle était jonchée de souches d'arbres et d'un tronc abattu. Un épais rideau de fougères et d'ajoncs l'isolait du reste de la forêt.

« Là-bas se trouve la pouponnière, qui abrite les petits », lui indiqua le matou jaune en désignant du bout de la queue un buisson de ronces apparemment impénétrable.

Rusty tourna la tête vers les broussailles. Il ne voyait rien à travers l'enchevêtrement de branches épineuses, mais il entendait des chatons miauler à l'intérieur. Il vit une femelle rousse en sortir par une étroite ouverture. *C'est sans doute une des reines*, songea-t-il. Puis une chatte au pelage moucheté de noir fit son apparition au coin du roncier et elles se donnèrent un coup de langue affectueux entre les oreilles. La seconde se glissa dans la pouponnière pour apaiser les petits apeurés.

« Nos reines se partagent l'éducation des nouveau-nés, reprit le vétéran. Chacun est au service du Clan. La loyauté à la tribu est la première loi du code du guerrier ; c'est une leçon qu'il te faudra retenir très vite si tu veux rester parmi nous.

— Voilà Étoile Bleue », annonça son compagnon en humant l'air.

Rusty renifla lui aussi, ravi de distinguer l'odeur de la femelle grise un instant avant qu'elle ne surgisse de derrière un gros rocher, à l'autre extrémité de la clairière.

« Il est donc venu ! lança-t-elle à ses deux émissaires.

— Cœur de Lion était pourtant convaincu du contraire », répondit Tornade Blanche.

Rusty remarqua qu'elle agitait la queue avec impatience.

« Bon, que pensez-vous de lui ? demanda-t-elle.

— Malgré sa petite taille, il ne s'est pas laissé distancer sur le chemin du retour, reconnut le félin blanc. Aucun doute, il a l'air robuste pour un chat domestique.

— Alors, c'est d'accord ? s'enquit-elle, les yeux fixés sur les deux chasseurs, qui acquiescèrent. Dans ce cas, je vais annoncer son arrivée à la tribu. »

Étoile Bleue sauta sur le rocher.

« Que tous ceux qui sont en âge de chasser s'approchent du Promontoire pour une assemblée du Clan », proclama-t-elle.

À son appel, des ombres agiles surgirent des quatre coins du camp. Encadré de Cœur de Lion et de Tornade Blanche, Rusty ne bougea pas. Une fois installés devant la pierre, les autres félins levèrent les yeux vers leur chef, intrigués.

Rusty fut soulagé d'apercevoir la robe ardoise de Nuage Gris au milieu de l'assistance. L'apprenti était flanqué d'une jeune reine écaille-de-tortue, à la queue délicatement enroulée autour de ses petites pattes blanches. Tapi derrière eux se trouvait un matou cendré dont les rayures noires rappelaient des ombres sur le sol d'une forêt au clair de lune.

Quand le silence se fit, Étoile Bleue prit la parole.

« Le Clan du Tonnerre manque de guerriers, commença-t-elle. Jamais nous n'avons eu aussi peu de novices à former. Nous devons donc accueillir un étranger pour en faire un chasseur... »

Des murmures indignés s'élevèrent, mais elle les fit taire en déclarant d'un ton ferme :

« J'ai trouvé un chat qui a accepté de devenir apprenti dans notre tribu.

— Accepté ? Ce serait plutôt un privilège ! » lança une voix forte au-dessus du brouhaha.

Rusty tendit le cou : un mâle à la fourrure crème zébrée de brun s'était dressé pour fixer leur chef avec défi. Sans se soucier de l'interruption, Étoile Bleue reprit :

« Après avoir rencontré cette jeune recrue, Cœur de Lion et Tornade Blanche estiment eux aussi que nous devrions l'admettre parmi nous. »

Rusty regarda le félin jaune, puis le reste du Clan : tous les yeux étaient tournés vers lui. La gorge serrée, il sentit son échine se hérisser. Le silence s'installa. Le chaton était sûr qu'on pouvait entendre son cœur battre la chamade. L'odeur de sa peur devait imprégner l'air.

Un *crescendo* de miaulements assourdissants monta alors de l'assistance.

« D'où vient-il ?

— Il fait partie de quel Clan ?

— Quelle odeur étrange ! C'est celle de quelle tribu ? »

Un feulement domina le vacarme.

« Regardez son collier ! clamait le chasseur rayé de brun. Il vient de chez les Bipèdes ! Chat domestique un jour, chat domestique toujours ! C'est un vrai guerrier qu'il nous faut, pas une bouche inutile à nourrir.

— Lui, c'est Longue Plume, murmura Cœur de Lion à l'oreille de Rusty. Il flaire ta peur. Ils la sentent tous. Il faut que tu leur montres que tu ne te laisseras jamais pétrifier par la crainte. »

Mais Rusty ne pouvait plus bouger. Comment prouver à ces bêtes féroces qu'il n'était pas qu'un simple chat des villes !

Le matou tigré continuait à le ridiculiser.

« Ce collier, c'est la marque de ses maîtres. Son grelot l'empêchera de chasser. Les Bipèdes vont courir après sa clochette dans la forêt entière, vous verrez ! »

Une rumeur d'approbation s'éleva. Certain du soutien de son auditoire, Longue Plume ajouta :

« Entre ce boucan et ta puanteur, nos ennemis ne risquent pas de te rater !

— Peur de relever le défi ? » insista Cœur de Lion à voix basse.

Rusty ne réagissait toujours pas. Mais cette fois, c'est qu'il essayait de repérer son adversaire. Il finit par l'apercevoir juste derrière une reine à la fourrure brun foncé. Les oreilles couchées en arrière, les babines retroussées, il cracha avant de bondir sur le chasseur au milieu de l'assemblée stupéfaite.

L'attaque prit Longue Plume complètement au dépourvu. Il tituba, dérapa sur le sol lisse et perdit l'équilibre. Fou de rage, prêt à tout pour montrer sa valeur, Rusty planta sauvagement les griffes dans sa fourrure et le mordit. Le combat ne fut précédé d'aucun échange subtil de coups de patte. Les deux félins enlacés roulaient au centre de la clairière et se débattaient comme de beaux diables en poussant des grondements féroces. On s'écartait pour laisser passer le tourbillon de fourrure et de cris.

Au beau milieu du combat, le chaton s'aperçut que l'euphorie avait remplacé sa peur. Le cœur battant, il entendait autour d'eux les hurlements excités de leur public.

Soudain son collier l'étrangla. Longue Plume l'avait saisi entre ses dents et tirait dessus tel un forcené. Rusty sentait l'étau se resserrer. Incapable de respirer, il commença à s'affoler. Il résista, se cabra, mais le mal empirait à chacun de ses mouvements. Suffoqué, il s'arc-bouta de toutes ses forces. Il y eut un claquement retentissant : le chat roux était libre.

Son adversaire bascula cul par-dessus tête. Aussitôt relevé, Rusty regarda autour de lui. Le guerrier se tenait ventre au sol, à six pas de là, la queue battante. De sa gueule pendait le collier en lambeaux.

Étoile Bleue descendit du Promontoire en poussant un miaulement retentissant pour obtenir le silence. Hors d'haleine, les deux combattants n'esquissèrent pas un mouvement. Des touffes de poil pendillaient de leur pelage hirsute. Rusty avait une entaille au-dessus de l'œil, Longue Plume l'oreille gauche déchirée. Du sang coulait de l'épaule du chasseur jusque sur le sol poussiéreux. Ils se toisaient avec une animosité palpable.

Étoile Bleue s'approcha du matou tigré pour lui prendre son trophée. Elle le déposa à terre.

« Le Clan des Étoiles approuve notre choix, déclara-t-elle. En défendant son honneur, ce chat a perdu le collier de ses maîtres : il est désormais libre de se joindre à nous en tant que novice. »

Rusty accepta d'un signe de tête solennel, se leva et s'avança dans la lumière. Sa robe rousse sembla s'embraser. Fièrement dressé sur ses pattes, la queue droite mais souple, il balaya l'assemblée du regard. Cette fois, il n'y eut ni protestations, ni moqueries. Il s'était montré un adversaire digne de respect.

Étoile Bleue plaça la lanière de cuir déchiquetée par terre devant lui. Elle effleura du bout de son museau l'oreille du chaton.

« Au soleil, on dirait que ta fourrure prend feu, murmura-t-elle, les yeux brillants, comme si ces paroles avaient un sens caché. Bravo, tu t'es bien battu. »

Puis elle se tourna vers la tribu :

« Jusqu'au jour où il sera un guerrier, cet apprenti s'appellera Nuage de Feu en l'honneur de son pelage. »

Elle recula et, avec les autres, attendit sa réaction sans mot dire. Rusty se mit alors à recouvrir le collier de poussière et d'herbe, comme s'il enterrait ses déjections.

Après avoir poussé un grognement, Longue Plume s'éloigna clopin-clopant vers un recoin abrité du soleil. Par petits groupes, les félins se lancèrent dans des discussions animées. La voix amicale du jeune matou cendré s'éleva derrière Rusty :

« Bravo, Nuage de Feu ! »

Nuage de Feu ! Un frisson de fierté courut le long de l'échine du chaton. Il salua son nouvel ami d'un coup de langue affectueux.

« Beau combat, reprit le novice, en particulier pour un chat domestique ! Longue Plume est un guerrier, même s'il n'a fini son entraînement qu'il y a deux lunes. Avec la balafre que tu lui as faite à l'oreille, il ne risque pas de t'oublier de sitôt ! Tu ne l'as pas raté !

— Merci. En tout cas, il s'est bien défendu. »

Rusty se lécha une patte avant puis entreprit de nettoyer la profonde entaille sur son front. Pendant sa toilette, il entendit répéter son nouveau nom au milieu du brouhaha.

« Nuage de Feu !

— Salut, Nuage de Feu !

— Bienvenue à toi ! »

Il ferma les yeux un instant pour laisser les voix le bercer.

« Joli nom, au fait ! »

Le compliment de Nuage Gris troubla sa rêverie. Il regarda autour de lui :

« Dis-moi, où Longue Plume est-il allé se cacher ?

— Je crois qu'il se dirigeait vers la tanière de Petite Feuille. »

L'apprenti indiqua le massif de fougères où avait disparu le chasseur.

« C'est notre guérisseuse. Difficile de ne pas la remarquer. Elle est plus jeune et plus belle que... »

Un grognement l'interrompit. Tous deux se retournèrent et le chaton reconnut le mâle au poil zébré de noir qu'il avait remarqué derrière Nuage Gris un peu plus tôt.

« Éclair Noir... » lança le novice, qui s'inclina avec respect.

Le chasseur considérait Nuage de Feu.

« Tu as eu de la chance que ton collier cède. Longue Plume n'est pas guerrier depuis longtemps, mais il ne se serait certainement pas laissé battre par un *chat domestique* ! »

Lui ayant craché au visage les deux derniers mots, l'animal tourna les talons et s'éloigna d'un air digne.

« Éclair Noir, lui, murmura Nuage Gris à voix basse, n'est ni jeune, ni beau... »

Son camarade était sur le point d'acquiescer quand un vieux félin cendré assis à l'orée de la clairière poussa un cri inquiet.

« Petite Oreille a senti qu'il se passait quelque chose ! » s'écria l'apprenti, aussitôt sur le qui-vive.

Nuage de Feu se retourna et vit un chaton se frayer un chemin à travers les fourrés pour pénétrer dans le camp. Le nouveau venu était efflanqué et – mis à part une petite tache blanche sur la poitrine et à l'extrémité immaculée de sa longue queue fine – noir de la tête aux pieds.

« C'est Nuage de Jais ! Pourquoi est-il revenu seul ? Où est passé Griffe de Tigre ? »

Hors d'haleine, le matou hirsute s'avança en titubant dans la clairière. Il avait le pelage poussiéreux, les yeux écarquillés par la peur. Plusieurs chasseurs se précipitèrent à sa rencontre.

« Qui est-ce ? chuchota le chat domestique.

— L'apprenti de Griffe de Tigre. Ils sont partis à l'aube avec Plume Rousse espionner le Clan de la Rivière, les veinards !

— Plume Rousse ? répéta Nuage de Feu, qui perdait le fil avec tous ces noms.

— Le lieutenant d'Étoile Bleue. Mais pourquoi Nuage de Jais revient-il donc seul ? »

Leur chef s'approchait ; ils tendirent l'oreille.

« Nuage de Jais ? »

La chatte parlait d'un ton calme malgré son air inquiet. Les autres félins s'écartèrent, la mine soucieuse. Étoile Bleue bondit sur le Promontoire et regarda le novice tremblant.

« Que s'est-il passé ? Allons, parle ! »

Le chaton noir cherchait à reprendre haleine, les flancs agités de spasmes. À ses pieds, la poussière se colorait petit à petit de rouge, mais il parvint quand même à se hisser sur le rocher à côté de la femelle. Il se tourna vers la marée de visage fiévreux qui l'entourait et trouva assez de souffle pour déclarer :

« Plume Rousse est mort ! »

CHAPITRE 4

✤

DES MIAULEMENTS BOULEVERSÉS résonnèrent dans la forêt.

Nuage de Jais chancela imperceptiblement. Sur sa patte avant droite luisait le sang qui coulait de sa blessure à l'épaule.

« On a r... rencontré cinq chasseurs ennemis le long du ruisseau, près des Rochers du Soleil, pour-suivit-il d'une voix mal assurée. Cœur de Chêne était avec eux.

— Cœur de Chêne ! s'exclama Nuage Gris. Le lieutenant du Clan de la Rivière ! L'un des vétérans les plus puissants de la forêt. Quelle chance ! J'aurais bien voulu que ce soit moi ! J'... »

Le vieux matou gris, Petite Oreille, braqua sur lui un regard sévère qui le réduisit au silence. Nuage de Feu se tourna vers le Promontoire.

« Plume Rousse l'a averti. Il lui a dit que le pro-chain guerrier ennemi pris sur nos terres serait tué, mais Cœ... Cœur de Chêne ne s'est pas laissé faire. Il a répondu que son Cl... Clan devait trouver de quoi se nourrir, malgré nos menaces. »

Le chat noir s'interrompit, haletant. Sa blessure

saignait beaucoup trop et l'obligeait à se tenir sur trois pattes.

« Alors les chasseurs du Clan de la Rivière se sont jetés sur nous. Je ne voyais pas grand-chose. Le combat faisait rage. J'ai vu Cœur de Chêne plaquer Plume Rousse au sol, mais... »

Soudain ses yeux chavirèrent ; il vacilla. Dégringolant du Promontoire, il s'effondra sur le sol.

Une reine rousse courut se pencher sur lui. Elle lui donna un bref coup de langue sur le nez avant d'appeler :

« Petite Feuille ! »

Du massif de fougères émergea la jolie chatte écaille qui s'était assise à côté de Nuage Gris un peu plus tôt. S'approchant en hâte du malade, elle demanda à la femelle de reculer. Puis, du bout de son museau, elle retourna le novice pour l'examiner. Elle releva la tête :

« Tout va bien, Bouton-d'Or, ses blessures ne sont pas mortelles. Je vais chercher des toiles d'araignées pour arrêter le saignement. »

À peine la guérisseuse s'était-elle élancée vers sa tanière qu'un hurlement lugubre s'éleva. Toutes les têtes se tournèrent.

Un énorme guerrier brun tigré traversait le tunnel d'ajoncs. Entre ses dents, il ne tenait pas une proie mais le corps d'un de ses congénères, qu'il traîna jusqu'au centre de la clairière.

Nuage de Feu entraperçut une queue d'un roux flamboyant qui pendait mollement dans la poussière. La foule était glacée d'horreur. Nuage Gris se recroquevilla, accablé par le chagrin :

« Plume Rousse !

— Comment est-ce arrivé, Griffe de Tigre ? »
demanda Étoile Bleue, toujours juchée sur le Promontoire.

Le vétéran déposa le cadavre sur le sol. Il soutint
calmement le regard de leur chef.

« Il a été terrassé par Cœur de Chêne, répondit-il
d'une voix retentissante. Je n'ai pas pu le sauver,
mais je l'ai vengé en tuant le lieutenant ennemi.
Plume Rousse n'est pas mort en vain, car je doute
que le Clan de la Rivière revienne chasser sur notre
territoire. »

Le chaton roux jeta un coup d'œil à son nouvel
ami : Nuage Gris avait le cœur gros.

Après un silence, plusieurs guerriers vinrent
lécher le pelage hirsute de leur lieutenant. Ils en
profitaient pour murmurer quelques mots au chasseur défunt.

« Que font-ils ? souffla Nuage de Feu.

— Même si son esprit nous a quittés pour
rejoindre le Clan des Étoiles, ils observent une dernière fois la coutume du partage.

— Le Clan des Étoiles ?

— C'est la tribu qui veille sur nous depuis le
ciel. Regarde la Toison Argentée. »

Son compagnon demeura perplexe.

« Mais si ! insista Nuage Gris. Cette traînée
d'étoiles dense qu'on voit toutes les nuits, là-haut....
Chaque lueur est un guerrier du Clan des Étoiles.
Ce soir, Plume Rousse sera parmi eux. »

Il s'avança pour faire ses adieux à leur lieutenant.
Étoile Bleue avait contemplé sans mot dire

l'hommage rendu par les félins. Elle sauta du Promontoire et s'avança lentement vers le corps. Tous reculèrent pour la regarder lécher une dernière fois son camarade entre les deux oreilles.

La femelle releva la tête et prit la parole. Elle parlait d'une voix basse, rauque de chagrin, que l'assistance écouta dans un silence respectueux.

« Plume Rousse était un chasseur courageux. Sa loyauté au Clan était inébranlable. Il n'agissait jamais par intérêt ou par fierté : la tribu passait avant tout. Il aurait fait un bon chef. »

Puis elle se coucha sur le ventre, tête baissée entre ses pattes étendues devant elle, et pleura son ami défunt, sans bruit. Beaucoup vinrent s'installer à ses côtés, écrasés de tristesse.

Nuage de Feu observait la scène. Sans avoir jamais connu leur lieutenant, il se sentait ému malgré tout par le deuil du Clan. Le chaton gris revint vers lui.

« Nuage de Poussière aura du mal à s'en remettre.

— Qui est-ce ?

— L'élève de Plume Rousse. Le chat brun tigré, là-bas. Je me demande qui sera son nouveau mentor. »

Nuage de Feu observa le jeune matou blotti près du corps du guerrier, les yeux perdus dans le vague. Le chef du Clan était couché un peu plus loin.

« Combien de temps Étoile Bleue va-t-elle passer à le veiller ?

— Toute la nuit, je pense, répondit Nuage Gris. Plume Rousse était son lieutenant depuis de nombreuses lunes. Elle ne le laissera pas partir trop vite.

C'était l'un de ses meilleurs chasseurs. Moins fort que Cœur de Lion ou Griffe de Tigre, mais vif et intelligent. »

Le nouvel apprenti détailla avec admiration les muscles puissants et le large museau de ce dernier. Le matou portait les traces de sa vie de vétéran. Il avait une entaille en forme de V à l'oreille et une large balafre sur l'arrête du nez.

Il se releva soudain pour s'approcher de son apprenti, Nuage de Jais. Étendue près du blessé, la guérisseuse utilisait son museau et ses pattes pour appliquer des toiles d'araignées sur la plaie de son épaule.

« Que fait Petite Feuille ? chuchota le chat roux.

— Elle arrête le saignement. Ça a l'air d'une vilaine blessure. Nuage de Jais semblait très bouleversé. Il a toujours été un peu nerveux, mais je ne l'avais jamais vu aussi angoissé. Allons voir s'il a repris connaissance. »

Ils fendirent la foule endeuillée et s'installèrent à distance respectable du novice pour attendre que son mentor ait fini de parler.

« Eh bien, Petite Feuille ? lança Griffe de Tigre avec aplomb à la chatte écaille. Comment va-t-il ? Penses-tu pouvoir le sauver ? J'ai consacré de longues heures à son apprentissage, et je ne veux pas voir mes efforts partir en fumée à la première escarmouche. »

Elle répondit sans quitter son patient des yeux, une nuance moqueuse dans la voix :

« Oui, quel gâchis si, malgré ton précieux entraînement, il meurt au premier affrontement !

— Tu penses qu'il va en réchapper ?

— Bien sûr. Il a juste besoin de repos. »

Le guerrier grogna et considéra la forme noire immobile. Il donna un petit coup à Nuage de Jais.

« Allons, debout ! »

Le blessé resta immobile comme une souche.

« Regarde un peu la longueur de ces griffes ! souffla Nuage de Feu.

— Oh oui, je ne voudrais pas me retrouver face à lui dans un combat !

— Pas si vite ! » La femelle repoussa doucement la patte du chasseur. « Ce novice doit bouger le moins possible. Il ne faudrait pas qu'il rouvre sa blessure. Laisse-le tranquille, pour l'instant. »

Nuage de Feu retint son souffle. Rares devaient être ceux qui osaient donner des ordres au vétéran. Le mentor se raidit et semblait sur le point de répondre quand la chatte ajouta, taquine :

« Même toi, tu sais qu'il est inutile de discuter les recommandations d'une guérisseuse, Griffe de Tigre. »

Les yeux du mâle étincelèrent.

« Les tiennes, en tout cas, chère Petite Feuille », susurra-t-il.

Il allait s'éloigner lorsqu'il aperçut les deux petits assis non loin de là.

« Qui est-ce ? demanda-t-il à Nuage Gris, qu'il dominait de toute sa hauteur.

— Le nouvel apprenti.

— Il a une odeur de chat domestique !

— Je vivais chez les Bipèdes autrefois, rétorqua

hardiment Nuage de Feu, mais à présent je commence l'entraînement. »

Le chasseur le détailla avec une attention soudaine.

« Ah oui ! Je me rappelle. Étoile Bleue m'avait dit qu'elle était tombée sur un animal errant. Alors elle t'a donné ta chance ? »

Désireux de faire bonne impression sur ce guerrier émérite, le félin roux se tenait bien droit.

« C'est exact », confirma-t-il, poli.

Griffe de Tigre l'évalua du regard, songeur.

« Eh bien, je surveillerai tes progrès avec intérêt. »

Quand le vétéran s'éloigna, Nuage de Feu bomba le torse avec fierté.

« Tu crois qu'il m'a remarqué ?

— Je ne crois pas qu'il se soucie de qui que ce soit, surtout pas d'un apprenti ! » lui chuchota son camarade.

C'est alors que le malade frémit et remua les oreilles.

« Il n'est plus là ? murmura-t-il.

— Qui ça ? Griffe de Tigre ? répondit le chat gris, qui s'approcha du blessé. Oui, il est parti.

— Salut ! » lança Nuage de Feu.

Il allait se présenter quand Petite Feuille l'interrompit :

« Ouste, vous deux ! Comment voulez-vous que je le soigne avec toutes ces visites ! »

Elle fouetta impatiemment l'air de sa queue et s'interposa entre eux et son patient. Malgré son regard pétillant, l'apprenti comprit qu'elle était sérieuse.

« Allez, viens ! dit son nouvel ami. On va visiter le camp. À tout à l'heure, Nuage de Jais. »

Ils le laissèrent aux bons soins de la guérisseuse et traversèrent la clairière. Nuage Gris, songeur, semblait prendre son devoir de guide très au sérieux.

« Tu connais déjà le Promontoire, commença-t-il, la queue pointée vers la grande pierre lisse. C'est de là qu'Étoile Bleue s'adresse au Clan. Son antre est là-haut, ajouta-t-il, les yeux levés vers une niche dans la roche. Cette grotte a été creusée par un ruisseau il y a des lunes et des lunes. »

Grâce au rideau de lichen qui en barrait l'accès, la tanière du chef était protégée de la pluie et du vent.

« Les chasseurs dorment là-bas. »

Nuage de Feu suivit l'apprenti jusqu'à un vaste fourré, à quelques pas du Promontoire. De là, on avait une vue dégagée de l'entrée du camp. Les branches du taillis retombaient presque jusqu'au sol, mais on apercevait à l'intérieur un espace abrité où les guerriers avaient aménagé leurs litières.

« Les vétérans s'installent au centre, là où il fait le plus chaud. En général, ils dévorent leurs proies là-bas, près de ce bouquet d'orties. Les plus jeunes mangent un peu à l'écart. Parfois les aînés les invitent à partager leur repas ; c'est un très grand honneur.

— Et les autres chats ? demanda Nuage de Feu,

fasciné mais un peu dépassé par les usages compliqués de la tribu.

« — Les reines partagent les quartiers des mâles quand elles peuvent chasser, mais dès qu'elles attendent des petits, ou qu'elles les allaitent, elles couchent près de la pouponnière. Les anciens ont leur propre tanière de l'autre côté de la clairière. Viens, je vais te montrer. »

Ensemble, ils traversèrent le camp et passèrent près du coin sombre où Petite Feuille avait son repaire. Ils firent halte près d'un arbre abattu qui dérobait aux regards un carré d'herbe touffue. Tapis sur le matelas de verdure, quatre vieux félins s'attaquaient à un jeune lapin dodu.

« C'est sûrement Nuage de Poussière et Nuage de Sable qui leur ont amené à manger. L'une des tâches d'un novice consiste à ravitailler les anciens.

— Bonjour, mon jeune ami, lança l'un des doyens.

— Petite Oreille... répliqua le chat cendré, qui s'inclina avec respect.

— Et voilà notre nouvel apprenti, Nuage de Feu, n'est-ce pas ? s'écria un matou brun sombre à la fourrure pelée, dont la queue se réduisait à un moignon.

— C'est ça, répondit l'intéressé en imitant son ami.

— Je suis Demi-Queue, annonça le mâle. Bienvenue parmi nous.

— Vous avez déjà mangé, tous les deux ? » demanda Petite Oreille.

Les chatons firent non de la tête.

« Il y en a assez pour vous. Nuage de Poussière et Nuage de Sable sont en train de devenir de bons chasseurs. Tu es d'accord pour que ces jeunes partagent une de nos souris, Un-Œil ? »

La reine grisonnante étendue à côté de lui acquiesça. Nuage de Feu remarqua qu'elle avait un œil voilé, aveugle.

« Et toi, Plume Cendrée ?

— Bien sûr, accorda une femelle écaille, au museau ardoise, d'une voix usée par l'âge.

— Merci », répondit Nuage Gris avec empressement.

Il s'avança pour prélever sur la pile de gibier un gros rongeur qu'il déposa aux pieds de son camarade.

« C'est la première fois que tu y goûtes ? lui demanda-t-il.

— Oui », avoua le chat roux.

L'odeur alléchante le faisait saliver. Il frémissait à l'idée de savourer son premier vrai repas de chat sauvage.

« Alors, commence. Mais garde-m'en un peu ! »

Nuage Gris s'effaça pour lui laisser la place. Le rouquin se baissa et prit une grosse bouchée de viande. Tendre et juteuse, elle renfermait toutes les saveurs de la forêt.

« Qu'est-ce que tu en dis ?

— Fabuleux ! marmonna Nuage de Feu, la bouche pleine.

— Bon, à mon tour. »

Il dépeça la souris. Les deux apprentis se partagèrent la proie en écoutant la conversation des anciens.

« Quand croyez-vous qu'Étoile Bleue nommera un nouveau lieutenant ? s'inquiétait Petite Oreille.

— Comment ? demanda Un-Œil.

— Tu es aussi sourde que bigleuse, ma parole ! rétorqua le mâle, exaspéré. Je me demandais quand notre chef désignerait un successeur à Plume Rousse. »

Indifférente à sa moquerie, la vieille chatte se tourna vers la reine écaille :

« Tu te souviens du jour où Étoile Bleue a été nommée lieutenant, il y a bien des lunes ?

— Ah oui ! C'était peu après qu'elle ait perdu ses petits, répondit Plume Cendrée avec gravité.

— Elle ne sera pas très contente de devoir remplacer Plume Rousse, remarqua Petite Oreille. Il la secondait efficacement, et depuis très longtemps. Mais il lui faudra faire vite. Selon la coutume, la décision doit être annoncée avant minuit.

— Cette fois au moins, le choix est évident », affirma Demi-Queue.

Nuage de Feu regarda autour de lui. De qui l'ancien pouvait-il bien parler ? Aux yeux du chaton, tous les guerriers étaient dignes d'être choisis. Peut-être le vieux matou pensait-il à Griffe de Tigre, qui avait vengé la mort de Plume Rousse ?

D'ailleurs, assis non loin de là, le vétéran écoutait mine de rien la conversation des anciens.

Nuage de Feu se léchait les moustaches pour récupérer les dernières bribes de viande quand Étoile Bleue lança son appel depuis le Promontoire.

Gris pâle dans la lumière déclinante, le corps du défunt gisait encore au milieu de la clairière.

« Il est temps de désigner notre nouveau lieutenant, déclara-t-elle. Auparavant, remercions le Clan des Étoiles. Plume Rousse a eu une belle et longue vie. Ce soir, il a rejoint ses frères parmi les étoiles. »

En silence, les chats levèrent les yeux vers le ciel. La nuit tombait sur la forêt.

« Je vais maintenant nommer son successeur, poursuivit-elle. J'annonce ma décision devant le corps de Plume Rousse afin que son esprit l'entende et l'approuve. »

Nuage de Feu observait Griffe de Tigre. Il remarqua le regard avide que le grand chasseur posait sur le Promontoire.

« C'est Cœur de Lion, dit-elle, qui me secondera désormais. »

L'apprenti attendit avec curiosité la réaction du perdant. Mais le visage sombre du vétéran ne laissa rien paraître quand il se dirigea vers son camarade pour le féliciter d'un coup de tête si vigoureux qu'il faillit le renverser.

« Pourquoi pas Griffe de Tigre ? chuchota le chaton roux à son camarade.

— Probablement parce que Cœur de Lion, qui est guerrier depuis plus longtemps, a beaucoup plus d'expérience. »

Leur chef reprit la parole.

« Plume Rousse était aussi le mentor de Nuage de Poussière. Comme l'entraînement de nos jeunes ne doit prendre aucun retard, je vais lui nommer un remplaçant sur-le-champ. Éclair Noir, tu es prêt à prendre ton premier novice. Je te confie donc Nuage de Poussière. Griffe de Tigre a fait du bon travail avec toi et j'espère que tu sauras transmettre à ton tour ce qu'il t'a appris. »

Gonflé d'orgueil, le guerrier tacheté accepta d'un hochement de tête solennel. Il s'approcha de son nouvel apprenti pour lui effleurer le nez avec une certaine maladresse. Le chaton remua la queue avec respect sans pouvoir cacher son abattement.

« Nous veillerons le corps de Plume Rousse cette nuit, avant de l'enterrer au lever du soleil, conclut Étoile Bleue. »

Elle sauta du Promontoire et retourna se coucher à côté de son lieutenant. Beaucoup se joignirent à elle ; Nuage de Poussière et Petite Oreille étaient de ceux-là.

« On y va aussi ? » demanda Nuage de Feu.

Pourtant, l'idée ne le tentait pas vraiment. La journée avait été bien remplie et il commençait à être fatigué. Il n'avait qu'une envie : trouver un endroit chaud et sec, s'y rouler en boule et dormir.

« Non, seuls les proches de Plume Rousse passeront une dernière nuit avec lui. Je vais te montrer où dormir. La tanière des apprentis n'est pas loin. »

Nuage de Feu le suivit jusqu'à un épais massif de fougères, près d'une souche couverte de mousse.

« Tous les novices partagent leur gibier près de cet arbre mort, lui expliqua Nuage Gris.

— Combien sommes-nous ?

— Moins que d'habitude : toi, moi, Nuage de Jais, Nuage de Poussière et Nuage de Sable, c'est tout. »

À peine s'étaient-ils allongés qu'une jeune chatte sortait du gros buisson. Son pelage roux pâle était strié de rayures plus foncées, à peine visibles.

« Alors voilà le nouvel apprenti ! lança-t-elle avec une grimace.

— Salut ! » répondit Nuage de Feu.

Elle fit une moue insolente.

« Il sent le chat domestique ! Ne me dites pas qu'on doit dormir dans la même tanière. Quelle odeur écœurante ! »

Il fut pris au dépourvu. Depuis son combat contre Longue Plume, les félins s'étaient montrés plutôt amicaux. Peut-être avaient-ils simplement été distraits par les tristes nouvelles de la journée, pensa-t-il.

« Ne fais pas attention à elle, s'excusa Nuage Gris. Elle doit avoir avalé quelque chose de travers. Elle est moins désagréable, d'habitude.

— Pff ! cracha-t-elle avec irritation.

— Holà ! fit la voix grave de Tornade Blanche derrière eux. Nuage de Sable ! Tu es mon élève et j'espérais que tu te montres un peu plus accueillante...

— Pardon, répliqua-t-elle d'un air de défi, la tête haute, le regard rebelle. Je ne m'attendais pas à devoir m'entraîner avec un chat domestique, voilà.

— Je suis sûr que tu t'y feras, répondit posément le vétéran. Bon, il est tard, et l'entraînement commence tôt demain. Vous devriez vous reposer, tous les trois. »

Il lança un regard sévère à son apprentie, qui baissa la tête avec déférence. Lorsqu'il s'éloigna, elle tourna les talons et disparut dans le massif de fougères, sans manquer de faire la grimace en passant à la hauteur de Nuage de Feu.

D'un mouvement de la queue, le chaton gris invita son ami à le suivre à l'intérieur. Le sol de la tanière était tapissé de mousse ; le clair de lune nimbait tout d'une délicate nuance de vert. Il faisait bon, l'air sentait la fougère.

« Je dors où ?

— Pas à côté de moi ! » grogna la femelle, qui tapotait le matelas de végétation du bout de la patte.

Les deux novices échangèrent un regard, mais gardèrent le silence. Nuage de Feu se fit un tas d'herbe. Lorsqu'il eut amassé un nid bien douillet, il tourna sur lui-même pour s'y faire une place et se coucha. Le sommeil engourdissait ses membres. Il était chez lui, désormais. Il faisait partie du Clan du Tonnerre.

CHAPITRE 5

❧

« **D**EBOUT, Nuage de Feu ! »

Le chaton roux chassait un écureuil de plus en plus haut, jusqu'à la cime d'un grand chêne, quand le miaulement pressant de Nuage Gris s'immisça dans son rêve.

« L'entraînement débute au lever du soleil. Les autres sont déjà réveillés. »

Il s'étirait, somnolent, quand il se rappela soudain qu'aujourd'hui commençait son apprentissage. Sa fatigue envolée, il se leva d'un bond.

« Je viens de parler à Cœur de Lion, lui expliqua entre deux coups de langue le matou cendré qui se débarbouillait à la hâte. Nuage de Jais ne s'entraînera pas avec nous avant d'être complètement guéri. Il va sans doute rester chez Petite Feuille encore un jour ou deux. Comme c'est le tour de chasse de Nuage de Poussière et Nuage de Sable, Cœur de Lion s'est dit que, ce matin, Griffe de Tigre et lui pourraient prendre en main la séance. Mais il faut qu'on se dépêche. Ils vont nous attendre ! »

Ils traversèrent les ajoncs qui masquaient l'entrée du camp et gravirent la pente rocailleuse de la vallée. Arrivés sur la crête, ils sentirent une brise fraîche leur ébouriffer le pelage. Dans le ciel, de gros moutons blancs filaient à vive allure : Nuage de Feu était aux anges. Il descendit avec son ami une pente boisée jusqu'à une petite combe.

Les deux vétérans les y attendaient, assis à quelques pas l'un de l'autre sur le sable chauffé au soleil.

« Désormais, vous êtes priés de vous montrer ponctuels, vous deux, grogna le chasseur brun.

— Ne sois pas trop sévère, le reprit Cœur de Lion avec douceur. La nuit dernière n'a pas été de tout repos, j'imagine qu'ils devaient être fatigués. Tu n'as pas encore de mentor, Nuage de Feu. Pour l'instant, Griffe de Tigre et moi allons superviser ensemble ton entraînement. »

L'apprenti hocha la tête avec enthousiasme, la queue haute, ravi d'étudier sous la houlette des deux éminents guerriers.

« Venez, intima le matou rayé avec impatience. Aujourd'hui, nous allons vous montrer les limites de notre territoire, pour que vous sachiez où chasser et sur quelles frontières il vous faudra patrouiller. Nuage Gris, ça te rafraîchira la mémoire. »

Sans ajouter un mot, il se releva d'un bond et sortit du vallon pour s'enfoncer dans la forêt. Cœur de Lion et Nuage Gris en firent autant. Le chat roux, qui dérapait sur le sable, les suivit plus lentement.

À l'ombre des chênes majestueux poussaient des bouleaux et des frênes. Le sol tapissé de feuilles mortes bruissait sous leurs pas. Griffe de Tigre s'arrêta devant un gros massif de fougères pour marquer leur territoire. Les autres firent halte à côté de lui.

« Les Bipèdes ont tracé un sentier ici, murmura Cœur de Lion. Sers-toi de ton nez, Nuage de Feu. Tu sens quelque chose ? »

Le novice huma l'air. Il décela l'odeur ténue d'un homme, et le fumet plus marqué d'un roquet comme il y en avait beaucoup à la ville.

« Un Bipède est passé ici avec son chien, mais ils ne sont plus là, répondit-il.

— Bien, approuva leur lieutenant. Peut-on traverser sans danger ? »

Nuage de Feu renifla encore une fois les alentours. Les faibles effluves étaient masqués par les parfums de la végétation.

« Oui », affirma-t-il.

Griffe de Tigre acquiesça et les quatre félins s'aventurèrent sur les cailloux pointus qui tapissaient l'étroit chemin.

Au-delà s'étendait une pinède : des rangées et des rangées de troncs immenses, droits comme des piquets. Ici, marcher sans faire de bruit était un jeu d'enfant. Le sol était recouvert d'une épaisse couche d'aiguilles, élastique et spongieuse, dont la surface picotait les coussinets du chaton. Il n'y avait pas de broussailles où se cacher et l'apprenti sentit une certaine tension s'emparer de ses compagnons quand ils se retrouvèrent à découvert.

« Ce sont les Bipèdes qui ont planté ces pins, expliqua le guerrier brun. Ils les abattent avec une créature à l'odeur abominable, qui crache assez de fumée pour rendre un petit aveugle. Ensuite, ils les emmènent dans la cabane à couper le bois qui se trouve près d'ici. »

Le chaton s'arrêta pour guetter le rugissement du dévoreur d'arbres, qu'il avait déjà entendu.

« Il n'y a personne là-bas avant la saison des feuilles vertes », le rassura le matou gris en remarquant son hésitation.

Ils poursuivirent leur chemin à travers la pinède.

« La ville est par là, déclara Griffe de Tigre, son épaisse queue pointée vers la gauche. Je ne doute pas que tu puisses la sentir, Nuage de Feu. Mais aujourd'hui, ce n'est pas là que nous allons. »

Ils finirent par atteindre un autre sentier tracé par les Bipèdes, qui marquait l'extrémité du bois de pins. Ils se retrouvèrent vite à l'abri des taillis de la chênaie, de l'autre côté. Mais le novice s'aperçut que les chasseurs étaient toujours aux aguets.

« Nous approchons du territoire du Clan de la Rivière, souffla le chaton cendré. Les Rochers du Soleil ne sont plus très loin. »

Il pointa le museau vers un amas de rochers dénué de végétation. Son ami sentit sa fourrure se hérisser. C'était là que Plume Rousse avait été tué.

Cœur de Lion fit halte près d'une pierre plate.

« Voici la limite entre notre territoire et celui du Clan de la Rivière. Cette tribu règne sur les terres situées le long du torrent. Respire à fond, Nuage de Feu. »

Les relents âcres de chats inconnus chatouillèrent les narines de l'apprenti. Il fut surpris de constater qu'ils n'avaient rien à voir avec les senteurs de sa tribu, qui lui semblaient déjà familières et rassurantes.

« C'est l'odeur du Clan de la Rivière, gronda Griffe de Tigre à côté de lui. Ne l'oublie pas. C'est ici qu'elle est la plus forte, parce que leurs guerriers marquent leur territoire sur tous les arbres. »

Aussitôt, le guerrier leva la queue pour uriner sur le gros caillou.

« Nous allons longer la frontière, car elle mène droit aux Quatre Chênes », avertit Cœur de Lion.

Les deux vétérans partirent au petit trot, laissant derrière eux les Rochers du Soleil. Les novices s'élancèrent à leur suite.

« Les Quatre Chênes ? répéta Nuage de Feu, hors d'haleine.

— C'est là que les terrains de chasse des tribus se rejoignent. Ces quatre arbres sont aussi vieux que les Clans eux-mêmes...

— Silence ! ordonna Griffe de Tigre. N'oubliez pas que nous sommes proches du territoire ennemi ! »

Ils se turent et le chaton s'appliqua à progresser sans bruit. Ils franchirent le lit caillouteux d'un ruisseau en sautant de rocher en rocher sans même se mouiller.

Lorsqu'ils approchèrent du but, Nuage de Feu, hors d'haleine, ne sentait plus ses pattes. Il n'avait guère l'habitude de faire d'aussi longs trajets à une allure pareille. Il fut plus que soulagé quand leurs mentors sortirent de l'épaisse forêt et s'arrêtèrent au sommet d'une colline broussailleuse.

Le vent était tombé, le soleil désormais haut dans le ciel. Les nuages avaient fini par se dissiper. En contrebas, sous un soleil éblouissant, se dressaient quatre énormes chênes aux cimes vert foncé.

« Comme te l'a dit Nuage Gris, expliqua Cœur de Lion au chat roux, voici la clairière où se rejoignent les territoires de nos quatre tribus. Celle du Vent règne sur le plateau en face de nous, là où se couche le soleil. Aujourd'hui, tu ne pourras pas mémoriser leur odeur : la brise souffle dans leur direction. Mais tu apprendras à la connaître bien assez tôt.

— Le Clan de l'Ombre, lui, vit dans la partie la plus sombre de la forêt, ajouta Nuage Gris en indiquant le nord. D'après les anciens, le vent froid qui y souffle leur glace le cœur.

— Il y a tant de tribus ! » s'écria Nuage de Feu. *Et quelle organisation !* ajouta-t-il en son for intérieur. Les histoires effrayantes de chats sauvages et solitaires semant la terreur dans la forêt lui semblaient bien ridicules, désormais.

« Maintenant, tu sais pourquoi le gibier est si précieux, lança Cœur de Lion. Pourquoi nous devons nous battre pour le peu que nous avons.

— Mais ça n'a pas de sens ! Pourquoi ne pas nous entraider et partager nos terrains de chasse, au lieu de nous affronter ? » proposa hardiment l'apprenti.

Un silence indigné accueillit sa suggestion. Griffe de Tigre fut le premier à réagir :

« Ce sont les paroles d'un traître !

— Il ne faut pas lui en vouloir. Cet apprenti ne

77

sait rien des coutumes de notre Clan, intervint leur lieutenant avant de se tourner vers le chaton. C'est ton cœur qui parle, Nuage de Feu. Un jour, c'est ce qui fera de toi un guerrier redoutable.

— Ou bien ça révélera sa lâcheté de vulgaire chat domestique, au moment du combat », grommela le chasseur brun. Son aîné lui lança un bref coup d'œil avant de poursuivre.

« Les quatre Clans se retrouvent quand même toutes les lunes lors d'une Assemblée. Et c'est ici... (Il indiqua du museau les arbres majestueux dans la vallée.) ... qu'ils se rencontrent. La trêve dure tant que la lune est pleine.

— Dans ce cas, la prochaine Assemblée ne devrait plus tarder ? demanda Nuage de Feu, qui se rappelait la lumière qui avait inondé sa tanière cette nuit-là.

— Tu as raison ! répondit Cœur de Lion, impressionné. Elle se tient ce soir même. Ces réunions sont très importantes parce qu'elles permettent aux tribus de se rassembler en paix le temps d'une soirée. Mais les alliances à plus long terme présentent plus d'inconvénients que d'avantages.

— La loyauté envers le Clan fait notre force, renchérit Griffe de Tigre. L'affaiblir, c'est réduire nos chances de survie. »

— Je comprends », admit Nuage de Feu.

Leur lieutenant se leva en s'étirant et lança :

« Allez. Il est temps de repartir. »

Ils longèrent l'arête qui surplombait la vallée où s'élevaient les Quatre Chênes. Ils tournaient maintenant le dos au soleil, qui commençait à décliner.

Ils traversèrent le ruisseau à un endroit assez étroit pour être franchi d'un bond.

Le novice huma l'air. Il flaira les effluves aigres de félins inconnus.

« Tu sens le Clan de l'Ombre, répondit le guerrier brun à sa question muette, l'air sombre. Nous longeons les frontières de leur territoire. Fais bien attention, Nuage de Feu. Les odeurs fraîches signifient qu'une patrouille ennemie n'est pas loin. »

Le chat roux acquiesçait quand il décela un bruit nouveau. Il se raidit, mais les autres continuèrent d'avancer vers le grondement inquiétant sans ralentir l'allure.

« Qu'est-ce qu'on entend ? demanda-t-il après les avoir rattrapés.

— Tu ne vas pas tarder à le savoir », fit Cœur de Lion.

Le chaton scruta les arbres. Ils semblaient plus clairsemés et laissaient filtrer la lumière du soleil.

« On est à l'orée de la forêt ? » insista-t-il.

Puis il s'arrêta et respira à fond. Les parfums de la végétation étaient masqués par des bouffées inquiétantes. Cette fois, ce n'était pas le fumet d'un animal, mais des relents qui lui rappelaient la ville. Et le grondement s'était mué en un rugissement continu qui faisait trembler le sol. L'apprenti en avait mal aux oreilles.

« Voici le Chemin du Tonnerre », déclara Griffe de Tigre.

Nuage de Feu suivit leur lieutenant vers la lisière du bois. Le guerrier s'assit et tous quatre contemplèrent le spectacle.

Un chemin gris, semblable à une rivière, coupait à travers la forêt. La surface de pierre grise était si vaste que les arbres, de l'autre côté, semblaient flous. L'odeur âcre qu'exhalait la chaussée donna le frisson au chaton.

L'instant d'après, il reculait d'un bond, la fourrure hérissée : un monstre gigantesque avait surgi dans un bruit de tonnerre. La brise soulevée par sa course secoua les branches des arbres de chaque côté de la route. Incapable de prononcer un mot, Nuage de Feu fixa sur les autres chats des yeux écarquillés. Dans son village, les rues étaient beaucoup plus étroites, les monstres moins rapides et moins féroces.

« Moi aussi, j'ai eu peur la première fois, reconnut Nuage Gris. Mais au moins, le Chemin du Tonnerre empêche le Clan de l'Ombre de violer notre territoire. Cette route longe la frontière sur une demi-journée de marche. Et ne t'inquiète pas : les monstres ne la quittent jamais. Tant que tu restes à distance, tu ne risques rien.

— Il est temps de retourner au camp, annonça Cœur de Lion. Tu connais maintenant nos frontières. Mais nous éviterons les Rochers aux Serpents, quitte à faire un détour. Un apprenti inexpérimenté est une proie facile pour une vipère et j'imagine que tu dois commencer à être fatigué. »

Nuage de Feu était soulagé de rentrer. Tout ce qu'il avait vu et senti se bousculait dans sa tête ; et puis, Cœur de Lion avait vu juste : le chaton était mort de fatigue et de faim. Il rebroussa chemin pour s'enfoncer avec les autres dans la forêt.

Lorsqu'il franchit le tunnel d'ajoncs à l'entrée du camp, l'air embaumait déjà comme à la nuit tombante. Leur repas les attendait. Les novices prélevèrent leur part sur la pile placée dans un coin de la clairière et allèrent déposer la viande au pied de la souche.

Devant leur tanière, leurs deux aînés mangeaient déjà, affamés.

« Tiens, un chat domestique ! lança Nuage de Poussière d'un ton dédaigneux. Profite bien du gibier qu'on t'a rapporté !

— Qui sait, peut-être même qu'un jour tu sauras attraper ton repas tout seul ! ricana la jeune femelle.

— Vous étiez encore de corvée de chasse, vous deux ? leur demanda Nuage Gris d'un air innocent. Mais ne vous en faites pas ! On était en patrouille à la frontière. Vous serez contents d'apprendre que tout va bien.

— Je suis sûr que nos ennemis ont été terrorisés en vous voyant arriver ! cracha le matou brun.

— Ils n'ont même pas osé se montrer ! rétorqua le chat cendré sans pouvoir cacher sa colère.

— On leur demandera ça ce soir, à l'Assemblée des Clans, répondit Nuage de Sable.

— Vous y allez ? s'étonna-t-il, impressionné en dépit de l'hostilité des deux apprentis.

— Bien sûr, fit Nuage de Poussière avec condescendance. C'est un grand honneur, vous savez. Allez, n'ayez crainte : on vous racontera tout demain matin. »

Sourd aux vantardises du jeune matou, Nuage Gris attaqua son repas. Affamé, son ami l'imita aussitôt. Il éprouvait malgré lui une pointe de jalousie : il aurait bien voulu, lui aussi, rencontrer leurs adversaires.

Étoile Bleue poussa soudain un miaulement sonore. Une troupe de guerriers et d'anciens se réunit dans la clairière. C'était l'heure du départ. Leurs deux compagnons se levèrent d'un bond pour se hâter de rejoindre les autres.

« À demain ! lança Nuage de Sable aux chatons par-dessus son épaule. Passez une bonne petite soirée ! »

Le groupe sortit du camp en file indienne, Étoile Bleue à sa tête. La fourrure nimbée d'argent au clair de lune, la femelle dégageait une tranquille assurance.

« Tu es déjà allé à l'Assemblée ? demanda Nuage de Feu, rêveur, à son camarade.

— Non, jamais, répondit l'apprenti, qui rongeait bruyamment un os de souris. Mais ça ne va pas tarder, tu verras. Un jour ou l'autre, tous les apprentis finissent par y assister. »

Les deux novices achevèrent leur festin en silence. Ensuite, Nuage Gris s'approcha du chaton pour lui lécher la tête. Ensemble, ils firent leur toilette comme les autres la veille. Puis, fatigués par leur long périple, ils se faufilèrent dans leur tanière, se pelotonnèrent dans leur nid et ne tardèrent pas à tomber endormis.

Le lendemain matin, ils arrivèrent de bonne heure à la combe sablonneuse. Malgré leur envie d'en savoir plus sur l'Assemblée, ils s'étaient glissés dehors avant le réveil de leurs aînés.

« Ne t'inquiète pas, je connais ces deux-là, on ne manquera pas d'en entendre parler », avait soupiré le chat cendré.

La journée promettait encore d'être chaude. Et cette fois, Nuage de Jais s'était joint à eux. Sous la houlette de Petite Feuille, il se remettait rapidement. Assis de l'autre côté du vallon, il semblait soucieux et crispé.

« Courage ! lui lança Nuage Gris, qui faisait le pitre en bondissant après les feuilles sous le regard amusé de son ami. Je sais que tu n'aimes pas t'entraîner, mais tu n'es pas si morose, d'habitude.

— J'ai un peu peur de rouvrir ma blessure, c'est tout », se hâta de répondre Nuage de Jais, qui avait flairé l'arrivée imminente de leurs mentors.

Griffe de Tigre émergea soudain des taillis, Cœur de Lion sur ses talons.

Il regarda son apprenti droit dans les yeux et gronda :

« Un vrai guerrier endure la douleur sans se plaindre. Il va falloir que tu apprennes à tenir ta langue. »

La pauvre bête tressaillit et baissa les yeux.

« Dis donc, il n'est pas à prendre avec des pincettes, aujourd'hui », souffla Nuage Gris.

Cœur de Lion lui jeta un coup d'œil sévère :

« Aujourd'hui, nous allons nous entraîner à débusquer une proie. Chasser un lapin et traquer une souris sont deux choses bien différentes. Pourquoi ? »

Nuage de Feu n'en avait pas la moindre idée ; le chaton noir, qui semblait avoir pris à cœur la remarque de son mentor, garda le silence.

« Allons ! » grogna Griffe de Tigre avec irritation.

C'est Nuage Gris qui répondit :

« Parce qu'un lapin sent l'odeur d'un prédateur avant de le voir, alors qu'un rongeur perçoit les vibrations de ses pas sur le sol avant même de flairer sa présence.

— Bravo ! Alors que faut-il faire quand on chasse une souris ?

— Marcher à pas feutrés ? » suggéra le chat roux.

Le lieutenant lui lança un regard approbateur.

« Exact. Il faut porter tout votre poids sur votre arrière-train pour que vos pattes de devant touchent le sol en douceur. Montrez-moi ce que vous savez faire ! »

Le nouvel apprenti regarda s'accroupir ses deux camarades.

« Très bien, Nuage Gris ! lança Cœur de Lion lorsqu'ils commencèrent à avancer à pas de loup.

— Baisse l'arrière-train, Nuage de Jais, on dirait un canard ! grogna Griffe de Tigre. À ton tour, Nuage de Feu. »

Le jeune félin se ramassa sur lui-même et commença à progresser sur le sol de la forêt. Il sentit qu'il prenait d'instinct la bonne position, et marcha aussi silencieusement et légèrement que possible, fier de ses muscles nerveux.

« Eh bien, quel lourdaud ! grogna le guerrier brun. On dirait un gros chat à moitié endormi !

Tu crois peut-être que ton dîner va venir se coucher tout seul dans ta gamelle ? »

Nuage de Feu se rassit aussitôt, un peu pris au dépourvu. Il écouta attentivement, bien décidé à faire de son mieux.

« L'allure et la souplesse viendront plus tard, mais sa position est parfaite, fit remarquer Cœur de Lion avec douceur.

— On ne peut pas en dire autant de Nuage de Jais ! pesta son mentor, le regard méprisant. Après deux mois d'entraînement, il porte encore tout son poids sur son côté gauche. »

Le chaton se recroquevilla sous l'insulte ; Nuage de Feu ne put se contenir plus longtemps :

« C'est sa blessure qui le fait souffrir ! »

Griffe de Tigre le foudroya du regard.

« Les blessures sont le lot des guerriers. Il faut savoir faire avec. Même toi, tu as appris quelque chose aujourd'hui. Si Nuage de Jais savait retenir la leçon, il me ferait honneur et non pas honte... Être moins dégourdi qu'un chat domestique, voyez-vous ça ! » cracha-t-il avec colère.

Mal à l'aise, le félin roux sentit son échine se hérisser. Comme il n'osait pas regarder son camarade, il baissa les yeux.

« Moi, je suis pire qu'un blaireau boiteux ! lança le troisième apprenti qui se mit à tituber dans la clairière. Je vais devoir me résoudre à chasser des souris stupides. Elles n'auront aucune chance. Je m'approcherai l'air de rien pour m'asseoir sur elles jusqu'à ce qu'elles crient grâce.

— Un peu de concentration, jeune Nuage Gris.

Le moment est mal choisi pour ces bêtises ! le tança leur lieutenant d'un air sévère. Un peu de pratique pourrait peut-être vous aider. »

Ses trois élèves relevèrent la tête avec espoir.

« Vous allez essayer d'attraper une vraie proie, reprit le guerrier. Nuage de Jais, va voir du côté de l'Arbre aux Chouettes. Nuage Gris, essaie le massif de ronces, là-bas. Et toi, Nuage de Feu, suis cette foulée de lapin : tu tomberas sur le lit d'un ruisseau à sec. Tu y trouveras peut-être quelque chose. »

Les novices s'éloignèrent, enthousiastes ; même Nuage de Jais sembla retrouver un peu d'énergie pour relever le défi.

Le cœur battant, Nuage de Feu gravit la butte à pas de loup. Le lit d'un petit torrent coupait en effet à travers la forêt. On devinait qu'à la saison des feuilles mortes il conduisait l'eau de pluie jusqu'à la grande rivière, au-delà des Rochers du Soleil. Pour l'instant, il était à sec.

Le chaton descendit le long de la berge en silence et se tapit sur le sable, tous ses sens en éveil, à l'affût du moindre signe de vie. Le nez au vent, les oreilles dressées, il guettait le plus petit mouvement.

C'est alors qu'il flaira un rongeur. Il reconnut sur-le-champ l'odeur de l'animal qu'il avait goûté pour la première fois la veille. Frémissant d'impatience, il se força à rester immobile pour débusquer sa proie.

Les oreilles pointées en avant, il finit par capter les pulsations rapides d'un minuscule cœur de souris. Un éclair brun attira soudain son regard.

L'animal courait dans les hautes herbes au bord du ruisseau. Nuage de Feu s'en approcha en prenant bien soin de porter son poids sur son arrière-train. Puis il fléchit les pattes arrière et bondit en soulevant un tourbillon de sable.

La bête fila sans demander son reste. Mais le félin fut le plus rapide. Il l'attrapa du bout de la patte, la projeta sur le lit sablonneux du ruisseau et lui sauta dessus pour l'achever d'un coup de dent.

Le chat roux saisit délicatement le petit corps chaud dans sa gueule et retourna, la queue haute, à la combe où l'attendaient Griffe de Tigre et Cœur de Lion.

Il avait tué sa première proie. Il était désormais un véritable apprenti du Clan du Tonnerre.

CHAPITRE 6

♣

Ce matin-là, le soleil inondait le sol de la forêt où Nuage de Feu errait à la recherche d'une proie. Depuis le début de son apprentissage, deux lunes s'étaient écoulées. Il se sentait désormais chez lui dans les bois. Ses sens, aiguisés à présent, s'étaient faits à la vie sauvage.

Il s'arrêta pour humer la terre et les bêtes aveugles qui y vivaient. Il flaira l'odeur d'un Bipède qui s'était aventuré dans les fourrés peu de temps auparavant. Maintenant que la saison des feuilles vertes battait son plein, les frondaisons étaient touffues et de minuscules créatures s'activaient sous le tapis d'humus.

Sur le qui-vive, Nuage de Feu suivait sans bruit la piste au bout de laquelle l'attendait sa proie. Aujourd'hui, on lui avait confié sa première mission en solo. Il était décidé à s'en montrer digne, même si sa tâche consistait seulement à ramener du gibier au camp.

Il se dirigea vers le ruisseau qu'il avait traversé lors de son premier périple sur les terres de son Clan. Le torrent gazouillait en descendant la colline sur un lit de galets ronds et lisses. Le novice s'arrêta un instant pour laper une eau froide et limpide avant de relever la tête, l'oreille aux aguets.

L'odeur d'un renard imprégnait l'atmosphère. Elle n'était plus très fraîche : l'animal devait s'être désaltéré là un peu plus tôt. Nuage de Feu reconnaissait ce fumet ; il l'avait senti à sa première visite dans la forêt. Depuis, Cœur de Lion lui avait appris de quelle bête il s'agissait mais, pour l'instant, le matou n'en avait jamais vu que la queue.

Il s'efforça d'oublier les effluves du carnassier pour se concentrer sur ceux du gibier. Soudain, ses moustaches se hérissèrent : il avait repéré les battements de cœur d'une proie au sang chaud, un rat d'eau occupé à faire son nid.

Un instant plus tard, il aperçut le petit rongeur. Une silhouette rebondie ramassait des brins d'herbe le long de la rive. L'eau lui vint à la bouche. Son dernier repas remontait à plusieurs heures, mais il n'osait pas chasser pour lui-même avant que le Clan n'ait eu sa part. La phrase martelée par Cœur de Lion et Griffe de Tigre lui revenait sans cesse : « *Le Clan passe avant tout le reste.* »

Accroupi, Nuage de Feu se mit en chasse. L'herbe humide effleurait la fourrure rousse de son ventre. Il se coula plus près, les yeux fixés sur son gibier. Il y était presque. Encore un instant et il serait assez près pour lui bondir dessus...

Il y eut soudain un bruissement dans les fougères, derrière lui. Les oreilles du rongeur frémirent, il disparut dans un trou sur la berge.

Nuage de Feu sentit son échine se hérisser. L'animal qui avait gâché ses chances d'attraper la première proie de la journée allait en subir les conséquences.

Il huma l'air. Un chat ! Mais impossible de dire à quel Clan il appartenait : le fumet du renard brouillait son odeur.

Un grondement dans la gorge, Nuage de Feu fit un large crochet pour prendre l'ennemi à revers. Il ouvrait l'œil et dressait l'oreille, à l'affût du moindre mouvement. Entendant de nouveau bruire les broussailles sur sa droite, il s'approcha encore. Il voyait s'agiter les fougères, dont les feuilles lui cachaient toujours son adversaire. Une brindille craqua. *Vu le bruit qu'il fait, il doit être gros*, pensa le matou, qui se prépara à un combat acharné.

Il sauta sur le tronc d'un frêne et monta, rapide et silencieux, sur une branche en surplomb. La bête n'était plus très loin. L'apprenti retint son souffle, prêt à bondir : les bruyères s'écartèrent et une grande forme grise en émergea.

« Grrrr ! » hurla Nuage de Feu, féroce.

Toutes griffes dehors, il sauta sur de puissantes épaules au pelage épais. Il s'y agrippa avec vigueur, prêt à donner un solide coup de dent à son rival.

Sous ses pattes, il y eut un sursaut :

« Qu'est-ce qui se passe ?

— C'est toi, Nuage Gris ? » s'écria le chat roux, surpris de reconnaître la voix étonnée et l'odeur familière de son ami, mais trop crispé pour lâcher prise.

— Un guet-apens ! Murr-aou ! »

Le matou cendré roula sur le dos pour tenter de se débarrasser de son assaillant, sans se rendre compte que c'était Nuage de Feu. Entraîné avec lui, son agresseur se retrouva écrasé sous le corps massif, le souffle coupé.

« C'est moi ! » cria-t-il en se débattant.

Il roula loin de son camarade, se releva d'un bond et s'ébroua.

« C'est moi, je te dis ! Je t'ai pris pour un guerrier ennemi ! »

Nuage Gris se redressa, grimaçant. Il lécha son échine endolorie.

« Ça, j'avais remarqué ! Tu m'as lacéré le dos !

— Désolé. Mais tu as entendu le boucan que tu faisais ?

— Quel boucan ? rétorqua le félin gris, indigné. C'était ma meilleure position de chasse !

— La meilleure ? Tu es toujours aussi maladroit qu'un blaireau boiteux, ma parole ! »

Espiègle, il coucha les oreilles en arrière. Nuage Gris feula avec délices.

« Ah oui ? C'est ce qu'on va voir ! »

Les deux matous se sautèrent dessus et roulèrent au sol. Le chat roux prit un bon coup de patte et vit trente-six chandelles.

« Uuuff ! »

Secouant la tête pour se remettre les idées en place, il lança une contre-attaque. Il parvint à frapper son compagnon une ou deux fois avant d'être cloué à terre. Il laissa ses muscles se détendre.

« Tu abandonnes trop vite ! » s'exclama son ami en desserrant sa prise.

Nuage de Feu en profita pour le précipiter dans

les fourrés d'un grand coup de reins, avant de se jeter sur lui pour le plaquer au sol.

« L'effet de surprise est la meilleure arme du guerrier », lança-t-il d'un air triomphant.

C'était une des maximes préférées de Cœur de Lion. L'apprenti relâcha Nuage Gris avant de se tortiller sur le matelas de feuilles pour savourer sa victoire facile et la chaleur de la terre contre son dos.

Son ami ne sembla pas contrarié par sa seconde défaite de la matinée. Il faisait trop beau pour bougonner.

« Alors, comment se passe ton tour de chasse ? demanda-t-il.

— Tout allait très bien jusqu'à ton arrivée ! J'étais sur le point d'attraper un rat d'eau quand tu l'as fait détaler.

— Désolé ! s'excusa le novice, penaud.

— Ce n'est rien. Tu ne pouvais pas savoir. Dis-moi, tu n'étais pas censé retrouver la patrouille à la frontière ? Je croyais que tu devais leur apporter un message d'Étoile Bleue.

— Oui, mais j'ai le temps. Je voulais attraper une ou deux souris avant. Je meurs de faim !

— Moi aussi. Malheureusement, il faut que je ramène d'abord de quoi nourrir le Clan.

— Je suis sûr que Nuage de Poussière et Nuage de Sable avalaient bien une musaraigne ou deux quand ils chassaient, grogna Nuage Gris.

— Peut-être, mais comme c'est ma première mission en solo...

— Tu veux bien faire, je sais.

— Et ce message ? demanda le chat roux pour changer de sujet.

— Étoile Bleue veut que la patrouille l'attende au Grand Sycomore à midi. Des chats du Clan de l'Ombre auraient été aperçus dans les parages. Elle veut s'assurer que tout est rentré dans l'ordre.

— Il vaudrait mieux que tu y ailles, alors.

— Ce n'est pas très loin. Pas la peine de me presser, répondit Nuage Gris avec aplomb. Je vais t'aider. Je te dois bien ça, après t'avoir fait rater ce rat d'eau.

— Ce n'est pas grave. J'en trouverai d'autres. La journée est si chaude qu'ils ne vont pas hésiter à mettre le nez dehors.

— C'est vrai. Mais il faut encore que tu les attrapes. » Il se mordilla la patte d'un air pensif. « Ça risque de te prendre jusqu'au début de l'après-midi, peut-être même jusqu'au coucher du soleil, tu sais. »

Son compagnon acquiesça d'un air morose. Son estomac gargouillait. Il lui faudrait sans doute faire trois ou quatre voyages avant d'avoir réuni assez de gibier. La Toison Argentée serait haut dans le ciel quand il pourrait enfin se remplir la panse. Le matou cendré se caressa les moustaches :

« Allez, on devrait arriver à attraper un ou deux campagnols avant que je me remette en route. »

Nuage de Feu remonta le ruisseau avec son ami, soulagé à la fois de son aide et de sa compagnie. Le fumet du renard flottait dans l'air ; il semblait même plus marqué. Le matou se figea :

« Tu sens cette odeur ?

— Oui, je l'ai remarquée tout à l'heure. C'est un renard.

— Elle ne te semble pas plus fraîche, maintenant ? »

Nuage Gris s'arrêta, le nez au vent.

« Tu as raison, murmura-t-il en baissant la voix, les yeux fixés sur les fourrés de l'autre côté de la rivière. Regarde ! »

Un animal à l'épaisse fourrure rousse se faufilait dans les taillis. La bête entra dans une clairière et son pelage orangé flamboya dans la lumière. Basse sur pattes, la queue en panache, elle avait un long museau étroit.

« Alors voilà à quoi ça ressemble ? Quel horrible museau !

— Je ne te le fais pas dire, approuva le matou cendré.

— Je suivais une de ces bêtes-là quand je t'ai... rencontré pour la première fois.

— C'est lui qui te suivait, oui ! Ne fais jamais confiance à ces bestioles. Ça ressemble à un chien, mais ça se comporte comme un chat. Il faut qu'on prévienne les reines. Pour les petits, un renard est aussi dangereux qu'un blaireau. Tu l'as échappé belle, ce jour-là. Il aurait fait de toi de la chair à pâté. »

Devant l'air vexé de Nuage de Feu, son camarade ajouta :

« Aujourd'hui, tu lui donnerais plus de fil à retordre, bien sûr. De toute façon, Étoile Bleue enverra probablement une patrouille à sa poursuite. Histoire de rassurer les mères. »

Comme le renard ne les avait pas remarqués, les deux apprentis poursuivirent leur chemin le long du ruisseau.

« À quoi ressemble un blaireau ? demanda le félin roux, l'œil et l'oreille aux aguets.

— C'est noir et blanc, un peu pataud. Court sur pattes, un sale caractère. Tu le reconnaîtras immédiatement. Il attaque moins souvent la pouponnière qu'un renard, mais sa morsure peut faire très mal. D'où crois-tu que Demi-Queue tient son nom ? Il n'ose plus monter à un arbre depuis qu'il s'est fait arracher la queue d'un coup de dent !

— Pourquoi ça ?

— La peur de tomber. Un chat a besoin de sa queue pour retomber sur ses pattes. C'est elle qui lui permet de se retourner pendant sa chute. »

Ce jour-là, comme Nuage de Feu l'avait prédit, la chasse fut bonne. Son compagnon ne tarda pas à attraper une souris, et lui une grive. Il s'empressa de donner le coup de grâce à l'oiseau. Il n'avait pas le temps de travailler les diverses techniques de capture : trop de bouches à nourrir l'attendaient au camp. Il recouvrit sa proie de terre : elle serait à l'abri des prédateurs jusqu'à son retour.

Soudain, un écureuil sortit de sa cachette. La réaction du rouquin fut immédiate.

« Attrapons-le ! » s'écria-t-il, en fonçant sur le sol meuble de la forêt, son ami sur les talons.

Ils furent forcés de s'arrêter quand l'écureuil grimpa dans un bouleau.

« Trop tard ! » maugréa Nuage Gris, déçu.

À bout de souffle, ils firent halte le temps de reprendre haleine. L'odeur âcre qui vint chatouiller leurs narines les prit au dépourvu.

« Le Chemin du Tonnerre ! s'étonna le chat roux. Je ne pensais pas qu'on était si loin. »

Ils s'avancèrent à pas furtifs pour contempler le large ruban gris. C'était la première fois qu'ils s'y rendaient seuls. Un cortège de créatures filait sur sa surface plane dans un vacarme assourdissant, les yeux fixés droit devant elles.

« Beurk ! grommela le matou cendré. Ces monstres ont vraiment une odeur abominable ! »

Son camarade remua les oreilles pour montrer qu'il était bien d'accord. Les effluves suffocants le prenaient à la gorge.

« Tu l'as déjà traversé ? demanda-t-il.

— Jamais. »

Nuage de Feu s'aventura hors du couvert des arbres. Une bordure d'herbe grasse s'étendait entre la forêt et la route. L'apprenti s'y aventura à pas lents, avant de se recroqueviller : une bête nauséabonde passait en trombe.

« Hé ! Où vas-tu ? » lui cria son compagnon.

Le chat roux ne répondit pas. Il attendit que le flot de créatures s'interrompe. Puis il s'avança de nouveau sur l'herbe, jusqu'au bord de la chaussée. Il tendit une patte avec précaution pour en toucher la surface. Au soleil, elle semblait chaude, presque poisseuse. Il releva la tête pour regarder de l'autre côté. Il lui sembla voir briller une paire d'yeux dans les profondeurs de la forêt. Il huma l'air, mais ne décela rien d'autre que la puanteur du Chemin du

Tonnerre. Là-bas, les yeux luisaient toujours dans l'ombre. Puis ils clignèrent lentement.

Nuage de Feu en était certain, à présent. Un guerrier du Clan de l'Ombre était en train de l'épier.

« Attention ! »

La voix de son ami fit sursauter le chat roux, juste au moment où un monstre immense, plus haut qu'un arbre, passait en rugissant sous son nez. Le vent qui s'éleva faillit le renverser. Le novice fit volte-face et retourna en hâte se cacher dans la forêt.

« Cervelle d'oiseau ! s'exclama Nuage Gris, les moustaches frémissantes de peur et de rage. Qu'est-ce que tu faisais ?

— Je me demandais à quoi ressemblait le Chemin du Tonnerre de près. »

Lui non plus n'était pas très rassuré.

« Viens, souffla le matou cendré avec nervosité. Filons d'ici ! »

Ils s'enfoncèrent dans les bois. Une fois à l'abri, Nuage Gris s'arrêta pour reprendre son souffle. Son compagnon se mit à lisser sa fourrure ébouriffée.

« Je crois que j'ai vu un guerrier du Clan de l'Ombre, déclara-t-il entre deux coups de langue. Dans la forêt, de l'autre côté du Chemin du Tonnerre.

— Quoi ! s'exclama l'apprenti, ahuri. Tu en es sûr ?

— À peu près, oui.

— C'est une bonne chose que ce monstre soit passé à ce moment-là. Là où il y a un guerrier du

Clan de l'Ombre, il y en a d'autres, et nous ne sommes pas encore de taille à les affronter. Fichons le camp ! »

Il jeta un œil au soleil, presque à son zénith.

« J'ai intérêt à me dépêcher si je veux rejoindre la patrouille à temps, reprit-il avant de bondir dans les fourrés. À plus tard ! On ne sait jamais, Cœur de Lion me laissera peut-être revenir t'aider. »

Nuage de Feu le regarda s'éloigner. Il aurait préféré rejoindre une patrouille de guerriers, lui aussi. Mais, au moins, il aurait quelque chose à raconter aux autres novices à son retour. Aujourd'hui, il avait vu son premier guerrier du Clan de l'Ombre.

CHAPITRE 7

❧

NUAGE DE FEU REBROUSSA CHEMIN vers le ruisseau. Il pensait à ces yeux luisant dans l'obscurité du territoire ennemi.

Il capta soudain une odeur ténue apportée par le vent.

Un intrus ! Le guerrier du Clan de l'Ombre qu'il venait de voir, peut-être...

Aussitôt un grondement monta de la gorge du chat roux. L'inconnue était une femelle d'un certain âge, étrangère au Clan du Tonnerre. Elle ne portait la marque d'aucune tribu en particulier ; elle était affamée, épuisée, malade et d'une humeur massacrante.

Le matou se ramassa sur lui-même et s'aventura dans la direction de l'animal avant de s'arrêter, perplexe. L'odeur de l'ennemie était maintenant moins forte. Il huma l'air de nouveau.

Rapide comme l'éclair, une boule de fourrure surgit soudain des buissons derrière lui en poussant un grognement féroce.

Stupéfait, Nuage de Feu poussa un miaulement strident quand la chatte le percuta et le renversa sur le flanc. Deux pattes massives s'abattirent sur ses épaules et de puissantes mâchoires se refermèrent sur sa nuque.

« Murraou ! » protesta-t-il en réfléchissant aussi vite qu'il put.

Si son adversaire serrait les dents, c'en était fait de lui. Le novice laissa ses muscles se relâcher en signe de soumission et poussa un cri angoissé. La femelle lança un feulement triomphal.

« Ah ! Un simple apprenti. Une proie facile pour Croc Jaune », cracha-t-elle.

Il sentit la colère l'envahir. *Attends un peu.* Il allait montrer à cette sale bête de quel bois il se chauffait ! *Mais pas tout de suite*, se dit-il. *Attends de sentir à nouveau ses crocs.*

Elle le mordit. La douleur fit se cabrer le matou. Projetée dans les airs, la chatte laissa échapper un grognement de surprise. Elle tomba un peu plus loin, dans un bouquet d'ajoncs. Le chat roux s'ébroua :

« Pas si facile que ça, hein ? »

Croc Jaune poussa un grondement inquiétant en s'arrachant aux branches épineuses.

« Pas mal pour un jeunot, siffla-t-elle. Mais il t'en faudra beaucoup plus pour me vaincre ! »

Quand il vit vraiment son assaillante pour la première fois, Nuage de Feu resta stupéfait. La chatte avait un museau large, presque plat, et des yeux ronds aux reflets orange. Ses longs poils gris foncé étaient collés par la crasse en touffes hirsutes. Elle avait les oreilles déchiquetées et le museau couturé de nombreuses cicatrices.

L'apprenti ne se laissa pas impressionner. Il bomba le poitrail et regarda l'intruse d'un air de défi.

« Tu es sur le territoire de chasse du Clan du Tonnerre. File !

— Ah oui ? Et qui va m'y forcer ? »

Croc Jaune retroussa les babines d'un air menaçant, dévoilant des dents tachées et cassées :

« Je vais commencer par me trouver de quoi manger. Ensuite seulement je partirai. Ou bien je resterai un moment, qui sait...

— Assez parlé », gronda le matou, qui sentit s'éveiller son instinct guerrier.

Il n'y avait plus trace du chat domestique en lui, désormais. Son sang de chasseur bouillait. L'envie le démangeait de se battre pour protéger son Clan.

Croc Jaune sembla ressentir le changement qui s'était opéré en lui. Dans ses yeux orange brilla un respect tout neuf. La tête courbée, les yeux baissés, elle se mit à battre en retraite.

« Ne nous affolons pas », ronronna-t-elle d'une voix mielleuse.

Nuage de Feu ne fut pas dupe. Toutes griffes dehors, le poil hérissé, il bondit en poussant son cri de guerre :

« Grraaarrr ! »

Un grognement rageur lui répondit. Feulant et crachant, le novice et la vieille chatte s'attaquèrent. Ils roulaient, agrippés, dents et griffes étincelant au soleil. Les oreilles couchées en arrière, le matou se démenait pour trouver une prise. Mais le pelage touffu de la femelle l'empêchait de planter ses griffes dans la peau de son adversaire.

C'est alors que Croc Jaune se cabra. La queue hérissée, elle était encore plus impressionnante.

Nuage de Feu sentit des dents acérées frôler son cou. Il se pencha en arrière, juste à temps. *Clac !* Des mâchoires terribles se refermèrent dans le vide derrière son oreille.

D'instinct, il contre-attaqua du revers de la patte. Il toucha son assaillante à la tempe. L'impact la fit trembler jusqu'à l'épaule.

« Aïe ! »

Sonnée, la chatte retomba à quatre pattes et secoua la tête.

L'espace d'un instant, avant qu'elle ne retrouve ses esprits, il vit une ouverture. Il bondit, ramassé sur lui-même, et planta les crocs dans une des pattes arrière de son adversaire. *Beurk !* Le goût de la fourrure hirsute était abominable.

« Mrrrraou ! » hurla Croc Jaune, au martyre, avant de pivoter tout à coup pour le mordre jusqu'au sang.

La douleur fulgurante qui remonta le long de l'échine de Nuage de Feu ne fit que renforcer sa colère. Sa queue, qu'il avait arrachée à son ennemie, fouetta rageusement l'air. La chatte se tapit, prête à attaquer de nouveau. Sa respiration était sifflante, son haleine nauséabonde. L'odeur prit l'apprenti à la gorge. Le désespoir et la faiblesse de la femelle au ventre vide étaient presque douloureux. Il sentit se réveiller en lui une émotion indigne d'un chasseur : la pitié. Il tenta en vain de réprimer ce sentiment : il savait qu'il devait sa loyauté au Clan. Il se rappela les paroles de Cœur de Lion. « *C'est ton cœur qui parle, Nuage de Feu. Un jour, c'est ce qui fera de toi un guerrier redoutable.* » Puis l'avertissement de Griffe de Tigre résonna à ses oreilles : « *Ou bien ça révélera sa lâcheté de vulgaire chat domestique, au moment du combat.* »

Croc Jaune bondit et l'instinct agressif du matou se réveilla aussitôt. Elle essaya de s'agripper à ses épaules pour lui donner un coup mortel, mais elle était ralentie par sa blessure à la patte.

Le novice fit le gros dos ; elle s'accrocha à lui de toutes ses forces. Le poids de la chatte le plaqua au sol.

Un goût de terre envahit la gueule de Nuage de Feu, qui recracha des gravillons. Il évita avec souplesse les pattes arrière de son adversaire et les griffes acérées qui tentaient de lacérer son ventre fragile. Ils roulèrent, au corps à corps, se débattant comme des beaux diables.

Un instant plus tard, ils se séparaient. L'apprenti était hors d'haleine, mais il sentait Croc Jaune faiblir. La blessure de la femelle n'était pas belle à voir, et ses pattes soutenaient à peine son corps famélique.

« Ça te suffira ? » gronda-t-il.

Si l'intruse battait en retraite, il la laisserait partir.

« Jamais ! » lança-t-elle avec bravoure.

Mais sa patte blessée se déroba sous elle et elle s'effondra. Elle voulut se relever. En vain.

« Sans la faim et la fatigue, je t'aurais taillé en pièces. Donne-moi le coup de grâce. Je ne t'en empêcherai pas », gronda-elle, le regard éteint, la bouche tordue par un rictus de souffrance et de défi.

Il hésita. Jamais il n'avait tué un de ses semblables. Dans le feu de l'action, peut-être le ferait-il sans hésiter, mais de sang-froid, c'était une autre histoire.

« Qu'est-ce que tu attends ? râla Croc Jaune. Tu tergiverses comme un chat domestique ! »

Ces paroles le piquèrent au vif. Pouvait-elle sentir l'odeur des Bipèdes sur sa fourrure, même après tout ce temps ?

« Je suis un des apprentis du Clan du Tonnerre ! » rétorqua-t-il.

La vieille chatte plissa les yeux. Elle l'avait vu tressaillir et savait qu'elle avait touché un point sensible.

« Ah ! ricana-t-elle. Ne me dis pas que ta tribu est désespérée au point de recruter des chats domestiques ?

— Nous ne sommes pas désespérés !

— Alors prouve-le ! Comporte-toi en guerrier et achève-moi. Tu me rendras service. »

Le matou la dévisagea. Il ne se laisserait pas inciter à tuer la pauvre bête. Tenaillé par la curiosité, il se demandait comment elle avait pu se retrouver dans un tel état ? Les anciens du Clan du Tonnerre étaient dorlotés comme des nouveau-nés !

« Tu m'as l'air bien pressée de mourir... glissa-t-il.

— Et alors ? Ça me regarde, nabot ! répliqua Croc Jaune. C'est quoi, ton problème, petit ? Tu attends que je meure de vieillesse, ou quoi ? »

C'étaient des paroles courageuses, pourtant il sentait la faim et la souffrance de la chatte. Elle n'allait pas tarder à mourir, de toute façon, si elle ne trouvait pas très vite à manger. Et comme elle était incapable de chasser, peut-être valait-il mieux qu'il la tue tout de suite. Les deux félins s'observèrent, hésitants.

« Attends-moi là », finit par lancer Nuage de Feu.

Croc Jaune sembla se recroqueviller. Son poil hérissé retomba et sa queue perdit sa raideur.

« Tu plaisantes, petit ? Je ne vais pas m'envoler. »

Grimaçante, elle gagna clopin-clopant un carré de bruyère. Elle s'y laissa tomber et se mit à lécher sa patte blessée.

L'apprenti lui jeta un coup d'œil par-dessus son épaule et feula doucement, exaspéré, avant de s'éloigner entre les arbres.

Il progressa sans bruit à travers les fougères. Les parfums de la forêt chatouillaient ses narines, mêlés à l'odeur âcre d'un rat mort depuis longtemps. Le matou entendait le grattement des insectes sous l'écorce des arbres, le bruissement de petits mammifères qui détalaient sur les feuilles. Il avait d'abord songé à aller déterrer la grive tuée un peu plus tôt, mais le trajet lui ferait perdre trop de temps.

Peut-être pouvait-il ramener la carcasse du rat ? C'était bien plus facile, mais une chatte affamée avait besoin de gibier frais. Un guerrier ne mangeait de charognes qu'en période de disette.

À cet instant précis, il tomba en arrêt : il avait flairé un jeune lapin. Au bout de quelques pas, il l'aperçut. Il se tapit pour s'approcher de la bête. Il n'était plus qu'à un pas d'elle quand elle le repéra. Mais il était déjà trop tard. À la vue de la houppette blanche qui filait devant lui, la fièvre de la chasse submergea Nuage de Feu. Une course précipitée, un coup de griffe et tout était fini.

Il immobilisa le corps agité de soubresauts et acheva l'animal sans tarder.

Croc Jaune releva la tête avec lassitude quand Nuage de Feu déposa le lapin sur le sol à côté d'elle. Elle en resta un moment bouche bée.

« Te revoilà, petit ! Je pensais que tu étais allé chercher du renfort.

— Ah oui ? Je peux encore y aller, figure-toi. Et arrête de m'appeler "petit". »

Avec un grognement, il poussa le gibier vers elle. Sa propre générosité le mettait mal à l'aise.

« Écoute, si tu n'en veux pas...

— Oh que si ! se hâta-t-elle de répondre. Je le prends. »

Il la regarda dépecer la proie et commencer à la dévorer. Sa faim resurgie, il se mit à saliver. Il savait qu'il n'aurait même pas dû avoir de telles pensées : il devait encore rapporter de quoi nourrir tout le Clan. Mais une odeur délicieuse montait de la viande. Quelques minutes plus tard, la chatte poussa un grand soupir et se coucha sur le flanc.

« Mmmmm... Mon premier gibier frais depuis des jours. »

Elle se lécha le museau et entreprit une toilette complète. *Comme si ça allait faire la moindre différence*, pensa le novice en frémissant. Elle était l'incarnation de la crasse et de la puanteur.

Il fixa la carcasse quasiment nettoyée. Il ne restait pas grand-chose pour caler l'estomac d'un matou en pleine croissance, or son combat contre la chatte lui avait aiguisé l'appétit ; il finit par céder à la tentation et avala les restes du lapin. Un régal ! Il se lécha les babines, savourant son maigre repas jusqu'à la dernière miette, le corps entier parcouru de fourmillements. Croc Jaune le surveillait de près, les babines retroussées.

« Bien meilleur que les saletés dont on nourrit certains chats domestiques, pas vrai ? » lança-t-elle, sournoise.

Nuage de Feu l'ignora et se mit à faire sa toilette.

« Du poison, poursuivit-elle. Des crottes de rat, je te dis ! Il faut être un minable pour accepter de manger des trucs pareils... »

Elle s'interrompit, soudain tendue :

« Chut ! Des guerriers approchent. »

Il l'avait senti, lui aussi. Il entendait le bruit étouffé de leurs pas sur les feuilles et le frôlement de leur fourrure contre les branches. Il humait le vent qui effleurait leur pelage. C'étaient des odeurs familières. Des guerriers du Clan du Tonnerre, assez confiants sur leurs terres pour ne pas se soucier d'être repérés.

Le chat roux se lécha les babines d'un geste coupable, dans l'espoir d'effacer toute trace de la viande qu'il venait d'avaler. Puis il regarda Croc Jaune et la pile fraîche d'os de lapin à côté d'elle. La voix de Cœur de Lion résonna à nouveau dans sa tête : « *Le Clan passe avant tout le reste !* » Son mentor allait-il comprendre pourquoi Nuage de Feu avait nourri la pauvre bête ? Pris de vertige, il eut soudain très peur de ce qui risquait de lui arriver. Il avait réussi à enfreindre le code du guerrier dès sa première mission !

CHAPITRE 8

❧

Croc Jaune poussait des grognements menaçants, mais Nuage de Feu avait senti son affolement. La chatte se releva à grand-peine.

« Bon. Merci pour le repas. »

Elle essaya de s'éloigner tant bien que mal, mais grimaça de douleur.

« Aïe ! Ma patte s'est engourdie pendant que je me reposais. »

Il était désormais trop tard pour s'enfuir. Des ombres silencieuses sortirent d'entre les arbres et, en un clin d'œil, la patrouille avait encerclé l'apprenti et la femelle. Nuage de Feu reconnut Griffe de Tigre, Éclair Noir, Fleur de Saule et Étoile Bleue, tous des guerriers redoutables. L'odeur de la peur de Croc Jaune devint insupportable.

Nuage Gris était sur leurs talons. Il sortit des fourrés d'un bond et s'arrêta à côté des autres.

Le chat roux s'empressa de les saluer. Mais seul son ami lui répondit :

« Salut, Nuage de Feu !

— Silence ! » gronda Griffe de Tigre.

Le novice jeta un coup d'œil à Croc Jaune et gémit en son for intérieur ; la crainte étreignait toujours l'animal loqueteux, mais au lieu de s'aplatir en signe de soumission, il fixait les nouveaux venus d'un air de défi.

« Nuage de Feu ? demanda Étoile Bleue d'une voix calme et mesurée. Qu'avons-nous là ? Un guerrier ennemi... qui vient d'être nourri, d'après votre odeur à tous les deux. »

Elle le transperçait du regard, et l'apprenti dut baisser la tête.

« Elle était très faible, elle mourait de faim... commença-t-il.

— Et toi ? Tu t'es permis de manger avant le reste de la tribu ? J'imagine que tu avais une très bonne raison pour enfreindre le code du guerrier ? »

Le matou n'était pas dupe. Malgré sa voix douce, la femelle était furieuse, et à juste titre. Il se recroquevilla encore. Avant qu'il puisse répondre, Griffe de Tigre cracha bruyamment :

« Chat domestique un jour, chat domestique toujours ! »

Elle ignora le vétéran et se tourna vers l'intruse. Elle parut étonnée.

« Eh bien, Nuage de Feu ! On dirait que tu as capturé un chat du Clan de l'Ombre. Et pas n'importe lequel. Tu es leur guérisseuse, non ? demanda-t-elle à Croc Jaune. Que fais-tu si loin en territoire ennemi ?

— C'est bien moi. Mais je vis seule, maintenant. »

Le novice écouta l'échange avec stupéfaction. Avait-il bien entendu ? Son adversaire était une guerrière du Clan de l'Ombre ? La crasse avait dû masquer l'odeur de sa tribu. Il aurait pris plus de plaisir à l'affronter, s'il l'avait su.

« Croc Jaune ! railla Griffe de Tigre. Les temps doivent être bien durs pour que tu te laisses battre par un simple apprenti !

— Cette vieille femelle ne nous est d'aucune utilité, intervint Éclair Noir. Mieux vaut la tuer maintenant. Quant au chat domestique, il a enfreint le code du guerrier en donnant à manger à un chasseur ennemi. Il doit être puni.

— Du calme, déclara Étoile Bleue. Toutes les tribus connaissent la bravoure et la sagesse de Croc Jaune. Écoutons ce qu'elle a à dire avant de prendre une décision. Commençons par la ramener au camp. Nous verrons alors ce qu'il convient de faire d'elle... et de Nuage de Feu. Tu peux marcher ou tu as besoin d'aide ? lui demanda-t-elle.

— J'ai encore trois pattes valides », répondit la guérisseuse, qui s'avança clopin-clopant.

Les yeux voilés par la souffrance, elle semblait pourtant déterminée à ne montrer aucune faiblesse. L'apprenti vit une lueur de respect s'allumer dans l'œil d'Étoile Bleue avant que le chef du Clan du Tonnerre ne tourne les talons pour s'enfoncer dans la forêt à la tête du petit groupe. Les autres guerriers encadrèrent leur prisonnière, et la patrouille s'ébranla, son allure réglée sur celle de la blessée.

Les deux novices fermaient la marche.

« Tu avais déjà entendu parler de Croc Jaune, toi ? souffla Nuage de Feu à son ami.

— Un peu. Apparemment, elle était guerrière avant de devenir guérisseuse, ce qui est plutôt rare. Je n'arrive pas à l'imaginer en solitaire, cela dit. Elle a passé sa vie entière au sein du Clan de l'Ombre.

— C'est quoi, un solitaire ? »

Nuage Gris lui jeta un coup d'œil pensif.

« C'est un chat sans tribu ni maîtres. Selon Griffe de Tigre, ils sont égoïstes et indignes de confiance. Ils vivent souvent à proximité des demeures des Bipèdes, mais ils ne dépendent de personne et chassent leur propre gibier.

— C'est ce que je pourrais bien devenir, une fois qu'Étoile Bleue en aura fini avec moi.

— Tu sais, elle est toujours juste, le rassura Nuage Gris. Elle ne te forcera pas à partir. Elle a l'air plutôt contente d'avoir fait une telle capture. Je suis sûr qu'elle ne te reprochera pas d'avoir apporté à manger à cette pauvre vieille femelle.

— Mais tout le monde répète qu'on manque de gibier ! Oh ! Pourquoi a-t-il fallu que je goûte à ce lapin ? »

Le chat roux se sentait mort de honte. Nuage Gris donna un coup de museau affectueux à son ami.

« Ça, oui, c'était une belle bêtise. Tu as vraiment enfreint le code du guerrier, mais personne n'est parfait ! »

Sans répondre, l'apprenti poursuivit sa route, le cœur lourd. Ce n'était pas la fin qu'il avait espérée pour sa première mission en solo.

Lorsque la patrouille passa devant les sentinelles en faction à l'entrée du camp, le reste de la tribu courut souhaiter la bienvenue aux chasseurs qui rentraient.

Reines, petits et anciens s'amassèrent de part et d'autre du chemin. Ils dévisagèrent Croc Jaune avec curiosité. Certains des doyens reconnurent la vieille femelle. La rumeur se répandit vite dans le camp qu'elle était guérisseuse du Clan de l'Ombre, et des huées ne tardèrent pas à s'élever autour d'eux.

La guérisseuse semblait sourde aux railleries. Nuage de Feu ne pouvait s'empêcher d'admirer son air digne malgré les regards hostiles et les invectives. Il savait qu'elle souffrait le martyre et qu'elle était encore très faible malgré son repas.

Étoile Bleue indiqua du museau le pied du Promontoire. Obéissant à l'ordre tacite de leur chef, la vieille chatte se laissa tomber sur le sol avec soulagement. Toujours indifférente aux yeux haineux qui la fixaient, elle entreprit de lécher sa patte blessée.

Le novice vit Petite Feuille émerger de son antre. Elle avait dû flairer la présence d'un malade. Il regarda la foule s'écarter pour laisser passer la jeune femelle.

« Je sais m'occuper de mes blessures, grogna Croc Jaune, l'œil noir. Je n'ai pas besoin de ton aide. »

Sans mot dire, la chatte écaille inclina respectueusement la tête et recula.

Certains étaient sortis chasser : on apporta du gibier pour la patrouille. Chaque guerrier emmena une proie près du bouquet d'orties pour la dévorer. Puis le reste du Clan s'avança pour prendre sa part.

Nuage de Feu allait et venait autour de la clairière, affamé, en assistant au festin des chats assis par petits groupes, comme à leur habitude. Il avait très envie de manger ne serait-ce qu'une bouchée, mais n'osait rien prendre. Après avoir enfreint le code du guerrier, il se doutait qu'il n'y avait pas droit.

Il s'arrêta près du Promontoire où Étoile Bleue discutait avec Griffe de Tigre. L'apprenti espérait un signe de son chef indiquant qu'il pouvait manger. Mais la chatte grise et le vétéran étaient en grande conversation. Prêt à tout pour connaître le sort qui l'attendait, il tendit l'oreille. Le chasseur semblait excédé.

« Il est bien trop dangereux d'amener un de nos ennemis ici ! Maintenant qu'elle connaît notre territoire, elle racontera tout à son Clan. Il faudra déplacer le camp !

— Allons, le rassura Étoile Bleue. Pourquoi nous trahirait-elle ? Elle affirme qu'elle voyage seule désormais.

— En es-tu vraiment sûre ? À quoi pensait donc cet imbécile de chat domestique ?

— Réfléchis un peu. Pourquoi la guérisseuse du Clan de l'Ombre choisirait-elle de quitter sa tribu ? Tu as l'air de craindre que Croc Jaune leur révèle nos secrets, mais as-tu pensé à ce qu'elle pourrait nous raconter ? »

Griffe de Tigre se détendit : le novice comprit que la remarque était judicieuse. Sur un bref signe de tête, le guerrier s'éloigna pour prendre sa part du gibier.

Étoile Bleue resta immobile. Elle regardait des tout-petits s'amuser à se battre et à rouler dans la poussière, de l'autre côté de la clairière. Elle finit par se relever et se diriger vers Nuage de Feu. Le cœur de l'apprenti se serra. Qu'allait-elle lui dire ?

Mais la chatte passa à côté de lui sans le remarquer. Elle ne lui accorda pas même un regard ; elle semblait préoccupée.

« Pelage de Givre ! » lança-t-elle en approchant de la pouponnière.

Une chatte d'un blanc immaculé aux yeux bleu foncé sortit du taillis de ronces. À l'intérieur résonnèrent des miaulements affolés.

« Du calme. Je reviens tout de suite, fit-elle sur un ton apaisant avant de se tourner vers leur chef. Qu'y a-t-il ?

— L'un de nos apprentis a aperçu un renard dans les parages. Préviens les autres reines de surveiller attentivement la pouponnière. Je vais envoyer nos guerriers à sa poursuite. Jusque-là, veille à ce que les chatons de moins de six lunes ne sortent pas du camp.

— Je ferai passer la consigne, Étoile Bleue. Merci. »

La mère retourna aussitôt dans la pouponnière rassurer les petits apeurés. Étoile Bleue s'avança enfin vers le tas de gibier. On y avait laissé un pigeon ramier bien dodu à son intention. Nuage de Feu la regarda avec envie rejoindre les vétérans, sa proie à la bouche.

Sa faim finit par pousser l'apprenti en avant. Près de la souche, Nuage Gris dévorait un petit pinson en compagnie de Nuage de Jais. Il vit son ami approcher de la pile et inclina la tête d'un air encourageant. Rassuré, le chat roux fit mine de saisir un petit mulot entre ses dents.

« Pas toi ! grogna Griffe de Tigre, qui s'était approché sans bruit pour lui arracher le rongeur. Tu n'as pas rapporté de gibier. Les anciens mangeront ta part. Va la leur porter. »

Nuage de Feu regarda Étoile Bleue. Elle acquiesça d'un bref signe de tête.

« Obéis. »

Docile, il ramassa le rat des champs et l'apporta à Petite Oreille. La délicieuse odeur chatouilla les narines de l'apprenti. La bête était juste à sa portée, il se retint à grand-peine d'y mordre à pleines dents.

Avec beaucoup de sang-froid, il déposa la proie devant le matou gris et recula poliment. Comme il s'y attendait, il n'eut droit à aucun remerciement.

Maintenant, il était bien content d'avoir dévoré le reste du lapin qu'il avait attrapé pour Croc Jaune. Il n'aurait plus rien d'autre à manger jusqu'au lendemain. Il rejoignit Nuage Gris. Enfin rassasié, son ami était étendu avec Nuage de Jais devant la tanière des apprentis. Allongé sur le flanc, il se léchait une patte. Voyant arriver son camarade, il interrompit sa toilette.

« Étoile Bleue a déjà annoncé ton châtiment ?

— Pas encore », répondit le chat roux d'un air sombre.

Son compagnon fronça les sourcils sans mot dire, compatissant. Dans la clairière résonna l'appel d'Étoile Bleue.

« Que tous ceux qui sont en âge de chasser se réunissent pour une assemblée du Clan. »

La plupart des guerriers avaient fini leur repas et, comme le matou cendré, étaient occupés à faire leur toilette. Ils se levèrent avec souplesse et s'approchèrent du Promontoire où les attendait leur chef.

« Allons-y ! » miaula Nuage Gris.

Il se redressa d'un bond et se fraya un chemin jusqu'au premier rang, les deux autres sur les talons.

« Je suis sûre que vous avez entendu parler de la prisonnière que nous avons ramenée aujourd'hui, commença la femelle. Mais un autre problème nécessite aussi notre attention. »

Elle jeta un regard à la chatte grisonnante couchée près du Promontoire :

« Tu m'entends, de là-bas ?

— Je suis peut-être âgée, mais je ne suis pas encore sourde ! » rétorqua Croc Jaune.

Indifférente à l'hostilité de la prisonnière, Étoile Bleue reprit :

« J'ai bien peur d'apporter de graves nouvelles. Aujourd'hui j'ai pénétré dans les terres du Vent avec une patrouille. Les traces du Clan de l'Ombre étaient partout. Ses guerriers avaient marqué presque tout le territoire. Nous n'avons rencontré personne alors que nous nous sommes risqués au cœur du plateau. »

Un silence stupéfait accueillit ces mots. L'assemblée parut troublée.

« Tu veux dire qu'ils ont été chassés ? demanda Petite Oreille à leur chef, incrédule.

— Nous n'en sommes pas certains. Quoi qu'il en soit, le Clan de l'Ombre a laissé son odeur partout. Nous avons aussi trouvé du sang et des touffes de poil. Il y a bien eu bataille, même si nous n'avons trouvé aucun corps. »

La foule poussa des miaulements bouleversés. Nuage de Feu vit les félins s'agiter, choqués et furieux. C'était la première fois qu'une tribu en faisait fuir une autre.

« Comment le Clan du Vent a-t-il pu quitter ses terres ? lança Un-Œil d'une voix rauque. Leur adversaire est féroce, mais ils sont nombreux. Ils vivent là-bas depuis des générations. Comment est-ce possible ? »

La vieille chatte secoua la tête, désemparée, les moustaches tremblantes.

« Je ne connais la réponse à aucune de tes questions, lui avoua la femelle. Nous savons que le Clan de l'Ombre s'est récemment choisi un nouveau chef, après la mort d'Étoile Grise. Mais Étoile Brisée n'avait pas fait la moindre menace lors de la dernière Assemblée.

— Peut-être Croc Jaune sait-elle quelque chose ? lança Éclair Noir. Après tout, elle est des leurs !

— Je ne suis pas une traîtresse ! Rien ne me fera avouer les secrets de ma tribu à une brute de ton espèce ! » rétorqua la guérisseuse d'un air féroce.

Le matou s'avança, les oreilles couchées en arrière, les yeux réduits à deux fentes, prêt à lui sauter dessus.

« Arrêtez ! » s'écria Étoile Bleue.

Le chasseur recula, malgré le regard de défi et les feulements menaçants de Croc Jaune.

« Ça suffit ! gronda leur chef. La situation est trop grave pour que nous nous battions entre nous. La tribu doit se préparer au pire. À partir de ce soir, les guerriers ne se déplaceront plus qu'en nombre. Les autres ne quitteront pas les abords du camp. Les patrouilles aux frontières seront renforcées et les petits consignés à la pouponnière. »

Il y eut un murmure approbateur.

« Le manque de combattants est notre principal handicap, poursuivit-elle. Nous allons donc accélérer l'apprentissage de nos jeunes. Ils vont devoir être prêts plus tôt que prévu pour défendre le Clan. »

Nuage de Feu vit ses compagnons les plus âgés échanger un regard fiévreux. Le chat gris fixait Étoile Bleue, ravi. Mais Nuage de Jais se contentait de piétiner sur place, ses yeux écarquillés étaient remplis d'inquiétude.

« L'un d'eux partageait les mentors de ses camarades, reprit leur chef. En prenant en main son initiation, je vais faciliter la formation des trois novices à la fois. »

Elle marqua un temps d'arrêt et promena son regard sur la foule.

« Je vais prendre Nuage de Feu pour apprenti. »

Le chat roux ouvrit de grands yeux ahuris. Étoile Bleue, son mentor ?

« Quel honneur ! s'exclama Nuage Gris d'une voix étranglée à côté de lui, sans pouvoir cacher sa surprise. Elle n'a pas eu de novice depuis des lunes. D'habitude, elle n'entraîne que les petits de ses lieutenants ! »

Une voix familière s'éleva alors au premier rang : Griffe de Tigre.

« Voilà sa récompense ! Au lieu de la punition qu'il mérite ! ?

— Nuage de Feu est désormais mon apprenti. Je me charge de lui », rétorqua Étoile Bleue.

Elle contempla le vétéran un moment avant de lever la tête pour s'adresser à tous.

« Croc Jaune sera autorisée à rester parmi nous jusqu'à ce qu'elle ait retrouvé ses forces. Nous sommes des guerriers, pas des barbares. Elle devra être traitée avec respect et courtoisie.

— Mais le Clan ne peut pas subvenir à ses besoins, protesta Éclair Noir. Nous avons déjà trop de bouches à nourrir.

— S'il pouvait fermer un peu la sienne, ça nous ferait des vacances ! chuchota Nuage Gris à l'oreille de son ami.

— Je n'ai pas besoin qu'on s'occupe de moi ! répliqua Croc Jaune. Je taillerai en pièces le premier qui s'y risque !

— Quelle vipère, ma parole ! » murmura le matou cendré.

Le chat roux acquiesça en agitant le bout de la queue. Un brouhaha étouffé parcourut la foule : l'ennemi ne manquait pas de cran. Étoile Bleue fit la sourde oreille.

« Nous allons faire d'une pierre deux coups, si on peut dire. Nuage de Feu, pour avoir enfreint le code du guerrier, tu es condamné à t'occuper de Croc Jaune. Tu chasseras pour elle et tu soigneras ses blessures. Tu prépareras sa litière et tu nettoieras ses crottes.

— À tes ordres, Étoile Bleue », répondit-il, la tête courbée en signe de soumission.

Beurk ! pensait-il.

Nuage de Poussière et Nuage de Sable poussèrent des cris moqueurs.

« Bonne idée ! lança le premier. Ça va t'en faire, des puces à tuer !

— Et du gibier à attraper ! renchérit la seconde. Ce sac d'os a bien besoin de se remplumer.

— Ça suffit ! coupa leur chef. J'ose espérer que Nuage de Feu ne trouvera rien d'humiliant à s'occuper de Croc Jaune. Elle est guérisseuse, et c'est son aînée. Ces deux raisons suffisent pour la respecter. »

Elle décocha un regard sévère aux deux pitres avant de reprendre :

« Et il n'y a pas de honte à prendre soin d'un chat incapable de se débrouiller seul. L'assemblée est terminée. Je vais maintenant m'entretenir seule à seuls avec les vétérans. »

Sur ces mots, elle descendit du Promontoire et se dirigea vers sa tanière. Cœur de Lion la suivit. Les autres commencèrent à se disperser. Quelques-uns félicitèrent Nuage de Feu d'avoir été choisi comme apprenti par leur meneuse ; d'autres lui souhaitèrent bonne chance avec Croc Jaune d'un air moqueur. Le chat roux était si éberlué par la nouvelle qu'il se contenta d'incliner la tête sans répondre.

Longue Plume s'approcha à pas feutrés. L'entaille en forme de V que le novice lui avait faite à l'oreille se voyait encore. Le guerrier lui montra les dents d'un air méprisant.

« J'espère que tu y réfléchiras à deux fois avant d'amener des chats errants au camp, désormais, ricana-t-il. Tu vois, j'avais raison de penser que les étrangers ne nous apporteraient que des ennuis ! »

CHAPITRE 9

♣

« J'IRAIS M'OCCUPER DE CROC JAUNE, si j'étais toi, souffla Nuage Gris lorsque Longue Plume s'éloigna. Elle n'a pas l'air très contente. »

L'apprenti jeta un coup d'œil à la vieille femelle, toujours couchée près du Promontoire. Son ami avait raison : elle fixait le chat roux d'un air furieux.

« Souhaite-moi bonne chance ! grimaça-t-il

— Il te faut au moins le soutien de tout le Clan des Étoiles, ce coup-ci. Appelle-moi si tu as besoin d'un coup de patte. Si elle devient trop entreprenante, je me glisserai derrière elle et je l'assommerai. »

Nuage de Feu s'esclaffa avant de se diriger vers la chatte blessée au petit trot. Mais sa gaieté s'envola aussitôt car elle était manifestement d'une humeur massacrante. Elle cracha d'un air menaçant et lui montra les dents.

« Halte-là, chat domestique ! »

Il soupira. C'était mal parti. Affamé, il tombait de fatigue. Il rêvait de se pelotonner dans sa litière pour une petite sieste. Aucune envie de se disputer avec cette pitoyable boule de fourrure !

« Tu peux bien me traiter de ce que tu veux, dit-il avec lassitude. Je ne fais que suivre les ordres d'Étoile Bleue.

— Alors tu es vraiment un chat domestique ? » rétorqua Croc Jaune, la respiration sifflante.

Elle est exténuée, elle aussi, songea Nuage de Feu. Elle parlait avec moins de fougue, même si sa rancune ne l'avait pas quittée.

« Je vivais chez les Bipèdes quand j'étais petit, répondit-il calmement.

— Ta mère et ton père aussi ?

— Oui. »

Il baissa les yeux, tenaillé par l'amertume. Passe encore qu'il doive supporter le mépris des chats de son propre Clan. Mais écouter les sarcasmes de leur prisonnière ! La femelle sembla prendre son silence pour une invitation à poursuivre.

« Le sang des guerriers ne coule pas dans tes veines. Retourne donc chez tes Bipèdes ! Je ne veux pas de ton aide !

— Chasseur ou pas, ça ne fait aucune différence, gronda Nuage de Feu, à bout de patience. Si j'étais un chat de ton Clan, ou même un de ces maudits Bipèdes, tu refuserais encore ! » Il fouetta l'air de la queue. « C'est l'idée de devoir dépendre des autres que tu trouves si humiliante ! »

Elle fixait sur lui des yeux écarquillés.

« Il faudra bien que tu t'y fasses, au moins jusqu'à ce que tu puisses te débrouiller seule, espèce de vieille sorcière ! » cracha l'apprenti.

Croc Jaune se mit soudain à pousser un feulement éraillé, très bas et saccadé.

Inquiet, Nuage de Feu fit un pas vers elle. Les yeux réduits à deux fentes étroites, la vieille reine était secouée de tremblements. Des convulsions ?

« Écoute, je ne voulais pas... » commença-t-il, avant de comprendre soudain qu'elle avait un fou rire.

Elle continuait de glousser, le souffle rauque. Le matou ne savait plus quoi faire.

« Tu as du cran, chat domestique, finit-elle par croasser. Bon, je suis épuisée et ma patte me fait très mal. Il me faut du repos et un baume pour ma plaie. Va trouver votre jolie petite guérisseuse et demande-lui des herbes. Je crois qu'un cataplasme de verge d'or devrait convenir. Et rapporte-moi quelques graines de pavot à mâcher. La douleur est insupportable ! »

Stupéfait par ses sautes d'humeur, il se hâta de tourner les talons et de filer vers la tanière de Petite Feuille.

Il n'était jamais allé dans cette partie-là du camp. Les oreilles dressées, il emprunta un tunnel de fougères qui menait à une petite clairière tapissée d'herbe. D'un côté trônait un grand rocher fendu au milieu en une crevasse assez large pour servir d'antre à une chatte. La guérisseuse sortit par cette ouverture.

Nuage de Feu la salua timidement avant de lui réciter la liste d'herbes et de graines dressée par Croc Jaune.

« J'ai la plupart de ces plantes dans ma tanière, lui répondit la femelle. Je vais y rajouter des feuilles de souci. Si elle panse sa blessure avec, la plaie ne s'infectera pas. Attends-moi ici.

— Merci », fit le novice tandis qu'elle disparaissait dans son repaire.

Il plissa les yeux pour tenter d'apercevoir la guérisseuse à l'intérieur. Mais la grotte était trop sombre ; il l'entendait juste remuer des herbes inconnues à l'odeur entêtante.

Elle émergea de l'obscurité et déposa un paquet enveloppé de feuilles aux pieds de Nuage de Feu.

« Dis à Croc Jaune d'y aller doucement avec les graines de pavot. Je ne veux pas qu'elle supprime complètement la douleur. Ça me permettra d'évaluer son état. »

— D'accord. Merci encore, Petite Feuille ! »

Il prit le paquet entre ses dents avant de repasser le tunnel de fougères. Assis à l'entrée de la tanière des guerriers, Griffe de Tigre le suivit des yeux. Les herbes dans la gueule, Nuage de Feu sentait un regard d'ambre sur sa nuque. Il jeta un coup d'œil curieux au vétéran, qui détourna aussitôt la tête.

L'apprenti posa le paquet devant la vieille chatte.

« Parfait, miaula-t-elle. Maintenant tu vas pouvoir me laisser, mais avant, trouve-moi de quoi manger. Je meurs de faim ! »

Le soleil se levait pour la troisième fois depuis l'arrivée de Croc Jaune au camp. Matinal, le novice poussa du museau Nuage Gris qui dormait toujours, le nez enfoui sous son épaisse queue.

« Debout ! Tu vas être en retard à l'entraînement. »

Son ami dressa la tête d'un air endormi et acquiesça à regret.

Le chat roux réveilla ensuite Nuage de Jais, qui ouvrit aussitôt les yeux, d'un bond sauta sur ses pattes et regarda autour de lui, hagard.

« Qu'y a-t-il ?

— Pas de panique ! Il est bientôt l'heure de partir. »

Dans leurs litières de mousse à l'autre bout de la tanière, leurs deux aînés commençaient eux aussi à s'étirer. Nuage de Feu se faufila dehors.

La matinée était chaude, le ciel d'un bleu profond à travers le feuillage. Ce jour-là pourtant, l'herbe étincelait de rosée. L'apprenti huma l'air. La saison des feuilles vertes s'achevait, et bientôt le temps se rafraîchirait.

Il se roula sur le dos près de la souche. Puis il se tourna sur le flanc, et vérifia de l'autre côté de la clairière que Croc Jaune était bien réveillée.

On avait installé la vieille femelle derrière l'arbre abattu près duquel les doyens prenaient leurs repas. Sa litière s'appuyait contre le tronc moussu, hors de portée de voix des anciens, mais bien visible depuis la tanière des guerriers. Le novice aperçut une boule de fourrure gris pâle, soulevée par une respiration paisible de chatte endormie.

Les autres apprentis s'extirpèrent de leur repaire. Bon dernier, Nuage de Jais balaya la clairière d'un regard nerveux avant de quitter l'abri des fougères.

« Alors, encore une journée aux basques de ce

vieux sac à puces ? lança Nuage de Poussière. Je parie que tu préférerais t'entraîner avec nous ! »

Le jeune matou se redressa et s'ébroua. Il n'allait pas se laisser contrarier par ces idiots.

« Ne t'inquiète pas, lui murmura son ami. Étoile Bleue ne va pas tarder à te renvoyer à l'entraînement.

— Elle pense peut-être que la place d'un chat domestique est au camp, à s'occuper des malades », lança Nuage de Sable tandis qu'elle renversait dédaigneusement en arrière sa tête rousse au pelage lustré.

Nuage de Feu ignora sa remarque.

« Qu'est-ce que Tornade Blanche t'apprend aujourd'hui ? rétorqua-t-il à la femelle.

— On va s'entraîner au combat. Il doit me montrer comment attaque un vrai guerrier.

— Cœur de Lion m'emmène au Grand Sycomore pratiquer l'escalade, déclara le matou cendré. D'ailleurs, j'ai intérêt à me dépêcher. Il doit m'attendre.

— Je viens avec toi jusqu'au bord du ravin, lui répondit son camarade. Il faut que je trouve à manger pour Croc Jaune. Tu viens, Nuage de Jais ? Griffe de Tigre doit t'avoir concocté quelque chose. »

Le félin noir acquiesça avec un soupir, avant de leur emboîter le pas. Même complètement remis de sa blessure, il semblait toujours aussi peu enthousiaste à l'idée de s'entraîner.

« Tiens, c'est pour toi », dit Nuage de Feu.

Il déposa un pinson et une grosse souris à côté de Croc Jaune.

« Ce n'est pas trop tôt ! » grogna-t-elle.

Encore endormie quand il était rentré de la chasse, la chatte s'était assise, à présent. L'odeur du gibier avait dû la réveiller.

Elle baissa la tête et engloutit la viande avec voracité. À mesure que sa force lui revenait, son appétit grandissait. Sa blessure cicatrisait bien, mais son humeur restait aussi imprévisible qu'à l'accoutumée.

« L'arrière de ma cuisse me démange, mais je n'arrive pas à l'atteindre, se plaignit-elle à la fin de son repas. Ça t'ennuierait de me faire un brin de toilette ? »

Frissonnant de dégoût, le novice s'accroupit et se mit au travail.

Tandis qu'il mordillait les puces dans le fouillis du pelage crasseux, il vit un groupe de petits jouer dans la poussière non loin de là. Ils se sautaient dessus et se mordaient, parfois très fort. Croc Jaune, à moitié endormie, rouvrit les yeux. Nuage de Feu sentit qu'elle se raidissait.

Il écouta un instant les cris aigus et les glapissements des chatons.

« Gare à toi, Étoile Brisée ! » lança un minuscule animal tigré.

Il bondit sur le dos d'une bête grise et blanche qui jouait le rôle du chef du Clan de l'Ombre. Tous deux roulèrent ensemble vers le Promontoire. D'un grand coup de reins, le chaton bicolore se débarrassa de son adversaire. Avec un cri de surprise, celui-ci vint heurter de plein fouet le flanc de la guérisseuse.

Aussitôt, elle se leva d'un bond, l'échine hérissée.

« Ne m'approche pas, boule de poil ! » cracha-t-elle.

Un seul regard à la femelle écumante de rage suffit au tout-petit pour faire volte-face et s'enfuir. Il alla se cacher derrière une reine à la fourrure tachetée, qui fixait Croc Jaune d'un air furieux.

D'abord pétrifié sur place, l'autre chaton commença à battre en retraite vers la pouponnière.

Nuage de Feu avait été secoué par la réaction de la chatte. Il pensait l'avoir vue au sommet de sa fureur lors de leur combat, mais les yeux de la bête luisaient maintenant d'une haine nouvelle.

« Je crois que les petits supportent mal d'être enfermés, expliqua-t-il prudemment. Ils sont de plus en plus agités.

— Peu importe. Contente-toi de les empêcher de m'approcher !

— Tu n'aimes pas les chatons ? demanda Nuage de Feu, curieux malgré lui. Tu n'en as jamais eu ?

— Tu ne sais donc pas que les guérisseurs n'en ont jamais ? rugit Croc Jaune.

— Mais tu as été guerrière avant, non ?

— Je n'ai pas de petits ! »

Elle agita violemment la queue et se redressa.

« De toute façon, ajouta-t-elle à mi-voix, sur un ton presque mélancolique, il leur arrive des accidents quand je suis dans les parages. »

L'émotion voila son regard. Elle posa le menton sur ses pattes, les yeux perdus dans le vague. Nuage de Feu vit ses épaules s'affaisser ; elle poussa un long soupir silencieux.

L'apprenti la regarda, intrigué. Qu'entendait-elle par là ? Était-elle sérieuse ? Difficile à dire : la femelle était d'humeur si changeante... Il haussa les épaules et reprit son travail.

« Il reste une ou deux tiques que je n'ai pas pu retirer, l'informa-t-il quand il eut terminé.

— J'espère que tu n'as même pas essayé, imbécile ! Je ne veux pas de têtes de tiques incrustées dans ma peau, merci bien ! Demande à Petite Feuille un peu de bile de souris. Une goutte suffit à leur faire lâcher prise.

— J'y vais tout de suite ! »

Il n'était pas mécontent de s'éloigner un peu de cette vieille bougonne. Et puis l'idée de retourner voir Petite Feuille n'avait rien de désagréable.

Il se dirigea vers le tunnel de fougères. Pendant la toilette de Croc Jaune, le camp s'était éveillé. Autour de lui, des chats traversaient la clairière, branchages et brindilles à la bouche. Ce manège durait depuis l'annonce de la disparition du Clan du Vent. Les reines construisaient un épais mur de verdure autour de la pouponnière afin de s'assurer que l'étroit tunnel resterait sa seule entrée. D'autres chats s'activaient à la lisière du camp, où ils comblaient les vides entre les fourrés.

Même les anciens s'occupaient à creuser un trou dans la terre. Une procession ininterrompue de guerriers empilait à côté d'eux du gibier prêt à y être entreposé. Une grande activité régnait : tous étaient déterminés à préparer le camp à tenir un siège.

Si l'ennemi attaquait leur territoire, ils se retrancheraient derrière les fortifications. Ils ne se laisseraient pas chasser aussi aisément que le Clan du Vent.

Éclair Noir, Longue Plume, Fleur de Saule et Nuage de Poussière attendaient en silence à l'orée du camp. Ils fixaient les ajoncs. Une patrouille revenait à peine, fourrure poussiéreuse et pattes endolories. Leurs remplaçants échangèrent quelques mots avec eux. Puis ils se hâtèrent de prendre la relève. Les frontières n'étaient jamais laissées sans surveillance.

Nuage de Feu emprunta le tunnel de fougères qui menait à la tanière de Petite Feuille. En entrant dans la clairière, il vit que la guérisseuse préparait des herbes à l'odeur douceâtre.

« Il me faudrait de la bile de souris pour les tiques de Croc Jaune.

— Un instant », répondit la femelle, qui rapprocha deux petits tas et entreprit de les mélanger délicatement. »

Le jeune matou s'installa sur un carré de terre bien chaude.

« Occupée ?

— Je veux être parée au cas où il y aurait des blessés », murmura-t-elle en fixant sur lui des yeux couleur d'ambre.

Il soutint un instant son regard avant de détourner la tête, mal à l'aise. Elle se remit au travail. L'apprenti la regarda s'activer en silence.

« Bon, finit-elle par annoncer. Que voulais-tu, déjà ? De la bile de souris ?

— C'est ça. »

Il se leva et étira ses pattes arrière l'une après l'autre. Le soleil avait réchauffé son pelage et il se sentait prêt pour une sieste délicieuse.

Petite Feuille ressortit de sa tanière, un objet entre les dents. C'était une petite boule de mousse pendue à l'extrémité d'une étroite bande d'écorce. Elle la passa avec précaution à Nuage de Feu. Son souffle chaud caressa la joue de l'apprenti.

« La mousse est imbibée de bile, expliqua-t-elle. Évite tout contact avec tes lèvres, ou tu auras un goût désagréable dans la bouche pendant plusieurs jours. Applique-la sur les tiques puis lave-toi les pattes... dans un ruisseau, pas à coups de langue ! »

Il murmura un remerciement et retourna vers Croc Jaune, soudain débordant d'entrain et de vigueur.

« Arrête de gigoter ! » lança le novice à la vieille chatte.

Il appliqua avec précaution la mousse sur chaque tique.

« Maintenant que tes pattes sont toutes sales, il ne te reste plus qu'à nettoyer mes besoins ! dit-elle lorsqu'il eut fini. Moi, je vais faire la sieste. »

Elle poussa un bâillement, révélant des dents noires et gâtées. La chaleur de la journée la rendait somnolente, elle aussi.

« Ensuite, tu seras libre », murmura-t-elle.

Sa tâche terminée, le matou se dirigea vers le tunnel d'ajoncs. Il avait hâte de se rincer les coussinets.

« Nuage de Feu ! » appela une voix à l'orée de la clairière.

Il se retourna. C'était Demi-Queue.

« Où vas-tu ? demanda l'ancien avec curiosité. Tu devrais être en train de participer aux préparatifs.

— Je viens de mettre de la bile de souris sur les tiques de Croc Jaune. »

Amusé, le vieux chat remua les moustaches.

« Et maintenant tu files au ruisseau le plus proche ! N'oublie pas de ramener du gibier. Il nous en faut autant que possible.

— D'accord. »

Une fois sorti du camp, il gravit la pente du ravin. Il trotta jusqu'au petit torrent où Nuage Gris et lui avaient chassé le jour de sa rencontre avec Croc Jaune. Sans hésitation, il sauta dans l'eau limpide. Le souffle coupé par le froid, il frissonna.

Un bruissement dans les buissons lui fit lever la tête mais, à l'odeur, il savait qu'il n'y avait pas de danger.

« Qu'est-ce que tu fabriques ? »

Ses deux amis le regardaient, ahuris.

« Bile de souris, rétorqua-t-il avec une grimace. Mieux vaut ne pas savoir ce que c'est, croyez-moi. Où sont Cœur de Lion et Griffe de Tigre ?

— Ils sont allés rejoindre la prochaine patrouille, répondit Nuage Gris. On est censés passer le reste de l'après-midi à chasser.

— Demi-Queue m'a demandé la même chose, miaula le novice, qui tressaillit quand un courant glacé lui caressa les pattes. Tout le monde est très

134

occupé, au camp. À croire qu'on risque d'être atta-
qués d'un moment à l'autre. »

Trempé, il grimpa sur la rive.

« Qui te dit le contraire ? » demanda Nuage de
Jais en regardant autour de lui, comme si une
patrouille ennemie pouvait surgir des taillis à tout
instant.

Le chat roux considéra le gibier qui s'entassait
aux pieds des deux apprentis.

« Vous vous êtes bien débrouillés ! remarqua-t-il.

— Oui, répondit le matou cendré avec fierté. Et
l'après-midi n'est pas fini. Tu viens ?

— C'est parti ! »

Il s'ébroua une dernière fois avant de bondir
dans les broussailles à la suite de ses deux camarades.

À leur retour, les chats du Clan les accueillirent
avec des coups de museau amicaux, la queue haute.
Tous semblaient impressionnés par la quantité de
gibier attrapé en un après-midi par les trois frêles
apprentis. Il leur fallut faire quatre voyages pour
apporter leur chasse fructueuse jusqu'au trou creusé
par les anciens.

Quand ils arrivèrent avec leur dernier chargement, leurs deux mentors rentraient à peine de
patrouille.

« Bravo ! miaula Cœur de Lion. On me dit que
vous n'avez pas chômé. La réserve est presque
pleine. Ajoutez donc le reste au menu de ce soir.
Et prenez votre part. Vous méritez un festin ! »

Les trois comparses agitèrent la queue avec délices.

« J'espère que tu n'as pas négligé Croc Jaune pour aller chasser, Nuage de Feu », grogna Griffe de Tigre d'un air menaçant.

Le novice fit non de la tête, impatient de s'échapper. Il mourait de faim. Cette fois, il avait respecté le code du guerrier à la lettre : il n'avait pas avalé une bouchée pendant qu'il chassait pour le Clan. Ses compagnons non plus.

Ils s'éloignèrent au petit trot et ajoutèrent leurs proies au tas dressé au centre de la clairière. Puis chacun emporta son repas près de la souche. La tanière était vide.

« Où sont les autres ? demanda Nuage de Jais.

— Encore en patrouille ? suggéra le félin roux.

— Parfait, conclut le troisième. On aura la paix. »

Une fois rassasiés, ils s'allongèrent pour faire leur toilette. Après la chaleur de la journée, l'air frais du soir était le bienvenu.

« Au fait, tu ne devineras jamais ! lança soudain le matou cendré. Nuage de Jais a réussi à tirer un compliment de ce vieux ronchon de Griffe de Tigre, ce matin.

— Ah bon ? Qu'est-ce que tu as bien pu faire, de la haute voltige ?

— Eh bien... commença timidement leur ami, les yeux baissés. J'ai attrapé un corbeau.

— Comment tu t'y es pris ?

— Il n'était plus tout jeune...

— Il était énorme ! s'exclama Nuage Gris. Même Griffe de Tigre n'a rien trouvé à y redire ! Il est pourtant d'une humeur massacrante depuis qu'Étoile Bleue t'a pris comme apprenti. »

Il se lécha un instant la patte d'un air pensif, puis ajouta :

« Je dirais même : depuis que Cœur de Lion a été fait lieutenant.

— Il s'inquiète juste à cause du Clan de l'Ombre, et des patrouilles supplémentaires, intervint le chat noir. Mieux vaut ne pas le contrarier. »

Leur conversation fut interrompue par un miaulement sonore venu de l'autre côté de la clairière.

« Oh non ! J'ai oublié d'apporter sa part à Croc Jaune !

— Attends, intervint Nuage Gris qui se leva d'un bond. J'y vais.

— Non, il vaut mieux que ce soit moi. C'est ma punition, pas la tienne.

— Personne ne le remarquera. Ils sont en plein repas. Et puis tu me connais : discret comme une souris, vif comme une anguille. Attends-moi ici. »

Nuage de Feu se rassit sans pouvoir dissimuler son soulagement. Il regarda son ami s'approcher du garde-manger.

Comme s'il exécutait des ordres, le félin cendré choisit avec assurance deux des souris les plus appétissantes avant de se diriger à pas vifs vers la vieille guérisseuse.

« Halte-là ! »

L'ordre venait de la tanière des guerriers. Griffe de Tigre s'avança vers l'apprenti.

« Où emmènes-tu ce gibier ? »

Le cœur lourd, Nuage de Feu suivait la scène, impuissant, depuis la souche d'arbre. Près de lui, le matou noir cessa de mastiquer et se recroquevilla, les yeux écarquillés.

« Heu... » bafouilla leur camarade qui laissa tomber les rongeurs et baissa les yeux d'un air coupable.

— Tu n'aiderais pas ton ami à nourrir la traîtresse, là-bas ? »

Nuage Gris fixa le sol quelques instants, avant de répondre :

« Je... J'avais un peu faim. J'allais les manger dans un coin. Si je laisse ces deux-là s'en approcher... (Il coula un regard à ses compagnons.) ... ils ne me laisseront que la fourrure et les os.

— Ah oui ? Si tu as si faim, mange-les donc tout de suite !

— C'est que... balbutia-t-il.

— Tout de suite ! » gronda le chasseur.

Le novice s'empressa de baisser la tête et de s'attaquer aux souris.

Il dépeça la première en quelques coups de dent et l'avala en vitesse. Il mit plus de temps avec la deuxième. L'estomac noué, Nuage de Feu crut que son ami n'y arriverait jamais, mais le jeune chat finit par avaler le dernier morceau.

« Ça va mieux ? demanda le vétéran d'une voix douce.

— Beaucoup mieux, répondit l'apprenti en réprimant un rot.

— Parfait. »

Griffe de Tigre reprit à grands pas le chemin de sa tanière. L'oreille basse, Nuage Gris rejoignit ses deux camarades. Le félin roux lui donna un petit coup de museau :

« Merci ! C'était bien trouvé. »

Croc Jaune poussa un nouveau hurlement. Le matou soupira et se releva. *Quelle corvée ! Combien de temps cela va-t-il durer ?*

CHAPITRE 10

❧

Le lendemain matin, une petite bruine mouillait la cime des arbres et ruisselait dans la clairière.

Nuage de Feu se réveilla la fourrure humide. La nuit avait été pénible. Une fois levé, il s'ébroua avec vigueur. Il sortit ensuite de sa tanière pour traverser le camp au petit trot.

Croc Jaune se réveillait à peine. Elle lorgna le novice qui approchait.

« Mes os me font souffrir, ce matin. Il a plu toute la nuit ?

— Depuis minuit environ, répondit le matou, qui tâta délicatement son lit de bruyère. Ta couche est trempée. Pourquoi ne pas t'installer plus près de la pouponnière ? Tu serais un peu à l'abri.

— Quoi ! Dormir à côté de ces braillards ? Je préfère encore l'humidité ! »

L'apprenti la regarda tourner en rond, les pattes raidies.

« Laisse-moi au moins changer ta litière, proposa-t-il, pressé de laisser tomber le sujet des chatons qui semblait tant la contrarier.

— Merci, Nuage de Feu », lâcha-t-elle.

Il n'en croyait pas ses oreilles. Avait-elle perdu la tête ? Jamais elle ne l'avait remercié ; c'était aussi la première fois qu'elle ne le traitait pas de chat domestique.

« Hé ! Ne reste pas planté là comme un écureuil tétanisé : va me chercher de la mousse ! »

Le novice remua les moustaches, amusé. Voilà qui ressemblait davantage à la vieille chatte qu'il connaissait. Il s'éloigna.

Au milieu de la clairière, il faillit renverser Perce-Neige – la reine qui avait été témoin de la scène désagréable entre le chaton tigré et la guérisseuse.

« Désolé, s'excusa-t-il. Tu vas rendre visite à Croc Jaune ?

— Qu'est-ce que j'irais faire avec cet animal barbare ? Non, c'est toi que je cherchais. Étoile Bleue veut te parler. »

Il fila aussitôt vers le Promontoire et la tanière de leur chef.

Assise sur le seuil, la femelle se léchait le poitrail. Elle s'arrêta en apercevant le novice.

« Comment va Croc Jaune, aujourd'hui ? s'enquit-elle.

— Sa litière est mouillée, j'allais la lui changer.

— Je vais demander à une des reines de s'en occuper. »

Elle se donna un dernier coup de langue, puis posa un regard attentif sur Nuage de Feu.

« Est-elle assez remise pour chasser ?

— Je ne crois pas. Mais elle marche sans difficulté, maintenant.

— Je vois, fit-elle, pensive. Bon, il est temps que tu reprennes l'entraînement. Mais il te faudra travailler dur pour rattraper le temps perdu.

— Génial ! Enfin, je veux dire... Merci ! bredouilla-t-il.

— Ce matin, tu t'entraîneras avec Nuage Gris et Nuage de Jais. J'ai demandé à Griffe de Tigre d'évaluer les progrès de nos apprentis. Ne t'inquiète pas pour Croc Jaune : je vais m'assurer qu'on veille sur elle en ton absence. »

Il acquiesça.

« À présent, rejoins tes compagnons. Je crois qu'ils t'attendent.

— Merci, Étoile Bleue. »

Il prit congé en agitant la queue et s'élança vers sa tanière.

Leur chef avait raison : ses camarades se tenaient près de leur souche d'arbre habituelle. Sa longue fourrure collée par l'humidité, Nuage Gris semblait engourdi, mal réveillé. Quant au chat noir, il faisait les cent pas, perdu dans ses pensées, la queue frémissante.

« Alors aujourd'hui, tu viens avec nous ! s'écria le matou cendré. Sacrée journée ! »

Il s'ébroua violemment pour tenter de se réchauffer.

« Oui ! Étoile Bleue m'a dit que Griffe de Tigre va nous faire passer une évaluation. Nuage de Sable et Nuage de Poussière viennent aussi ?

— Tornade Blanche et Éclair Noir les ont emmenés en patrouille. J'imagine que leur tour viendra plus tard.

— Bon ! Il est temps d'y aller », intervint Nuage de Jais, d'un ton anxieux.

« D'accord, lança Nuage Gris. J'espère qu'un peu d'exercice va me réchauffer ! »

Les trois matous suivirent au petit trot la piste bordée d'ajoncs. Une fois sortis du camp, ils filèrent vers la combe sablonneuse. Leur mentor n'était pas encore là : ils patientèrent à l'abri d'un pin, le poil ébouriffé pour se protéger du froid tenace.

« C'est l'évaluation qui t'inquiète ? demanda Nuage de Feu au chat noir qui allait et venait d'un pas vif. Il n'y a pas de raison. Après tout, tu es l'apprenti de Griffe de Tigre. Dans son compte rendu, il voudra souligner ta valeur.

— Avec lui, on ne sait jamais !

— Par pitié, assieds-toi, grommela Nuage Gris. À ce train-là, tu seras exténué avant qu'on ait commencé ! »

Quand le vétéran arriva, le ciel avait changé. Les épais nuages sombres avaient laissé la place à de petits moutons blancs qui rappelaient le duvet dont les reines tapissaient la litière de leurs nouveau-nés. Le ciel ne tarderait plus à s'éclaircir, mais la brise avait fraîchi.

Griffe de Tigre les salua et commença aussitôt :

« Cœur de Lion et moi, nous avons passé les dernières semaines à essayer de vous enseigner comment chasser convenablement. Aujourd'hui, vous allez pouvoir me montrer ce que vous avez appris. Chacun d'entre vous va emprunter un itinéraire différent pour capturer le plus de gibier possible. Tout ce que vous attraperez sera ajouté aux réserves du camp. »

Les trois novices se regardèrent, excités comme des puces. À la perspective d'un défi, le cœur du chat roux se mit à battre plus vite.

« Nuage de Jais, tu vas suivre la piste qui va du Grand Sycomore jusqu'aux Rochers aux Serpents. Voilà une tâche à la hauteur de tes faibles capacités. Toi, Nuage Gris, tu prendras le chemin qui longe le ruisseau jusqu'au Chemin du Tonnerre.

— Super ! lança le chat cendré. Je vais me mouiller les pattes ! »

Il fut réduit au silence par un regard sévère du chasseur.

« Et pour finir, Nuage de Feu... Quel dommage que ton éminent mentor ne soit pas là pour assister à ta prestation. Tu emprunteras la route qui traverse les Grands Pins jusqu'au bois de chênes, de l'autre côté. »

Nuage de Feu, qui répétait anxieusement le trajet dans sa tête, acquiesça.

« Et n'oubliez pas, conclut le guerrier en les fixant de son regard pâle : Je vous surveillerai tous. »

Nuage de Jais fut le premier à s'élancer. Griffe de Tigre emprunta une autre piste. Les deux autres restèrent seuls dans la combe, à essayer de deviner qui le vétéran allait suivre en premier.

« Je ne vois pas pourquoi il s'imagine que passer par les Rochers aux Serpents, c'est plus facile ! s'exclama Nuage Gris. Le coin grouille de reptiles. Même les oiseaux et les souris l'évitent !

« — Exact, Nuage de Jais devra se méfier sans arrêt.

— Oh ! Il s'en sortira. Même une vipère aurait du mal à l'attraper en ce moment, tant il est nerveux. Bon, je ferais mieux d'y aller. On se retrouve ici tout à l'heure. Bonne chance ! »

Il s'éloigna en direction du ruisseau. Nuage de Feu huma l'air, sortit de la combe en quelques bonds et se mit en route.

Retourner vers la maison où il avait grandi le troublait un peu. Sur le qui-vive, il franchit l'étroit sentier qui menait à la forêt de pins. Il scruta les rangées d'arbres rectilignes, à l'affût du moindre signe de vie, de la moindre odeur de proie.

Un mouvement attira son attention. Une souris allait son petit bonhomme de chemin parmi les aiguilles de pin. Comme lors de sa première leçon, le jeune chasseur, accroupi, porta tout son poids sur son arrière-train, les pattes effleurant à peine le sol. La technique fonctionna à la perfection. Le rongeur ne soupçonna rien jusqu'au dernier moment. Le matou l'attrapa du bout de la patte, le tua en un clin d'œil et l'enterra afin de pouvoir le récupérer au retour.

Il s'enfonça encore dans les Grands Pins. Le monstre gigantesque utilisé par les Bipèdes pour abattre les arbres y avait laissé de profondes rigoles. Le novice respira à fond. Le souffle âcre de la créature n'avait pas souillé l'air des bois depuis un bon moment.

Nuage de Feu longea les larges ornières. Elles étaient à moitié pleines d'eau de pluie, ce qui lui donna soif. Mais il hésitait : s'il lapait ne serait-ce qu'une seule fois le fond de ce fossé boueux, il garderait un goût désagréable sur la langue des jours entiers.

Il préférait attendre. Il y aurait peut-être une mare de l'autre côté de la pinède. Il reprit sa route à travers la forêt et retraversa le sentier.

Plus loin, au milieu des épais fourrés, il trouva une flaque où il s'autorisa à boire quelques gorgées d'eau fraîche. Soudain, sa fourrure se hérissa. Les sons et les odeurs lui rappelaient son ancien poste d'observation sur la clôture de son jardin et, instantanément, il sut : il se trouvait dans les bois qui bordaient la ville, sans doute très près de son ancienne demeure.

Là-bas, des voix résonnaient, sonores et rauques comme des cris de corbeaux. Un groupe de jeunes Bipèdes jouait dans les bois. Nuage de Feu se tapit et regarda à travers les fougères. Ils étaient trop loin pour représenter un danger, mais il fit un large détour pour s'assurer de ne pas être vu.

Le chat roux resta aux aguets, à l'affût non seulement des Bipèdes, mais aussi de son mentor. Il entendit craquer une brindille dans les fourrés derrière lui. Il huma l'air sans déceler la moindre odeur suspecte. Le guerrier le surveillait-il en ce moment même ?

Du coin de l'œil, le matou perçut un mouvement. Il crut d'abord que c'était la fourrure brun foncé de Griffe de Tigre, puis il vit un éclair blanc. Il s'arrêta, se tapit pour respirer à fond. L'odeur ne lui rappelait rien : c'était un chat, mais pas de son

Clan. En digne guerrier, Nuage de Feu sentit son pelage se hérisser d'instinct. Il allait devoir chasser l'intrus des terres de la tribu !

Il regarda le félin se faufiler dans les taillis, sa silhouette frôler les fougères. Le novice attendit qu'il approche encore. La queue balançant de droite à gauche, ramassé sur lui-même, il fit passer son poids d'une patte sur l'autre pour se préparer à sauter. Le temps d'un battement de cœur, et il s'élança.

Le matou noir et blanc sursauta, terrifié, et détala entre les arbres. Nuage de Feu se lança à sa poursuite. *Un chat domestique !* pensa-t-il en le pourchassant, l'odeur de sa peur dans les narines. *Sur mon territoire !* Il rattrapait rapidement la bête. Elle avait ralenti sa course folle et se préparait à gravir le large tronc moussu d'un arbre abattu. Le cœur battant, le novice lui sauta sur le dos. Agrippé de toutes ses forces, il sentait sa proie chercher à lui échapper. Le matou poussa un miaulement de terreur et de désespoir.

Nuage de Feu lâcha prise, recula. Aplati au pied de l'arbre abattu, tout tremblant, sa victime leva les yeux. L'apprenti redressa fièrement la tête, écœuré par la facilité avec laquelle son adversaire s'était rendu. Ce chat d'intérieur trop gras et au crâne étroit lui paraissait très différent des félins élancés, au large museau, avec lesquels il vivait désormais. Pourtant, l'animal lui rappelait quelque chose.

Le novice l'observa mieux. Il respira à fond. *Cette odeur ne me dit rien*, songea-t-il.

Puis le souvenir lui revint.

« Ficelle ! s'exclama-t-il.

— C... Co... Comment... connais-tu mon nom ? bredouilla l'intrus, toujours recroquevillé contre le sol.

— C'est moi ! »

Le chat domestique le dévisageait, perplexe.

« On a grandi ensemble, insista l'apprenti. Je vivais dans le jardin à côté de chez toi !

— Rusty ? répondit la bête. C'est toi ? Tu as retrouvé les chats sauvages ? Ou alors... tu vis dans une nouvelle maison ? C'est le plus probable, si tu es encore en vie !

— Je m'appelle Nuage de Feu, maintenant. »

Il se détendit et sa fourrure hérissée retomba. Ficelle poussa un soupir de soulagement. Ses oreilles se redressèrent.

« Nuage de Feu ? répéta-t-il, amusé. Eh bien, on dirait que tes nouveaux maîtres ne te donnent pas assez à manger ! Tu n'étais pas si maigre la dernière fois que je t'ai vu !

— Je n'ai pas besoin de la charité des Bipèdes ! répliqua le matou. J'ai tout le gibier de la forêt à ma disposition.

— Les Bipèdes ?

— Les hommes. C'est comme ça que les chats sauvages les appellent. »

Ficelle sembla désappointé, puis carrément abasourdi.

« Tu veux dire que tu vis *pour de bon* dans la forêt avec eux ?

— Mais oui ! Tu sais, ton odeur a changé, reprit

Nuage de Feu après une hésitation. Je ne la reconnais pas.

— Ah bon ? répondit son ami, qui huma l'air. J'imagine que tu t'es habitué à celle de ces bêtes féroces, maintenant. »

Le félin roux secoua la tête, comme pour s'éclaircir les idées.

« Mais on a grandi ensemble. Je devrais te reconnaître entre mille. »

C'est alors qu'il se rappela que Ficelle avait dépassé six lunes. Voilà qui expliquait son embonpoint et son fumet étrange.

« Tu es allé chez le Coupeur ! souffla-t-il. Enfin... le vétérinaire. »

Le chat noir et blanc haussa les épaules.

« Et alors ? »

Nuage de Feu en resta sans voix. Étoile Bleue avait dit vrai.

« C'est comment, la vie sauvage ? demanda Ficelle. Aussi bien que tu te l'imaginais ? »

Le novice réfléchit un instant : il repensa à la nuit précédente, dans une tanière humide. À la bile de souris, aux crottes de Croc Jaune, à ses efforts pour satisfaire à la fois Cœur de Lion et Griffe de Tigre pendant l'entraînement. Il se souvint des moqueries que lui valait son origine de chat domestique. Puis il se rappela sa première proie, les courses dans la forêt à la poursuite d'un écureuil, et les chaudes soirées à la belle étoile passées à faire sa toilette avec ses amis.

« Eh bien désormais, je sais qui je suis. »

Dérouté, son compagnon pencha la tête de côté pour le dévisager.

« Il faut que je rentre, annonça-t-il. C'est bientôt l'heure du dîner.

— Au revoir, Ficelle. »

Nuage de Feu le lécha affectueusement entre les deux oreilles. Son vieil ami lui répondit par un petit coup de museau.

« Et reste sur tes gardes, ajouta Nuage de Feu. Il y a peut-être un autre prédateur dans les parages, qui aime moins les chats domestiques... enfin les chats des villes... que moi. »

Les oreilles de Ficelle tressaillirent avec nervosité. Il regarda autour de lui avec crainte et sauta sur le tronc de l'arbre abattu.

« Salut, Rusty ! lança-t-il. Je dirai à tout le monde que tu vas bien !

— Salut ! Et bon appétit ! »

Il regarda son camarade disparaître par-dessus le tronc. Au loin, il entendit un Bipède agiter des croquettes et lancer son appel.

Il tourna les talons, tout joyeux, et reprit le chemin de chez lui, le nez au vent. *Ici, je trouverai bien un ou deux pinsons*, songea-t-il. *J'attraperai autre chose au retour, dans la pinède*. Il se sentait plein d'énergie après sa rencontre avec Ficelle et comprenait mieux sa chance de vivre au sein du Clan.

Il scruta les branches au-dessus de sa tête et se mit à arpenter à pas de loup le sol de la forêt, ses sens en alerte. Il ne lui restait plus qu'à impressionner Étoile Bleue et Griffe de Tigre, et la journée serait parfaite.

CHAPITRE 11

♣

NUAGE DE FEU SE PRÉSENTA, un pinson entre les dents. Il le déposa aux pieds de Griffe de Tigre, qui l'attendait dans la combe.

« Tu es le premier à revenir, annonça le guerrier.

— Oui, mais il me reste des proies à ramener, se hâta de répondre le novice. Je les ai enterrées dans...

— Je sais très bien ce que tu as fait. Je t'ai suivi. »

Le bruissement d'un fourré annonça le retour de Nuage Gris. Il tenait dans la gueule un petit écureuil qu'il plaça à côté de l'oiseau.

« Beurk ! râla-t-il. Les écureuils, c'est trop velu. Je suis bon pour cracher des poils toute la soirée ! »

Le vétéran l'ignora :

« Nuage de Jais est en retard. Nous lui accorderons encore un peu de temps avant de rentrer au camp.

— Et s'il avait été mordu par une vipère ? s'inquiéta le chat roux.

— Alors ce serait sa faute, répondit froidement le chasseur. Il n'y a pas de place pour les imbéciles au Clan du Tonnerre. »

Ils attendirent en silence. Les deux apprentis échangeaient des regards inquiets. Leur mentor, immobile, semblait perdu dans ses pensées.

Nuage de Feu fut le premier à distinguer l'odeur du matou noir. Il se leva d'un bond quand l'animal entra dans la clairière, l'air étrangement satisfait. De sa gueule pendait le long corps couvert d'écailles d'une vipère.

« Nuage de Jais ! Ça va ?

— Eh bien ! enchaîna le félin cendré, qui se précipita pour admirer la bête. Elle t'a mordu ?

— Penses-tu, j'étais trop rapide pour elle ! » clama leur ami d'une voix sonore.

Il croisa le regard de Griffe de Tigre et se tut. Glacial, le guerrier fixait ses élèves surexcités.

« Venez, dit-il d'un ton sec. Allons chercher le reste de vos proies et rentrons. »

Les trois novices pénétrèrent dans le camp à la suite de Griffe de Tigre. Leurs nombreuses prises pendaient de leur gueule ; Nuage de Jais trébuchait sans cesse sur son serpent. Ils émergeaient du tunnel d'ajoncs, quand un groupe de tout-petits sortit de la pouponnière pour les voir passer.

« Regardez ! s'exclama l'un d'entre eux. Des apprentis de retour de la chasse ! »

Il reconnut le chaton tigré qui avait subi la colère de Croc Jaune la veille. Un félin au poil gris et soyeux, qui ne devait pas avoir plus de deux lunes, était assis à son côté. Un minuscule matou noir et une toute jeune femelle écaille les accompagnaient.

« C'est Nuage de Feu, le chat domestique ! glapit le gris.

— Mais oui ! Regardez cette fourrure rousse ! répondit le noir.

— Il paraît qu'il est bon chasseur, ajouta la chatte. Il ressemble un peu à Cœur de Lion. Vous croyez qu'il est aussi fort que lui ?

— Moi, j'ai hâte de commencer l'entraînement, lança le petit tigré. Je serai le meilleur guerrier que le Clan du Tonnerre ait jamais connu ! »

Nuage de Feu redressa la tête, fier des commentaires admiratifs des chatons. Il suivit ses deux amis au centre de la clairière.

« Une vipère, rien que ça ! » répétait Nuage Gris pour la centième fois quand ils ajoutèrent leurs proies aux réserves du Clan.

« Que faut-il en faire ? demanda le chat noir en reniflant le long corps du reptile qu'il avait mis de côté.

— Vous croyez que ça se mange ?

— Ventre à pattes, va ! plaisanta Nuage de Feu en donnant un petit coup de museau à son ami.

— Moi, ça ne me dit rien du tout. J'ai un drôle de goût dans la bouche, depuis que je la traîne.

— Alors on n'a qu'à l'exposer sur la souche pour que les autres apprentis puissent la voir en rentrant », suggéra le matou cendré.

En plus du serpent, chacun ramena une proie à la tanière. Nuage Gris plaça la vipère en évidence sur la souche. Puis ils dévorèrent leur dîner. Ensuite, ils s'installèrent côte à côte pour se toiletter et bavarder.

« Je me demande qui sera choisi pour assister à l'Assemblée cette fois-ci, lança Nuage de Feu. C'est la pleine lune, demain.

— Les autres novices y sont déjà allés deux fois, remarqua le chat gris.

— Peut-être Étoile Bleue désignera-t-elle l'un d'entre nous, ce coup-ci. Après tout, on s'entraîne depuis presque trois lunes, maintenant.

— Mais Nuage de Sable et Nuage de Poussière sont nos aînés, objecta leur camarade.

— Et cette Assemblée est importante, renchérit le félin roux. La première depuis la disparition du Clan du Vent ! Personne ne sait ce que le Clan de l'Ombre va dire. »

La voix grave de Griffe de Tigre les interrompit. Le guerrier s'était approché d'eux sans bruit.

« Tu as tout à fait raison, jeune chat. Ah ! Au fait, Étoile bleue veut te parler. »

Étonné, l'apprenti leva la tête. Que pouvait lui vouloir leur chef ?

« Tout de suite... si ça ne t'ennuie pas », ajouta le vétéran.

Aussitôt, Nuage de Feu se hâta vers la tanière du chef du camp.

Assise à l'entrée de son antre, Étoile Bleue fouettait l'air de la queue. Quand elle aperçut le novice, elle se redressa et le fixa intensément.

« Griffe de Tigre m'a dit qu'il t'avait vu discuter avec un chat de la ville, aujourd'hui, déclara-t-elle, très calme.

— Eh bien...

— Selon lui, tu aurais commencé par te battre

154

avec cet intrus avant d'accomplir le rituel du partage avec lui.

« — C'est vrai, reconnut l'apprenti, sur la défensive. Mais c'était un vieil ami. Nous avons grandi ensemble... » Il s'interrompit, la gorge serrée. « Quand j'étais chat domestique. »

La femelle le regarda un long moment.

« Ton ancienne vie te manque-t-elle, Nuage de Feu ? Réfléchis bien avant de répondre.

— Non. »

Comment peut-elle le croire ? se demanda l'apprenti. La tête lui tournait. Qu'essayait-elle de lui faire dire ?

« As-tu envie de partir ?

— Bien sûr que non ! »

La question l'avait choqué. La chatte ne sembla pas entendre sa réponse indignée. Elle secoua la tête, l'air vieille et fatiguée, d'un seul coup.

« Je ne te jugerai pas mal si tu t'en vas, tu sais. J'ai peut-être trop attendu de toi. Nous avons tant besoin de nouveaux guerriers... J'ai pu me tromper. »

À la perspective de quitter la tribu pour toujours, la panique s'empara du novice.

« Mais ici, c'est chez moi ! protesta-t-il. Je n'ai nulle part où aller !

— Ça ne suffit pas, Nuage de Feu. Je dois pouvoir avoir une confiance aveugle en ta loyauté, en particulier maintenant que le Clan de l'Ombre prépare une attaque. Il n'y a pas de place ici pour celui qui hésite entre le passé et le présent. »

L'apprenti respira à fond et choisit ses mots avec soin.

« Aujourd'hui, quand j'ai vu ce chat des villes, Ficelle, j'ai compris à quoi ma vie aurait ressemblé si j'étais resté chez les Bipèdes. Je me suis senti soulagé. Fier d'être parti. »

Il soutint sans broncher le regard d'Étoile Bleue.

« Je suis sûr d'avoir pris la bonne décision. Je n'aurais jamais pu me satisfaire de la vie douillette d'un chat domestique. »

Les yeux réduits à deux fentes, elle l'observa avec attention quelques instants avant de hocher la tête.

« Très bien, dit-elle. Je te crois. »

S'inclinant avec respect, le matou poussa sans bruit un soupir de soulagement.

« J'ai discuté avec Croc Jaune tout à l'heure, reprit leur chef sur un ton plus léger. Elle a une haute opinion de toi. C'est une vieille femelle très sage, tu sais. Et je la soupçonne de n'avoir pas toujours eu si mauvais caractère. Je crois même que je pourrais bien l'aimer. »

Ces mots procurèrent un plaisir inattendu à Nuage de Feu. Peut-être, à force de prendre soin de Croc Jaune, son admiration pour elle s'était-elle changée en affection, malgré les humeurs de la guérisseuse. Il était content qu'Étoile Bleue ait aussi de l'estime pour leur captive.

« Pourtant, je n'arrive pas à lui faire tout à fait confiance, ajouta-t-elle. Pour le moment, elle restera parmi nous, mais en tant que prisonnière. Les reines prendront soin d'elle. Toi, tu dois te concentrer sur ton entraînement. »

Le novice s'attendait à être congédié, mais Étoile Bleue n'en avait pas terminé.

« Nuage de Feu, bien que tu aies eu tort de parler à un chat domestique, Griffe de Tigre a été impressionné par tes talents de chasseur. Selon lui, vous vous êtes bien débrouillés. Je suis satisfaite de vos progrès. Je veux que vous participiez à l'Assemblée... tous les trois. »

Le matou frémit d'excitation. Fou de joie, il tenait à peine en place.

« Et les autres apprentis ? demanda-t-il.

— Ils resteront pour surveiller le camp. Tu peux partir, maintenant. »

Elle agita la queue pour montrer que l'entretien était terminé, avant de retourner à sa toilette.

Ses amis semblèrent stupéfaits de le voir débouler gaiement. Ils l'attendaient près de la souche d'arbre, soucieux. Nuage de Feu s'assit, ramena sa queue autour de ses pattes avant et leur lança un regard interrogateur.

« Alors, s'impatienta Nuage Gris. Qu'a-t-elle dit ?

— Griffe de Tigre nous a raconté que tu avais parlé avec un chat domestique, ce matin. Tu as des ennuis ? demanda Nuage de Jais.

— Non, même si Étoile Bleue n'était pas contente, avoua-t-il d'un air piteux. Elle pensait que je voulais peut-être quitter le Clan.

— Mais c'est faux ? s'enquit le chat noir.

— Bien sûr que oui ! rétorqua Nuage Gris.

— De toute façon, tu ne serais pas d'accord, plaisanta le rouquin en flanquant à son camarade un coup de patte affectueux. Il faut bien que quelqu'un

157

t'attrape des souris ! Tu ne déniches que de vieux écureuils pleins de poils ces temps-ci ! »

Son ami esquiva et se cabra pour riposter.

« Tu ne devineras jamais ce qu'elle a dit d'autre ! » poursuivit Nuage de Feu, trop exalté pour perdre son temps en bagarres.

Son adversaire retomba aussitôt à quatre pattes.

« Quoi ?

— C'est nous qui allons à l'Assemblée ! »

Nuage Gris poussa un miaulement de délice et sauta sur la souche. Il renversa la vipère qui dégringola sur la tête du félin noir et s'enroula autour de son cou. Affolé et surpris, Nuage de Jais poussa un feulement avant de se tourner vers le coupable.

« Fais gaffe ! » gronda-t-il, exaspéré.

Il s'ébroua pour se débarrasser du reptile.

« Tu as peur de te faire mordre ? le taquina Nuage de Feu, qui se mit à onduler en poussant des sifflements.

— Tu parles d'un serpent ! » rétorqua le matou noir, les moustaches frémissantes.

Il sauta à la gorge de son copain qu'il fit rouler sur le dos sans difficulté.

Toujours perché sur la souche, Nuage Gris tira soudain sur la queue de Nuage de Jais. Sa victime faisait volte-face pour contre-attaquer quand le chat roux se releva d'un bond et se jeta sur ses amis. Les trois apprentis roulèrent dans la poussière, où ils poursuivirent leur mêlée. Ils finirent par se séparer et s'asseoir, hors d'haleine, près de la souche.

« Les deux autres viennent aussi ? hoqueta le matou cendré.

— Non ! Ils restent pour surveiller le camp, expliqua Nuage de Feu, une note triomphale dans la voix.

— Oh ! Laissez-moi le leur annoncer ! J'ai hâte de voir leur tête !

— Et moi donc ! Je n'en reviens pas que ce soit nous qui y allions à leur place ! Surtout après que Griffe de Tigre m'a vu avec Ficelle aujourd'hui !

— Tu n'as pas eu de chance, voilà tout ! Mais on a fait une bonne chasse. C'est ce qui a dû rattraper le coup.

— Je me demande comment se passera l'Assemblée, intervint Nuage de Jais.

— Ce sera fantastique ! s'exclama le chat gris, enthousiaste. Je suis sûr que les plus grands guerriers seront là : Museau Balafré, Pelage Cendré... »

Mais leur compagnon ne les écoutait plus. Il songeait à Griffe de Tigre et à Ficelle. Nuage Gris avait raison : quelle malchance que le grand chasseur l'ait observé, lui, et pas l'un de ses deux amis. Quelle malchance, surtout, d'avoir été envoyé si près de chez les Bipèdes !

Une étrange idée germa soudain dans la tête de Nuage de Feu : pourquoi, justement, le vétéran l'avait-il expédié du côté de son ancienne maison ? Avait-il voulu le mettre à l'épreuve ? Se pouvait-il que le guerrier doute de sa loyauté envers le Clan ?

CHAPITRE 12

TAPI AU SOMMET DE LA COLLINE BROUSSAILLEUSE, Nuage de Feu risqua un œil sur l'autre versant. Ses deux camarades étaient couchés à son côté. Non loin de là, un groupe d'anciens, de reines et de guerriers du Clan du Tonnerre attendaient dans les buissons le signal d'Étoile Bleue.

Le jeune matou n'était pas revenu à cet endroit depuis son premier périple aux frontières de leur territoire. La clairière aux pentes escarpées avait changé d'aspect. La lumière blafarde de la pleine lune pâlissait le vert profond des bois et donnait au feuillage des reflets argentés. En contrebas se dressaient les immenses arbres à la croisée des quatre territoires.

L'air était imprégné de l'odeur pénétrante des félins ennemis. Nuage de Feu les voyait clairement aller et venir dans la clairière herbeuse qui s'étendait entre les quatre chênes. Au centre, un grand rocher biscornu émergeait du sol telle une dent cassée.

« Regardez-moi ces grands guerriers ! souffla Nuage de Jais.

« — Voilà Étoile Balafrée, le chef du Clan de la Rivière ! ajouta le matou gris à mi-voix.

— Où ça ? demanda le chat roux en poussant son ami du bout du museau avec impatience.

— C'est le chasseur tigré beige et blanc, près du Grand Rocher. »

Nuage de Feu suivit le regard de son compagnon : un mâle énorme, plus gros que Cœur de Lion lui-même, était assis au centre de la clairière. Sa robe rayée luisait d'une lueur pâle au clair de lune. Même à pareille distance, son museau portait les traces d'une vie rude ; sa mâchoire semblait tordue, comme par une vieille blessure mal cicatrisée.

Un grognement étouffé attira leur attention :

« Regardez ! chuchota le matou noir. Voilà Étoile Brisée, le chef du Clan de l'Ombre. »

L'apprenti repéra sans mal le guerrier au pelage brun foncé. Sa robe mouchetée était d'un poil exceptionnellement long, son museau large et aplati. Il se tenait immobile et balayait les alentours d'un regard glacial, qui fit se hérisser la fourrure du novice.

« Il me fait froid dans le dos.

— Tu peux le dire ! confirma Nuage Gris. En tout cas, il a la réputation de n'être ni très commode ni très patient. Mais il n'est pas en place depuis très longtemps : seulement quatre lunes. Il a succédé à son père, Étoile Grise.

— À quoi ressemble le chef du Clan du Vent ? lui demanda Nuage de Feu.

— Étoile Filante ? Je ne l'ai jamais vu, mais je

161

sais qu'il a le pelage noir et blanc et une très longue queue.

— Tu le vois ? »

Son ami chercha du regard parmi la foule.

« Non !

— Tu aperçois un seul membre du Clan du Vent ?

— Non plus... »

À côté d'eux, Cœur de Lion suggéra à mi-voix :

« Peut-être sont-ils simplement en retard.

— Et s'ils ne venaient pas du tout ? interrogea le matou gris.

— Du calme ! Nous devons nous montrer patients. La situation est délicate. Maintenant, taisez-vous. Étoile Bleue ne va pas tarder à donner le signal. »

À peine s'était-il tu que leur chef se levait et agitait la queue de droite à gauche. Le cœur de Nuage de Feu ne fit qu'un bond quand les guerriers de son Clan se dressèrent comme un seul chat pour bondir dans les fourrés vers le lieu de la réunion. Il les suivit au galop, le vent dans les oreilles, les moustaches frémissantes d'excitation.

D'instinct, ils firent halte à l'orée de la clairière, avant de franchir le cercle des chênes. La chatte grise huma l'air. Puis elle fit un signe de tête et le groupe s'avança.

Le rouquin était aux anges. De près, les chasseurs qui fourmillaient au pied du Grand Rocher étaient encore plus impressionnants. Ils croisèrent un grand mâle blanc. Les novices le suivirent des yeux avec admiration.

« Regarde un peu ses pattes ! » murmura Nuage de Jais.

Elles étaient couleur d'encre.

« Ce doit être Patte Noire, le nouveau lieutenant du Clan de l'Ombre », expliqua le félin cendré.

Le vétéran s'approcha d'Étoile Brisée et s'assit à côté de lui. Son chef agita une oreille pour lui souhaiter la bienvenue, sans pour autant prononcer un mot.

« Quand commence l'Assemblée ? demanda Nuage de Jais.

— Un peu de patience, le sermonna Tornade Blanche. Ce soir, le ciel est dégagé, nous avons tout notre temps. »

Cœur de Lion se pencha vers eux et ajouta :

« Nous autres, guerriers, nous aimons célébrer nos victoires, pendant que les anciens parlent du bon vieux temps, avant la venue des Bipèdes. »

Les trois apprentis virent ses moustaches remuer avec espièglerie.

Plume Cendrée, Un-Œil et Petite Oreille se dirigèrent droit vers un groupe de doyens qui s'installait sous un des chênes. Tornade Blanche et Cœur de Lion se joignirent à deux autres vétérans que Nuage de Feu n'avait jamais vus. Il reconnut toutefois l'odeur du Clan de la Rivière.

Derrière les trois novices, la voix d'Étoile Bleue s'éleva.

« Ne perdez pas votre temps. L'Assemblée est une bonne occasion de rencontrer vos futurs adversaires. Écoutez-les, mémorisez leur apparence et

163

leur comportement. Il y a beaucoup à apprendre de ces réunions.

— Et dites-en le moins possible, les prévint Griffe de Tigre. Ne révélez rien qui pourrait être utilisé contre nous après le coucher de la lune.

— Nous ferons attention ! » lui assura Nuage de Feu.

Il avait toujours l'impression que le chasseur doutait de sa loyauté. Sur un bref signe de tête, leurs deux aînés laissèrent les jeunes chats entre eux. Tous trois se regardèrent.

« Et maintenant, que fait-on ? demanda Nuage de Feu.

— Ce qu'ils nous ont demandé. On tend l'oreille.

— Sans trop en dire, ajouta le matou gris.

— Je vais voir où est allé Griffe de Tigre, annonça le chat roux.

— Et moi, Cœur de Lion. Tu viens, Nuage de Jais ?

— Non merci. Je vais chercher d'autres apprentis.

— D'accord. À plus tard ! » lança Nuage de Feu, et il s'éloigna au petit trot dans la direction prise par le grand guerrier brun.

Il le retrouva sans difficulté assis au centre d'un groupe de félins, derrière le Grand Rocher. Griffe de Tigre racontait une histoire que l'apprenti avait entendue bien des fois, au camp : celle du combat contre le Clan de la Rivière.

« Je me suis battu comme un lion. Trois guerriers ont essayé de me maîtriser, mais je les ai repoussés. Les deux premiers ont été assommés, le troisième s'est enfui dans la forêt en appelant sa mère au secours. »

Cette fois-ci, le vétéran passa sous silence la mise à mort de Cœur de Chêne, l'assassin de Plume Rousse. *Il ne veut peut-être pas offenser les chasseurs du Clan de la Rivière*, songea Nuage de Feu.

Le novice écouta poliment le récit jusqu'à la fin, mais s'éclipsa aussitôt. Il cherchait une odeur qui l'avait distrait et qui venait d'un groupe de chats tout proche.

Parmi eux se trouvaient Nuage Gris et Petite Feuille, installée entre deux matous du Clan de la Rivière. C'était elle qu'il voulait voir. Il lui lança un timide coup d'œil avant de s'installer à côté de son ami.

« Aucune trace du Clan du Vent, lui souffla-t-il.

— L'Assemblée n'a pas encore commencé. Ils vont peut-être arriver. Regarde, voilà Rhume des Foins. C'est le nouveau guérisseur du Clan de l'Ombre, paraît-il. »

Il désignait un petit matou blanc et gris au museau couvert de croûtes, assis au centre du groupe.

« Voilà d'où il tient son nom...

— Oui, répondit Nuage Gris d'un air dédaigneux. Je ne comprends pas pourquoi ils ont donné la place à un chat qui n'est même pas capable de soigner ses propres maladies ! »

Rhume des Foins parlait d'une pousse utilisée autrefois par les guérisseurs pour calmer la toux des chatons.

« Depuis que les Bipèdes ont apporté leur béton et leurs fleurs étranges, se plaignait-il d'une voix haut perchée, cette herbe a disparu, et les petits meurent sans raison à la saison froide. »

Des miaulements indignés s'élevèrent dans l'assistance.

« Ce ne serait jamais arrivé du temps des Grands Chats, maugréa une reine du Clan de la Rivière au pelage noir.

— C'est vrai, répondit un matou gris pommelé. Ils auraient tué le premier Bipède osant pénétrer sur leur territoire. Si le Clan du Tigre régnait encore sur cette forêt, jamais ces intrus n'auraient pu s'aventurer si loin sur nos terres.

— Mais si le Clan du Tigre rôdait encore dans ces bois, nous ne serions pas ici, intervint Petite Feuille, très douce.

— C'est quoi, le Clan du Tigre ? » s'enquit une toute petite voix.

Nuage de Feu remarqua qu'un jeune apprenti au pelage rayé était assis juste à côté de lui.

« C'est l'une des tribus de Grands Chats qui vivaient ici autrefois, expliqua Nuage Gris à voix basse au novice. Ce sont des animaux nocturnes, gros comme des chevaux, rayés de noir. Ensuite il y a le Clan du Lion. Ils sont... »

Il marqua une hésitation, les sourcils froncés.

« Oh ! J'ai entendu parler d'eux ! s'écria le chat tigré. Ils étaient énormes, avec une fourrure jaune et une crinière dorée comme le soleil.

— C'est ça. Et puis il y a le dernier, le Clan Tacheté, quelque chose comme ça...

— Tu veux sans doute parler du Clan du Léopard, miaula une voix derrière eux.

— Cœur de Lion ! »

Nuage Gris effleura le bout du nez de son mentor avec affection. Le guerrier secoua la tête d'un air faussement consterné.

« Vous ne connaissez donc pas vos leçons d'histoire, mes jeunes amis ? Ce sont les fauves les plus rapides. Ils sont immenses. Ils ont le pelage doré, tacheté d'empreintes de pattes noires. C'est le Clan du Léopard qu'il faut remercier pour la vitesse et les talents de chasseur qui sont les vôtres.

— Remercier ? Pourquoi ? » demanda le chaton rayé.

Cœur de Lion le dévisagea longtemps.

« Les Grands Félins ont laissé leur trace chez les chats d'aujourd'hui. Nous ne chasserions peut-être pas de nuit sans nos ancêtres les tigres, et c'est des lions que nous vient notre amour des rayons du soleil, finit-il par répondre avant de marquer une légère hésitation. Tu es un des apprentis du Clan de l'Ombre, non ? Quel âge as-tu ? »

Le chaton fixa le sol, embarrassé.

« S... Six lunes, balbutia-t-il sans oser regarder le guerrier.

— Tu es plutôt petit », murmura Cœur de Lion.

Il lui parlait avec gentillesse, mais son regard inquisiteur ne le quittait pas.

« Ma mère non plus n'était pas très grande », répondit le jeune mâle avec nervosité. Il s'inclina et disparut dans la foule, la queue tremblante.

Le vétéran se tourna vers ses deux élèves.

« Eh bien, il est peut-être petit, mais il ne manque

pas de curiosité, lui ! Si vous pouviez montrer un peu plus d'intérêt pour les récits de vos aînés !

— Désolés, Cœur de Lion », s'excusèrent les novices sans grande conviction.

Le chasseur poussa un grognement bon enfant.

« Oh filez, tous les deux ! J'espère que la prochaine fois Étoile Bleue choisira d'emmener des apprentis capables d'apprécier ce qu'on leur raconte à sa juste valeur ! »

Et il les chassa du groupe en feignant l'indignation. Ils prirent la poudre d'escampette.

« Viens, proposa le matou gris. Allons voir où est passé Nuage de Jais. »

Leur ami trônait au milieu d'un groupe de novices qui lui réclamaient à grands cris l'histoire de l'affrontement avec le Clan de la Rivière.

« Allez, raconte-nous comment ça s'est passé ! » s'écria une jolie petite femelle noire et blanche.

Intimidé, le matou se balançait d'une patte sur l'autre en secouant la tête.

« Allez, Nuage de Jais ! » insista une autre.

Le chat noir regarda autour de lui et aperçut ses deux camarades. Encouragé par un petit signe de Nuage de Feu, il agita la queue et entama son récit.

Au début, il bafouillait un peu, mais sa voix s'affermit au fur et à mesure et ses auditeurs commencèrent à se pencher en avant, les yeux écarquillés.

« La fourrure volait partout. Le sang éclaboussait les taillis de ronces, rouge vif sur le vert des feuilles. Je venais à peine de repousser un énorme guerrier qui avait fui en glapissant de peur dans les fourrés. Tout à coup, le sol a tremblé et j'ai entendu un de nos ennemis pousser un cri d'agonie. C'était leur lieutenant ! Plume Rousse est passé en courant à ma hauteur, la bouche ensanglantée, la fourrure lacérée. Il s'est écrié : "Cœur de Chêne est mort !" avant de se précipiter au secours de Griffe de Tigre.

— Qui aurait cru qu'il savait si bien raconter les histoires ? » murmura Nuage Gris, impressionné.

Mais son ami pensait à autre chose. Que venait de dire Nuage de Jais ? Que c'était Plume Rousse qui avait terrassé Cœur de Chêne ? Pourtant, Griffe de Tigre prétendait le contraire !

« Si Plume Rousse n'a pas été tué par Cœur de Chêne, alors comment est-il mort ? souffla-t-il.

— Qui ça ? » demanda d'un air absent son camarade qui ne l'écoutait que d'une oreille.

Le chat roux secoua la tête, perdu. *Nuage de Jais a dû se tromper*, pensa-t-il. *Il voulait probablement parler de Griffe de Tigre.*

Le matou noir arrivait à la fin de son récit.

« Plume Rousse a fini par débarrasser Griffe de Tigre de son adversaire en l'attrapant par la queue et, avec une force digne du Clan du Lion, l'a balancé dans les fourrés. »

Une ombre attira l'attention de Nuage de Feu. Il regarda autour de lui et aperçut Griffe de Tigre non loin de là. Le guerrier posait sur son apprenti un regard menaçant. Inconscient de la présence de son mentor, le novice répondait aux questions d'un public enthousiaste.

« Quelles ont été les dernières paroles de Cœur de Chêne ?

« — Est-il vrai qu'il n'avait jamais perdu une bataille ? »

Nuage de Jais s'empressa de répondre, l'air assuré et les yeux brillants. Une expression horrifiée, puis furieuse, tordit le visage du vétéran en une affreuse grimace. Manifestement, il ne trouvait pas du tout l'histoire à son goût.

Le chat roux était sur le point d'en faire la remarque à son voisin quand un miaulement sonore retentit pour réclamer le silence. Soulagé que Nuage de Jais finît par se taire, le novice chercha l'origine du cri. Même Griffe de Tigre se détourna. Au sommet du Grand Rocher, trois silhouettes se détachaient au clair de lune : les chefs des tribus rassemblées.

Ils s'apprêtaient à inaugurer la séance. Mais où était Étoile Filante ?

« Ils ne vont quand même pas commencer sans lui ? souffla tout bas Nuage de Feu à son camarade.

— Je me le demande.

— Tu as remarqué ? Pas un seul chat du Clan du Vent n'est venu », chuchota un apprenti non loin d'eux.

Il était facile de deviner que des conversations semblables se tenaient de tous côtés. La foule se rassembla sous le Grand Rocher ; des murmures d'incertitude parcouraient l'assistance.

« Il faut attendre que toutes les tribus soient présentes, lança une voix au-dessus du brouhaha. »

Au sommet de la pierre, Étoile Bleue s'avança. Sa fourrure grise luisait d'un éclat presque blanc au clair de lune.

« Bienvenue à vous, déclara-t-elle d'une voix cristalline. Étoile Brisée désire prendre la parole malgré l'absence du Clan du Vent. »

Le matou vint sans bruit se placer à côté d'elle. Il promena un instant sur l'auditoire le regard brûlant de ses yeux orange. Puis il respira à fond et commença :

« Mes amis, je viens vous parler ce soir des besoins de notre tribu... »

Il fut coupé par des cris fiévreux.

« Où est Étoile Filante ?

— Où sont passés ses guerriers ? »

Le vétéran se redressa de toute sa taille et fouetta l'air de sa queue.

« En tant que chef du Clan de l'Ombre, j'ai le droit de m'adresser à vous ici ! » gronda-t-il, menaçant.

Un silence inquiet descendit sur la foule. Autour de Nuage de Feu montait l'odeur âcre de la peur.

« Nous le savons tous : la saison des feuilles nouvelles a été tardive et n'a laissé que peu de proies sur nos terres, reprit Étoile Brisée. Dans les tribus du Vent, de la Rivière et du Tonnerre, de nombreux petits sont morts de froid. Mais les chatons du Clan de l'Ombre ont survécu. Le vent du nord ne nous atteint pas. Nos nouveau-nés sont plus robustes que les vôtres. Nous voilà donc avec beaucoup de bouches à nourrir, et trop peu de gibier. »

Toujours silencieux, son auditoire l'écoutait avec anxiété.

« Nos besoins sont simples. Pour pouvoir survivre, nous devons trouver d'autres terrains de chasse. C'est pourquoi j'insiste pour que vous permettiez à nos guerriers de pénétrer sur vos terres. »

Un grondement d'indignation étouffé parcourut l'assistance.

« Partager nos territoires ? s'écria Griffe de Tigre d'une voix outrée.

— Ça ne s'est jamais vu ! s'exclama une reine du Clan de la Rivière.

— Faut-il que nous soyons punis parce que nos petits ont survécu ? rugit le matou perché sur le Grand Rocher. Avez-vous envie de regarder nos jeunes mourir de faim ? Vous avez le devoir de partager vos réserves avec nous.

— Le devoir ? feula Petite Oreille, furieux, depuis les derniers rangs.

— Parfaitement. Le Clan du Vent n'a pas voulu le comprendre. Nous avons donc été contraints de les chasser. »

Des rugissements outrés s'élevèrent de la foule, mais le hurlement d'Étoile Brisée retentit au-dessus du vacarme :

« Et, s'il le faut, vous subirez le même sort ! »

Le silence se fit. De l'autre côté de la clairière, Nuage de Feu entendit un apprenti qui marmonnait se faire rabrouer par un ancien.

Satisfait d'avoir obtenu l'attention générale, le guerrier brun reprit la parole.

« Chaque année, les Bipèdes envahissent un peu plus nos terres. Un Clan au moins doit rester fort, pour que tous puissent survivre. Nous prospérons pendant que vous subsistez à grand-peine. Le temps viendra peut-être où vous aurez besoin de notre protection.

— Tu doutes de notre force ? » cracha Griffe de Tigre.

Dans ses yeux pâles luisait un éclat menaçant ; les muscles de ses puissantes épaules étaient tendus à craquer. Étoile Brisée l'ignora.

« Vous n'avez pas besoin de répondre maintenant. Rentrez chez vous et réfléchissez. Mais réfléchissez bien : préférez-vous partager votre gibier ou bien finir affamés, sans territoire ? »

Chasseurs, anciens et apprentis se regardèrent, incrédules. Dans le silence angoissé qui suivit s'avança Étoile Balafrée, le chef du Clan de la Rivière.

« J'ai déjà accepté de les autoriser à chasser dans notre torrent », annonça-t-il, penaud mais le regard calme.

L'horreur et l'humiliation des siens faisaient peine à voir.

« Personne ne nous a consultés ! s'écria un matou au poil grisonnant.

— Je pense d'abord aux intérêts de la tribu. De toutes les tribus, rétorqua-t-il sur un ton résigné. La rivière regorge de poissons. Mieux vaut partager notre gibier que nous entretuer pour lui.

— Et nous ? gronda Petite Oreille d'une voix sourde. Étoile Bleue ! Qu'as-tu répondu à ce chantage ? »

La femelle soutint le regard du vieux chat sans broncher.

« J'ai seulement promis de discuter de cette proposition avec mon Clan après l'Assemblée.

— C'est déjà ça, grommela Nuage Gris à l'oreille de son ami. On va leur montrer qu'on n'est pas des mauviettes, nous. »

Plus arrogant encore après sa première victoire, Étoile Brisée reprit la parole.

« Je suis aussi porteur de nouvelles importantes pour la sécurité de nos petits. L'une des chattes de notre Clan a perdu la tête et enfreint le code du guerrier. Nous l'avons chassée, et nous ignorons où elle se terre. Sous ses dehors de vieil animal galeux, elle se bat comme un tigre. »

La fourrure de Nuage de Feu se hérissa. N'était-ce pas à Croc Jaune que le chef ennemi faisait allusion ? Il dressa l'oreille, impatient d'en savoir plus.

« Elle est dangereuse. Je vous préviens : ne lui donnez pas asile. » Étoile Brisée fit alors une pause théâtrale. « Jusqu'à ce qu'elle soit rattrapée et mise à mort, je vous recommande de tenir vos chatons à l'œil. »

L'apprenti comprit aux murmures nerveux de ses congénères qu'eux aussi avaient pensé à Croc Jaune. Intrépide, la femelle n'avait rien fait pour s'attirer l'estime de ses hôtes, et Nuage de Feu eut l'intuition que peu de chose suffirait pour qu'elle soit chassée du Clan... même les racontars d'un ennemi méprisé y suffiraient.

Les chasseurs du Clan de l'Ombre commencèrent à fendre la foule. Étoile Brisée sauta du Rocher et ses guerriers l'entourèrent sur-le-champ, suivis des autres membres de la tribu. Parmi eux, le jeune interrogé par Cœur de Lion un peu plus tôt. Mais au milieu de ses compagnons, le matou tigré ne paraissait plus si petit : tous minuscules et mal nourris, ils ressemblaient plus à des chatons de trois ou quatre lunes qu'à des apprentis à part entière.

« Tu as vu ça ? » s'étonna Nuage Gris à mi-voix.

Le chat noir s'approcha d'eux.

« Qu'est-ce qui va se passer, maintenant ? » glapit-il, la fourrure hérissée, les yeux écarquillés par la peur.

Nuage de Feu ne répondit rien. Il tendait l'oreille pour surprendre la discussion des anciens de son Clan, qui s'étaient rassemblés non loin de là.

« C'est sûrement de Croc Jaune qu'il parlait, grommelait Petite Oreille.

— C'est vrai qu'elle a rabroué le petit dernier de Bouton-d'Or, l'autre jour », murmura Perce-Neige d'un air grave.

La reine la plus âgée de la pouponnière couvait farouchement les chatons.

« Et nous qui l'avons laissée au camp, presque sans surveillance ! » gémit Un-Œil – qui, pour une fois, semblait n'avoir aucune difficulté à suivre la conversation.

« Je vous avais bien dit qu'elle était dangereuse ! fulmina Éclair Noir. À présent, il faudra bien qu'Étoile Bleue entende raison et se débarrasse d'elle ! »

Griffe de Tigre s'approcha du groupe.

« Au camp, vite ! Nous devons nous occuper de cette traîtresse ! » lança-t-il.

Nuage de Feu n'attendit pas plus longtemps. La tête lui tournait. Malgré sa loyauté au Clan, il ne pouvait pas croire que Croc Jaune veuille s'attaquer aux petits. Inquiet pour la vieille chatte, la tête pleine de questions auxquelles elle seule pouvait répondre, il faussa compagnie à ses deux camarades.

Il gravit la colline à vive allure et s'enfonça dans la forêt ventre à terre. S'était-il trompé sur l'ancienne guérisseuse ? S'il la prévenait du péril qui la guettait, risquait-il sa propre place au sein du Clan ? Malgré les ennuis auxquels il s'exposait, il voulait apprendre la vérité de sa bouche avant le retour des autres.

❧

CHAPITRE 13

Une fois sur la crête, Nuage de Feu regarda le camp en contrebas. Les pattes humides de rosée, à bout de souffle, il huma l'air. Il était seul. Il avait encore le temps de parler à Croc Jaune avant l'arrivée de la petite troupe. Sans bruit, il descendit la pente rocailleuse en quelques bonds et se glissa dans le tunnel d'ajoncs sans se faire remarquer.

Le silence du camp n'était rompu que par les respirations étouffées des chats endormis. À l'orée de la clairière, Nuage de Feu se faufila en hâte vers la couche de la vieille guérisseuse. Elle était roulée en boule sur sa litière de mousse.

« Croc Jaune ! s'empressa-t-il de souffler. Réveille-toi, c'est important ! »

Deux yeux orange étincelèrent au clair de lune.

« Je ne dormais pas, répondit tout bas la chatte d'une voix claire. Tu es venu directement me voir après l'Assemblée ? Alors tu sais. »

Bouleversée, elle détourna les yeux.

« Étoile Brisée a bien tenu sa promesse...

— Quelle promesse ? »

Nuage de Feu était perdu. La femelle semblait en savoir plus long que lui sur ce qui se passait.

« Il a juré de me faire chasser de toutes les tribus, rétorqua-t-elle. Que vous a-t-il raconté ?

— Il a prétendu que nos petits seraient en danger si on donnait asile à une "traîtresse chassée de son Clan". Il n'a pas donné ton nom, mais toute la tribu a compris de qui il parlait. Il faut que tu t'en ailles avant que les autres ne rentrent. Tu es en danger !

— Tu veux dire qu'ils l'ont cru ? »

Les oreilles couchées en arrière, elle agitait la queue avec colère.

« Oui ! répondit le matou d'un ton pressant. Éclair Noir affirme que tu es dangereuse. Les autres ont peur de ce que tu pourrais faire. Griffe de Tigre veut revenir et... je ne sais pas... Je crois que tu devrais filer avant leur retour ! »

Au loin, Nuage de Feu entendait des cris de hargne. La guérisseuse se releva avec raideur. Il l'aida à se redresser ; les questions se bousculaient dans sa tête.

« Pourquoi Étoile Brisée nous a-t-il mis en garde ? ne put-il s'empêcher de demander. Je ne t'imagine pas... ?

— Quoi ?

— ... t'attaquer à des chatons... »

Les narines dilatées, elle le dévisagea longuement.

« Et toi, qu'en penses-tu ? »

Il soutint son regard sans sourciller.

« Que c'est un mensonge. Que jamais tu ne leur ferais de mal. Mais pourquoi Étoile Brisée prétendrait-il une chose pareille ? »

La rumeur se rapprochait ; l'odeur de l'agressivité et de la colère imprégnait l'atmosphère. Croc Jaune regarda autour d'elle, affolée.

« Va-t-en ! » insista le novice.

Ses questions passaient après la vie de la vieille chatte. Néanmoins, elle resta où elle était. Un grand calme semblait l'avoir envahie.

« Si toi, tu as confiance en moi, d'autres me croiront peut-être. Et je sais qu'Étoile Bleue me garantira un procès équitable. Je ne peux pas passer ma vie à courir. Je suis trop vieille pour ça. Je vais rester et accepter la décision de ton Clan. »

Après un soupir, elle s'assit, tranquille.

« Mais, et Griffe de Tigre ? S'il...

— Il est têtu et il connaît l'admiration qu'ont les autres pour lui. Pourtant, il n'osera pas désobéir à Étoile Bleue. »

La troupe parvenait presque à l'entrée du camp.

« File, souffla Croc Jaune en lui montrant les dents. Il ne faut pas qu'on nous voie ensemble. Tu ne peux rien faire pour moi. Fais confiance à ton chef, laisse-la décider de mon sort. »

Nuage de Feu comprit que la femelle était résolue. Il effleura du museau sa fourrure pelée, puis recula sans bruit dans l'ombre.

Les félins firent leur apparition : d'abord Étoile Bleue, en compagnie de Cœur de Lion. Fleur de Saule et Pelage de Givre venaient juste derrière eux. Cette dernière se détacha aussitôt du groupe et se rua vers la pouponnière, folle d'inquiétude. Griffe de Tigre et Éclair Noir entrèrent côte à côte dans la clairière. Les deux novices fermaient la marche.

Dès qu'il aperçut ses amis, l'apprenti alla les rejoindre au trot.

« Tu es allé prévenir Croc Jaune ? lui chuchota le matou gris.

— Oui. Mais elle refuse de partir. Elle se fie à Étoile Bleue. Personne n'a remarqué mon absence ?

— Nous deux, c'est tout », répondit Nuage de Jais.

Partout dans le camp, les chats assoupis commençaient à se réveiller. Ils avaient dû sentir l'agressivité des nouveaux venus et la tension qui régnait, car ils affluèrent dans la clairière, la queue haute.

« Que s'est-il passé ? s'écria Vif-Argent – un guerrier au pelage tacheté.

— Étoile Brisée a réclamé le droit de chasser sur notre territoire ! répondit Longue Plume, assez fort pour que chacun entende.

— Il nous a aussi prévenus qu'une traîtresse à son Clan pourrait s'attaquer à nos petits ! ajouta Fleur de Saule. Ce doit être Croc Jaune ! »

Des exclamations furieuses et bouleversées s'élevèrent de l'attroupement.

« Silence ! » lança Étoile Bleue, qui sauta sur le Promontoire.

D'instinct, tous se tournèrent vers elle.

Un cri strident retentit près de l'arbre abattu où dormaient les anciens. Sans ménagements, Griffe de Tigre et Éclair Noir avaient sorti Croc Jaune de sa litière. Furieuse, elle invectivait les chasseurs, qui la traînèrent dans la clairière et la jetèrent au pied du rocher. Nuage de Feu était sur des charbons ardents. Sans s'en apercevoir, il se ramassa sur lui-même, prêt à bondir sur les deux brutes.

« Attends, gronda le matou gris à son oreille. Laisse Étoile Bleue s'en charger.

— Que se passe-t-il ? demanda leur chef, qui avait sauté de la pierre et foudroyait ses guerriers du regard. Je n'ai pas donné l'ordre de saisir notre prisonnière. »

Les deux mâles relâchèrent sur-le-champ Croc Jaune, qui se tapit dans la poussière, écumante de rage.

Sortie de la pouponnière, Pelage de Givre se fraya un chemin jusqu'au premier rang.

« Nous sommes revenus à temps, dit-elle d'une voix étranglée. Les petits sont sains et saufs !

— Bien sûr, qu'ils le sont ! » rétorqua Étoile Bleue.

Prise au dépourvu, la reine ouvrit de grands yeux.

« Mais... Tu vas chasser Croc Jaune d'ici, au moins ?

— La chasser ? rugit Éclair Noir qui sortit aussitôt ses griffes. Il faut la tuer, oui ! »

Leur chef posa son regard bleu acéré sur le visage du guerrier.

« Qu'a-t-elle fait ? » demanda-t-elle sur un ton glacial.

Nuage de Feu retint son souffle.

« Toi aussi, tu étais à l'Assemblée ! Étoile Brisée a expliqué qu'elle...

— Tout ce qu'il a dit, c'est qu'une chatte, bannie par son Clan, erre dans les bois, l'interrompit Étoile

Bleue avec un calme inquiétant. Il n'a pas prononcé le nom de Croc Jaune. Les petits ne courent aucun risque. Aussi longtemps qu'elle sera dans notre Clan, il ne sera fait aucun mal à la guérisseuse ! »

Le silence accueillit ces paroles. Nuage de Feu, lui, poussa un soupir de soulagement.

Croc Jaune leva un regard empli de respect vers la femelle.

« Je peux partir, si c'est ce que tu désires, Étoile Bleue.

— Ce n'est pas la peine. Tu n'as rien fait de mal. Tu seras à l'abri, ici. »

Le chef du Clan du Tonnerre promena son regard sur l'assistance et reprit :

« Il est temps que nous passions au véritable danger pour notre tribu : Étoile Brisée. Nous avons déjà commencé à nous fortifier en prévision d'une attaque. Nous continuerons nos préparatifs, nos patrouilles aux frontières seront renforcées. Le Clan du Vent a disparu. Celui de la Rivière a cédé ses droits de chasse à l'ennemi. Nous sommes les seuls à tenir tête à Étoile Brisée. »

Un murmure d'excitation parcourut l'assemblée ; l'apprenti sentit sa fourrure se hérisser.

« Nous n'allons donc pas accepter ses exigences ? s'écria Griffe de Tigre.

— Les tribus n'ont jamais partagé leurs territoires, répondit leur chef. Leurs propres terres leur ont toujours suffi. Il n'y a pas de raison pour que ça change. »

Le vétéran acquiesça d'un air approbateur.

« Mais pourrons-nous repousser l'offensive adverse ? demanda Petite Oreille d'une voix chevrotante. Le Clan du Vent n'y est pas arrivé ! Celui de la Rivière a déjà capitulé ! »

La chatte grise soutint son regard, sereine.

« Il faut essayer. Nous ne renoncerons pas à nos terrains de chasse sans combattre. »

Tout autour de la clairière, Nuage de Feu vit les chats hocher la tête avec vigueur.

« Demain, je me rendrai à la Pierre de Lune, annonça la femelle. Le Clan des Étoiles me donnera la force nécessaire en ces heures troublées. Reposez-vous. Nous aurons beaucoup à faire au lever du soleil. Je vais maintenant m'entretenir avec Cœur de Lion. »

Sans ajouter un mot, elle se dirigea vers sa tanière.

À l'évocation de la Pierre de Lune, beaucoup avaient semblé fascinés. Rassemblés par petits groupes, à présent, les chats murmuraient à voix basse, fébriles.

« C'est quoi, la Pierre de Lune ?

— Un rocher, loin sous la terre, qui brille dans le noir, chuchota Nuage Gris. Tous les chefs doivent y passer la nuit quand ils sont choisis. Les esprits du Clan des Étoiles communient avec eux.

— "Communient" ? Qu'est-ce que ça veut dire ?

— Aucune idée, reconnut son camarade, les sourcils froncés. Tout ce que je sais, c'est qu'ils doivent dormir près de la Pierre, et font des rêves étranges. Ensuite, ils reçoivent neuf vies, et prennent le nom d'"étoile". »

Le chat roux regarda Croc Jaune retourner clopin-clopant vers sa litière. Apparemment, les brutalités de Griffe de Tigre avaient rouvert sa blessure. Le novice reprit lui aussi le chemin de sa tanière, en se jurant de redemander des graines de pavot à Petite Feuille le lendemain matin.

« Alors, que s'est-il passé ? » demanda Nuage de Poussière d'un ton pressant en passant la tête à l'entrée.

Dans sa hâte d'entendre relater l'Assemblée, il avait oublié sa rancœur envers le *chat domestique*.

« Exactement ce que Longue Plume a raconté. Étoile Brisée a réclamé le droit de chasser sur nos territoires... » commença le matou gris.

Son ami le laissa parler ; il préférait surveiller le camp. Devant l'antre du chef, les ombres d'Étoile Bleue et de Cœur de Lion étaient en plein conciliabule.

Il remarqua la petite silhouette de Nuage de Jais sur le seuil de la tanière des guerriers. Griffe de Tigre se tenait près de lui. Les oreilles couchées en arrière, l'apprenti s'aplatissait sous le feu roulant des reproches de son mentor. Les yeux et les dents du vétéran penché sur le novice luisaient au clair de lune. Que lui disait-il ? Le chat roux était sur le point de s'approcher discrètement pour surprendre leur conversation quand le pauvre animal fit un pas en arrière et fila vers sa tanière comme s'il avait le diable à ses trousses.

Le félin noir se faufila à l'intérieur, l'air anéanti, sans même répondre au salut de son camarade.

Inquiet, celui-ci s'apprêtait à le suivre quand il vit Cœur de Lion s'approcher de leur petit groupe.

« Eh bien ! lança le lieutenant du Clan du Tonnerre. Nuage de Feu, Nuage Gris et Nuage de Jais sont sur le point de passer à une nouvelle étape de leur initiation.

— Laquelle ? demanda le matou cendré, fébrile.

— Étoile Bleue vous demande à tous les trois de l'accompagner à la Pierre de Lune ! »

La mine déçue de leurs deux aînés n'échappa guère à Cœur de Lion qui ajouta :

« Ne vous inquiétez pas, vous deux, vous ne tarderez pas à faire le voyage. Pour l'instant, vos talents sont indispensables au Clan. Moi aussi, je reste ici. »

Nuage de Feu chercha des yeux leur chef. Allant d'un groupe à l'autre, la chatte donnait des instructions à chacun. *Pourquoi m'a-t-elle choisi pour ce périple ?* se demanda-t-il.

« À présent, elle veut que vous vous reposiez, poursuivit le lieutenant. Mais avant, allez demander à Petite Feuille les herbes dont vous aurez besoin pour vous donner des forces et endormir votre appétit. Le chemin sera long, vous n'aurez pas le temps de chasser. Où est Nuage de Jais ?

— Il est déjà couché.

— Parfait. Laissez-le dormir. Ramenez-lui des herbes, à lui aussi. Et reposez-vous bien, vous partez à l'aurore. »

Il agita la queue et s'éloigna vers la tanière d'Étoile Bleue.

« Dépêchez-vous, dit Nuage de Sable. Petite Feuille doit vous attendre. »

Le chat roux chercha en vain une quelconque trace d'aigreur dans sa voix. Il n'était plus temps de se montrer jaloux. Tous les membres de la tribu semblaient s'unir contre la menace du Clan de l'Ombre.

Les deux novices trottèrent jusqu'à la tanière de la guérisseuse. Le tunnel de fougères était plongé dans l'ombre.

Quand ils surgirent dans la petite clairière, la femelle semblait en effet les attendre.

« Vous êtes venus chercher des herbes pour le voyage, fit-elle.

— Oui, s'il te plaît, répondit Nuage de Feu. Et puis je crois que Croc Jaune aurait besoin d'autres graines de pavot. On dirait que ses blessures la font encore souffrir.

— Je les lui amènerai après votre départ. Vos rations sont déjà prêtes. »

Elle leur indiqua une pile de paquets soigneusement enveloppés de feuilles.

« Il y en a assez pour vous trois. Les pousses vert foncé vous couperont l'appétit pendant le trajet. Les autres vous donneront des forces. Mâchez-les avant le départ. Elles n'ont pas très bon goût mais sont très efficaces.

— Merci, Petite Feuille », dit le chat roux.

Il se pencha pour prendre l'un des ballots. Il avait la tête baissée quand la guérisseuse lui effleura la joue d'une patte douce. L'apprenti inspira son parfum délicieux avant de murmurer un dernier remerciement.

Quand Nuage Gris eut ramassé les deux autres paquets, les novices reprirent le chemin du tunnel.

« Bonne chance ! leur cria-t-elle. Et bon voyage ! »

À l'entrée de leur tanière, ils déposèrent leur chargement.

« Eh bien ! J'espère que ces herbes ne sont pas trop écœurantes ! déclara le matou cendré.

— C'est la première fois qu'on nous en donne... La Pierre de Lune doit être très loin d'ici. Tu sais où elle se trouve ?

— Au-delà du plateau du Vent, dans un endroit appelé les Hautes Pierres. Elle est enfouie sous terre, au fond d'une caverne qu'on appelle la Grotte de la Vie.

— Tu y es déjà allé ? lui demanda-t-il, impressionné par le savoir de son ami.

— Non, mais chaque apprenti doit s'y rendre avant de devenir un guerrier. »

L'espoir fit briller les yeux du félin roux, qui se redressa de toute sa taille.

« Arrête de te faire des idées. Il faut encore qu'on finisse l'entraînement ! » le prévint son camarade, comme s'il lisait dans ses pensées.

Nuage de Feu regarda à travers la voûte de feuillages les étoiles briller dans le ciel sombre. La lune s'était couchée.

« On devrait essayer de dormir un peu », bâilla-t-il.

Pourtant il ne pensait pas pouvoir fermer l'œil à la perspective de l'expédition du lendemain. L'Assemblée, le périple jusqu'à la Pierre de Lune... Sa vie de chat domestique lui semblait loin, désormais !

CHAPITRE 14

PLONGÉ DANS L'OBSCURITÉ, Nuage de Feu était glacé jusqu'aux os. Il n'entendait rien ; des odeurs de terre mouillée venaient chatouiller ses narines.

Soudain, une boule de lumière étincelante parut devant lui. L'apprenti baissa la tête, ébloui. Elle scintillait d'un éclat froid comme celui d'une étoile, mais vacilla et s'éteignit aussi vite qu'elle était apparue. Les ténèbres reculèrent et il se retrouva dans une forêt, dont les senteurs familières le rassurèrent. Il huma les parfums humides de la végétation ; un grand calme l'envahit.

Tout à coup, un bruit atroce se fit entendre. La fourrure de Nuage de Feu se hérissa. C'étaient les cris perçants de chats fous de terreur, qui surgissaient des buissons en face de lui. Lorsqu'ils le dépassèrent, ventre à terre, le novice reconnut ceux de son Clan. Il resta pétrifié sur place, incapable de bouger. C'est alors qu'apparurent de grands guerriers au pelage sombre, dont les yeux brillaient d'une lueur cruelle. Ils foncèrent sur lui dans un bruit de tonnerre, toutes griffes dehors. Et, dans la pénombre, le novice entendit un cri désespéré, plein de douleur et de rage. Nuage Gris !

Le chat roux se réveilla, épouvanté. Il avait les oreilles qui tintaient et l'échine hirsute. Lorsqu'il ouvrit les yeux, il découvrit que Griffe de Tigre avait passé la tête à l'entrée de la tanière. L'apprenti se leva d'un bond, aussitôt sur le qui-vive.

« Un problème, Nuage de Feu ?

— C'était juste un cauchemar. »

Le vétéran lui jeta un coup d'œil perplexe avant de grommeler :

« Réveille les autres. On ne va pas tarder à partir. »

Dehors, une aube nouvelle embrasait le ciel et la rosée irisait les feuilles des fougères. Une fois le soleil levé, la journée serait chaude, mais l'humidité du petit matin rappela au matou que la saison des feuilles mortes approchait.

Les trois apprentis avalèrent rapidement les herbes que Petite Feuille leur avait données. Étoile Bleue et Griffe de Tigre les regardaient faire, prêts à partir. Le reste du camp était encore endormi.

« *Beurk* ! gémit Nuage Gris. Je savais qu'elles seraient amères. Pourquoi on ne mangerait pas plutôt une bonne souris bien grasse ?

— Ces herbes apaiseront votre faim plus longtemps, rétorqua leur chef. Et elles vous rendront plus forts. Un long voyage nous attend.

— Vous avez déjà mangé les vôtres ? demanda le chat roux.

— Pour pouvoir partager les rêves du Clan des Étoiles près de la Pierre de Lune, je n'ai pas le droit de manger. »

Un frémissement courut le long de l'échine du novice. Il lui tardait de se mettre en chemin. Au grand jour, au milieu de ces voix familières, la terreur de son rêve semblait oubliée. Il ne lui restait plus que l'image de la lueur aveuglante, et les paroles d'Étoile Bleue firent naître en lui un nouveau frisson d'excitation.

Les cinq félins se glissèrent dans le tunnel d'ajoncs. Cœur de Lion rentrait justement avec une patrouille.

« Bon voyage, leur lança-t-il.

— Je sais que je peux te confier le camp sans crainte », lui répondit Étoile Bleue.

Le regard fixé sur Nuage Gris, le vétéran inclina la tête.

« Rappelle-toi que tu es presque un guerrier. Souviens-toi de ce que je t'ai appris. »

L'apprenti regarda son mentor avec affection et appuya le museau contre le flanc du chat jaune.

« Je ne l'oublierai jamais, Cœur de Lion. »

Ils se dirigèrent vers les Quatre Chênes – le chemin le plus court pour gagner le plateau du Vent, qu'il leur faudrait traverser pour atteindre les Hautes Pierres.

En descendant la colline vers le Grand Rocher, Nuage de Feu sentait encore les odeurs laissées par l'Assemblée de la veille. Il traversa la clairière tapissée d'herbe, s'engagea sur l'autre versant et pénétra en terre inconnue à la suite de ses compagnons. La pente broussailleuse devenait plus escarpée et plus rocailleuse à mesure qu'ils grimpaient : la troupe finit par sauter de rocher en rocher sur la paroi d'une falaise à pic.

Au sommet, le novice tomba en arrêt. Devant eux s'étendait un vaste plateau. Des bourrasques incessantes couchaient l'herbe et courbaient les arbres. Le sol caillouteux était ponctué d'affleurements de roc nu.

Les rafales leur apportaient encore les odeurs du Clan du Vent, ténues et anciennes. Plus récentes, et bien plus inquiétantes, étaient les traces de l'envahisseur.

« Toutes les tribus ont le droit de se rendre librement à la Pierre de Lune, mais le Clan de l'Ombre ne respecte plus le code du guerrier, alors restez sur le qui-vive, les prévint Étoile Bleue. Nous n'avons pas le droit de chasser en dehors de notre territoire, sachez-le. Nous suivrons la tradition, contrairement à l'ennemi. »

Ils cheminèrent à travers le plateau, sur une piste qui serpentait dans la bruyère. Nuage de Feu s'était habitué à vivre à l'abri des feuillages. Son pelage couleur flamme lui pesait de plus en plus, à mesure que le soleil montait dans le ciel. Il avait le dos en feu. Heureusement, une brise régulière soufflait de la forêt.

Soudain Griffe de Tigre s'arrêta net.

« Attention ! souffla-t-il. Je flaire l'odeur d'une patrouille adverse.

— Ils sont contre le vent, annonça leur chef. Si nous continuons à avancer, notre présence passera inaperçue. Mais il faut nous dépêcher. S'ils nous dépassent, ils nous repéreront. La frontière n'est plus très loin. »

Bondissant de pierre en pierre, ils se frayèrent en hâte une route à travers la bruyère parfumée. L'apprenti ne cessait de humer l'air et de regarder par-dessus son épaule, à l'affût des guerriers du Clan de l'Ombre. Mais petit à petit, l'odeur s'estompa. *Ils ont dû rebrousser chemin*, pensa-t-il avec soulagement.

Ils finirent par atteindre le rebord du plateau. Modelé par les Bipèdes, le paysage changeait soudain du tout au tout. Partout s'étendaient des prés verts ou dorés sillonnés de larges pistes de terre. Des bosquets d'arbres et des tanières étranges étaient disséminés dans les champs. Au loin, Nuage de Feu vit un grand ruban gris ; une odeur âcre lui parvint, portée par la brise.

« C'est le Chemin du Tonnerre ?

— Oui, répondit son ami. Il se poursuit jusqu'ici. Tu vois les Hautes Pierres, derrière ? »

Des pics nus au sommet déchiqueté s'élevaient à l'horizon.

« Alors il va falloir qu'on le traverse ?

— Eh oui ! » répliqua le chat cendré d'une voix ferme et confiante, presque enjouée, malgré le périlleux voyage qui les attendait.

« Allons-y ! lança Étoile Bleue. À cette allure, nous pouvons y être avant le lever de la lune. »

Laissant derrière lui le plateau exposé à tous les vents, Nuage de Feu descendit comme les autres vers la plaine fertile.

Les félins se faufilèrent le long des haies. Une fois ou deux, le novice flaira une odeur de gibier dans les broussailles, mais les herbes de Petite Feuille avaient complètement calmé sa faim. Même à l'ombre des buissons, il faisait encore très chaud.

Ils passèrent devant la tanière d'un Bipède. Construite sur une vaste étendue de pierre grise, elle était entourée d'autres bâtiments plus petits. Sans bruit, ils rampèrent le long de la clôture. Un déluge soudain d'aboiements et de grognements les figèrent sur place.

Des chiens ! Le sang de Nuage de Feu se glaça dans ses veines. La fourrure gonflée de la pointe du museau jusqu'au bout de la queue, il fit le gros dos. Griffe de Tigre jeta un coup d'œil à travers la barrière.

« Tout va bien ! souffla-t-il. Ils sont attachés. »

L'apprenti regarda les deux chiens se cabrer à moins de vingt pas de lui. Ils n'avaient rien de commun avec les petits roquets trop gâtés qu'il avait connus. Ces bêtes-là le fixaient avec des yeux fous où brillaient des envies de meurtre. La bave aux lèvres, ils tiraient sur leurs chaînes de toutes leurs forces. Ils grognèrent et aboyèrent, les babines retroussées sur des crocs énormes, jusqu'à ce que le cri de leur maître les fasse taire. Les chats poursuivirent leur route.

Quand ils parvinrent au Chemin du Tonnerre, le soleil commençait à décliner. Étoile Bleue leur fit signe de s'arrêter et d'attendre sous une haie. Les yeux et la gorge irrités par la fumée, Nuage de

Feu regarda les grands monstres aller et venir à toute allure.

« On va traverser l'un après l'autre, annonça Griffe de Tigre. Nuage de Jais, tu commences.

— Non, intervint leur chef. Je vais passer d'abord. N'oublie pas que, pour eux, c'est la première fois. Je veux qu'ils voient comment procéder. »

S'avançant jusqu'au bord de la chaussée, la femelle regarda à droite et à gauche. Elle attendit calmement que les créatures la dépassent, la fourrure ébouriffée par le souffle de leur course. Puis, quand le rugissement assourdissant s'arrêta un instant, elle traversa la route ventre à terre.

« Maintenant que tu as vu comment faire, à ton tour », lança le guerrier à son élève.

Nuage de Feu vit les yeux de l'apprenti s'écarquiller de peur. Il savait ce que son ami ressentait. L'odeur de sa propre peur imprégnait l'atmosphère. Le petit chat noir s'avança jusqu'au bord du Chemin. Aucun monstre en vue, mais il hésitait.

« Vas-y ! » l'incita Griffe de Tigre depuis la haie.

Les muscles du novice se contractèrent : il se préparait à s'élancer. Le sol commença soudain à trembler. Une bête passa, plus rapide que l'éclair. Le matou noir se recroquevilla un instant, puis fila telle une flèche rejoindre Étoile Bleue. Une créature venue de la direction opposée souleva un nuage de poussière à l'endroit exact où ses pattes se trouvaient encore une seconde auparavant. Frissonnant, Nuage de Feu respira à fond pour se calmer.

Nuage Gris eut de la chance. Une longue accalmie

lui permit de traverser sans encombre. Puis vint le tour du félin roux.

« Allez ! » maugréa Griffe de Tigre.

Le regard de l'apprenti alla du vétéran au Chemin du Tonnerre ; puis le jeune chat sortit de sous la haie. Il attendit sur le bas-côté, comme l'avait fait Étoile Bleue. Un monstre arrivait en trombe. *Après celui-là*, pensa le matou en retenant son souffle. Soudain son cœur fit un bond dans sa poitrine : la bête était sortie de la chaussée et bringuebalait sur le bas-côté. Elle venait droit sur lui ! Penché par une ouverture sur le côté, un Bipède poussait des hurlements. Nuage de Feu sauta en arrière, toutes griffes dehors. Il faillit être emporté par le tourbillon de vent soulevé par la créature, qui le manqua à un poil près. Tremblant, il se tapit dans la poussière pour regarder le monstre retourner sur le Chemin du Tonnerre, avant de disparaître au loin. Le cœur battant, le novice s'aperçut que la route était à nouveau déserte, et la franchit sans demander son reste.

« J'ai bien cru que tu allais y passer ! s'exclama Nuage Gris, qu'il heurta de plein fouet et manqua renverser.

— Et moi donc ! » répondit le chat roux d'une voix étranglée, incapable de réprimer un tremblement convulsif.

Griffe de Tigre s'élança pour les rejoindre.

« Foutus Bipèdes ! cracha-t-il une fois arrivé.

— Veux-tu te reposer ? » demanda Étoile Bleue à l'apprenti.

Il leva la tête. Le soleil était bas sur l'horizon.

« Non, décida-t-il, malgré ses griffes râpées et endolories. Ça va aller. »

Ils reprirent leur marche derrière leur chef. De ce côté du Chemin du Tonnerre, la terre était plus noire et l'herbe plus grasse sous leurs pattes. À mesure qu'ils approchaient des contreforts des Hautes Pierres, la végétation laissa la place à un sol nu, caillouteux, parsemé de touffes de bruyères. Le terrain s'élevait peu à peu. Devant eux se dressaient des rochers escarpés qui jetaient des reflets orange au crépuscule.

Étoile Bleue fit halte. Elle choisit de s'installer sur une pierre plate réchauffée par le soleil, assez large pour permettre à cinq félins de s'y étendre côte à côte.

« Regardez, fit-elle, le nez pointé vers la paroi noire. La Grotte de la Vie. »

Nuage de Feu leva la tête. Mais il était aveuglé par l'éclat du couchant, et le flanc de la montagne était plongé dans l'ombre.

Ils attendirent en silence. Petit à petit, le soleil disparut derrière les Hautes Pierres : le novice finit par distinguer l'entrée d'une caverne, trou noir qui s'ouvrait sous une arche grise.

« Nous attendrons ici que la lune se lève, leur expliqua la femelle. Chassez si vous avez faim et reposez-vous. »

Le chat roux fut ravi d'avoir l'occasion de trouver à manger. Il mourait de faim, à présent. Nuage Gris, qui de toute évidence était dans les mêmes dispositions, s'enfonça dans un bouquet de bruyères imprégné d'odeurs alléchantes. Ses deux amis le suivirent. Le vétéran prit la direction opposée, mais leur chef ne bougea pas. Immobile et silencieuse, elle fixait la Grotte de la Vie.

Les trois apprentis trouvèrent du gibier à foison. Ils s'installèrent sur la pente rocheuse en compagnie de Griffe de Tigre et se régalèrent. Malgré leur chasse fructueuse, personne ne disait grand-chose ; l'atmosphère semblait chargée de fébrilité et d'appréhension.

La chaleur quitta les rochers sur lesquels ils étaient étendus, des ombres noires envahirent les parois. C'est alors seulement qu'Étoile Bleue déclara :

« Venez. Il est l'heure. »

CHAPITRE 15

❧

LA CHATTE SE LEVA et se dirigea vers le trou dans la paroi. Griffe de Tigre marchait à son côté, sans la quitter d'un pas.

« Allez, Nuage de Jais ! » lança le matou cendré.

Le chat noir était encore assis sur le rocher, les yeux fixés sur la caverne. Il finit par les suivre à pas lents. Nuage de Feu s'aperçut que son ami avait à peine dit un mot de la journée. *Est-il inquiet à cause du Clan de l'Ombre, ou est-ce qu'autre chose le tracasse ?*

Ils ne mirent que quelques instants à atteindre la Grotte de la Vie. Le novice s'arrêta sur le seuil et regarda à l'intérieur. Sous l'arche de pierre, l'obscurité était plus profonde que la nuit la plus sombre. Il eut beau plisser les yeux, il n'y voyait rien.

À côté de lui, ses camarades avaient passé la tête à l'entrée avec inquiétude. Même le chasseur semblait troublé par le trou noir qui s'ouvrait devant eux.

« Comment trouver notre chemin dans une telle obscurité ? demanda-t-il.

— Je sais par où passer, répondit Étoile Bleue. Il vous suffira de me suivre à la trace. Vous deux, vous montez la garde ici. Nuage de Feu, tu nous accompagnes jusqu'à la Pierre de Lune, Griffe de Tigre et moi. »

Le matou fut saisi d'un frisson. Quel honneur ! Il coula un regard vers le vétéran. L'animal avait la tête levée bien haut, mais l'odeur de sa peur imprégnait l'atmosphère. Elle s'accentua quand Étoile Bleue s'avança dans les ténèbres.

Le guerrier se secoua et suivit son chef. Après un bref signe de tête à ses deux camarades, l'apprenti pénétra à son tour dans la Grotte.

À l'intérieur, il n'y voyait goutte. L'obscurité complète lui fit un drôle d'effet, mais il s'aperçut avec surprise qu'il n'avait pas peur. Sa soif de découverte était la plus forte.

Malgré son épaisse fourrure, l'air froid et humide le pénétrait jusqu'aux os. La plus fraîche des nuits lui aurait paru moins pénible à supporter. *Cet endroit n'a jamais connu la chaleur du soleil*, songea-t-il. La roche était lisse sous ses pattes. À force de respirer l'atmosphère glaciale, la tête lui tournait.

Il suivit Étoile Bleue et Griffe de Tigre dans le noir, guidé uniquement par les odeurs et les sons. La galerie en pente douce serpentait tantôt à droite, tantôt à gauche. Grâce à ses moustaches, qui frôlaient les parois de la caverne, Nuage de Feu parvenait à se diriger. Son nez lui indiquait que les deux guerriers n'étaient qu'à quelques pas devant lui.

Leur progression semblait sans fin. *À quelle profondeur sommes-nous, maintenant ?* se demanda-t-il. Son pelage se hérissa. L'air qu'il respirait lui sembla soudain plus frais. Il inspira à fond, soulagé de retrouver les parfums du monde extérieur. Il reconnaissait la tourbe, le gibier, l'odeur de la bruyère. Il devait y avoir un trou dans la voûte du tunnel.

« Où sommes-nous ?

— Dans la salle où se trouve la Pierre de Lune, répondit Étoile Bleue à mi-voix. Arrêtons-nous là. La lune sera bientôt à son zénith. »

Assis sur le sol glacé, Nuage de Feu attendit. Il entendait la respiration régulière d'Étoile Bleue et le halètement plus rapide, presque affolé, de Griffe de Tigre.

D'un seul coup, la caverne s'emplit d'une lumière plus aveuglante que le soleil couchant. Les yeux du matou étaient grands ouverts. Il les ferma aussitôt, ébloui par la clarté blanche, avant de les entrouvrir lentement.

Il vit un rocher scintiller comme s'il était fait d'innombrables gouttes de rosée. *La Pierre de Lune !* Il regarda autour de lui. Dans la pénombre, il distinguait les parois d'une salle haute de plafond. La roche étincelante se dressait au centre de la caverne, cinq fois plus grande que Nuage de Feu.

Le pelage blanchi par l'éclat de la Pierre, Étoile Bleue fixait la voûte. Même la fourrure sombre du vétéran luisait d'un reflet argenté. Le chat roux suivit le regard de leur chef. Un trou béant s'ouvrait sur un étroit triangle de ciel nocturne. Le clair de lune pénétrait par la brèche et tombait sur le rocher qu'elle faisait resplendir comme une étoile.

Griffe de Tigre s'agitait ; l'odeur de sa peur devenait suffocante. Avait-il perçu un danger invisible ? Le novice était perplexe. Il surprit un mouvement, sentit une fourrure le frôler et entendit le chasseur détaler vers la sortie.

« Nuage de Feu ? lança la femelle sans se départir de son calme.

— Je suis toujours là », dit-il avec nervosité.

Par quoi le guerrier avait-il été effrayé ?

« Étoile Bleue ? » reprit l'apprenti tandis que la réponse tardait à venir.

Son cœur battait à tout rompre.

« Tout va bien, jeune chat, n'aie pas peur, murmura Étoile Bleue, dont la voix posée le rassura un peu. Griffe de Tigre a dû être surpris par la puissance de la Pierre de Lune. Dans le monde extérieur, c'est un guerrier redoutable, mais ici, où parlent les esprits du Clan des Étoiles, une autre sorte de force est nécessaire. Que ressens-tu, Nuage de Feu ? »

Il respira à fond et se força à se détendre.

« Rien que ma propre curiosité, avouait-il.

— Tant mieux. »

Il se tourna à nouveau vers la Pierre de Lune. Habitué à son éclat désormais, il n'était plus aveuglé. Il le trouvait au contraire apaisant. Son cauchemar lui revint soudain en mémoire. C'était la boule de lumière étincelante qu'il avait vue en rêve !

Fasciné, le matou regarda Étoile Bleue se coucher à côté du rocher. Elle tendit le cou et l'effleura du bout du museau. Le reflet qu'il allumait dans ses yeux bleus s'éteignit quand elle les referma. Puis elle posa la tête sur ses pattes, les paupières frémissantes et les pattes agitées de petits mouvements nerveux. Était-elle assoupie ? Alors le novice se rappela les paroles de Nuage Gris : « Ils doivent dormir près de la Pierre, et font des rêves étranges. »

Il attendit. Le froid était moins mordant dans cette salle, mais il frissonnait quand même. Il n'avait pas la moindre idée du temps qui avait passé, quand soudain la roche cessa de flamboyer. La caverne se retrouva plongée dans l'obscurité. Il leva les yeux vers l'ouverture dans la voûte. La lune n'était plus visible. Seules de minuscules étoiles piquaient le ciel noir.

Il distinguait à peine la silhouette pâle de la chatte étendue près de la Pierre de Lune. Il mourait d'envie de l'appeler, mais n'osait pas rompre le silence.

Après ce qui lui sembla une éternité, elle parla d'une voix lointaine et soucieuse.

« Nuage de Feu ? Tu es encore là ?

— Oui, Étoile Bleue. »

Il entendit approcher la chatte. Elle le frôla.

« Dépêche-toi, souffla-t-elle d'une voix pressante. Il faut retourner au camp. »

Il lui emboîta le pas, étonné par la vitesse à laquelle elle filait dans le noir. Il la suivit en aveugle, dans le tunnel en pente douce, jusqu'à ce qu'elle le ramène sain et sauf dans le monde extérieur.

Quand ils sortirent de la Grotte de la Vie, Griffe de Tigre les attendait à l'entrée avec les deux novices. Immobile, plein de dignité, il avait l'air pincé et sa fourrure était un peu ébouriffée.

Leur chef le salua sans évoquer la manière dont il avait fui les profondeurs de la caverne. Le vétéran se détendit.

« Qu'as-tu appris ? lui demanda-t-il.

— Nous devons rentrer au camp sans tarder », se contenta-t-elle de répondre.

Nuage de Feu décela du désespoir dans le regard de la chatte. Son rêve revint s'imposer à lui : les félins en fuite, les grands guerriers au pelage sombre, les cris stridents de détresse. Il s'efforça d'ignorer la peur qui paralysait ses muscles et suivit la troupe à toute allure sur la pente. Sa vision de cauchemar était-elle sur le point de se réaliser ?

CHAPITRE 16

♣

ILS REBROUSSÈRENT CHEMIN. La lune s'était cachée derrière les nuages. Il faisait sombre, mais au moins le Chemin du Tonnerre était-il plus tranquille à présent. Le seul monstre qu'ils entendirent était bien loin. Les chats traversèrent la route ensemble et, une fois de l'autre côté, se glissèrent à travers la haie.

Les muscles de Nuage de Feu étaient engourdis de fatigue. Le nez en l'air, la queue haute, Étoile Bleue imposait un train rapide. À côté d'elle, Griffe de Tigre filait à toute vitesse. Mais le matou noir était à la traîne.

« Du nerf ! » lança le vétéran par-dessus son épaule.

Son élève tressaillit et accéléra l'allure pour rattraper ses deux compagnons.

« Ça va aller ? lui demanda le chat roux.

— Oui, fit-il, hors d'haleine, sans regarder son ami en face. Je suis juste un peu fatigué. »

Ils descendirent dans un profond fossé et remontèrent de l'autre côté.

« Qu'a dit Griffe de Tigre en ressortant de la Grotte ? reprit Nuage de Feu d'un ton dégagé.

— Il voulait s'assurer qu'on montait toujours la garde, répondit Nuage Gris. Pourquoi ? »

L'apprenti eut une hésitation.

« Vous n'avez rien remarqué d'étrange dans son odeur ?

— Seulement les relents de cette vieille caverne humide, répliqua le félin cendré, surpris.

— Il semblait un peu tendu, hasarda Nuage de Jais.

— Il n'était pas le seul ! rétorqua son camarade d'un air entendu.

— Qu'est-ce que tu veux dire par là ?

— Que ces temps-ci, tu te hérisses dès que tu le vois. Tu as failli sauter au plafond quand il est sorti de la caverne.

— Il m'a surpris, c'est tout. Tu avoueras que cette Grotte de la Vie donnerait la chair de poule à n'importe qui.

— C'est le moins qu'on puisse dire. »

Ils se glissèrent sous une haie jusque dans un champ de maïs nimbé d'un éclat argenté au clair de lune, et suivirent le fossé qui l'entourait.

« Alors, c'était comment, à l'intérieur ? lança le matou gris. Tu as vu la Pierre de Lune ?

— Oui. C'était incroyable ! »

Un frisson courut le long de l'échine de l'apprenti. Son ami lui lança un regard admiratif.

« Alors c'est vrai ? Elle brille vraiment dans le noir ? »

Le chat roux ne répondit rien. Il ferma les yeux un court instant pour savourer l'image du rocher étincelant, mais les visions de son rêve lui revinrent. Il rouvrit aussitôt les paupières. Leur chef avait raison : ils devaient rentrer au camp le plus vite possible.

Devant eux, les deux guerriers avaient sauté une clôture pour sortir du champ. Les novices se glissèrent sous la barrière et se retrouvèrent sur un chemin de terre. C'était le sentier qui passait devant la maison aux chiens. Les silhouettes d'Étoile Bleue et de Griffe de Tigre trottaient côte à côte, infatigables, découpées sur l'horizon teinté de rouge. Le soleil n'allait pas tarder à se lever.

« Regardez ! » lança Nuage de Feu à ses camarades.

Un inconnu avait surgi devant les deux chasseurs.

« C'est un solitaire ! » souffla Nuage Gris.

Les trois apprentis accélérèrent l'allure. L'intrus était un matou noir et blanc, plus court sur pattes que les deux vétérans, tout en muscle.

« Voici Gerboise, expliqua leur chef aux novices. Il vit près de la tanière de ce Bipède.

— Bonjour ! lança-t-il. Je n'ai pas vu de membres de votre Clan depuis plusieurs lunes. Comment vas-tu, Étoile Bleue ?

— Bien, merci. Et toi, Gerboise ? La chasse a été bonne, depuis la dernière fois qu'on est passés ?

— Ça va, répondit-il, cordial. Ce qui est bien avec les Bipèdes, c'est qu'on ne manque jamais de rats ! Mais dites-moi, vous avez l'air plus pressés que d'habitude. Tout va bien ? »

Griffe de Tigre le dévisagea, un grondement dans la gorge. La curiosité du solitaire éveillait les soupçons du guerrier.

« Je n'aime pas être loin de ma tribu trop longtemps, répondit la chatte sans broncher.

— Comme toujours, Étoile Bleue, tu es liée à ton Clan comme une reine à ses petits, remarqua le matou avec douceur.

— Que veux-tu, Gerboise ? » intervint le vétéran.

Le matou lui lança un regard de reproche.

« Simplement vous prévenir qu'il y a deux chiens ici, désormais. Mieux vaudrait retourner dans le champ de maïs plutôt que passer devant la cour.

— On le savait ! On les a vus en venant... rétorqua Griffe de Tigre.

— Merci de nous avoir prévenus, l'interrompit la femelle. À bientôt ! »

Le chat noir et blanc agita la queue.

« Bon voyage, leur lança-t-il en s'éloignant sur le chemin de terre.

— Venez ! » ordonna Étoile Bleue.

Elle se faufila dans les hautes herbes qui poussaient entre le chemin et la clôture construite autour du champ. Les trois apprentis la suivirent, mais le guerrier hésita.

« Tu crois un solitaire sur parole ? » lui demanda-t-il.

Elle s'arrêta et fit volte-face.

« Tu préfères affronter les chiens ?

— Ils étaient attachés quand nous sommes passés devant eux tout à l'heure.

— Ils ne le sont peut-être plus, maintenant. Nous passerons par là. »

Elle se glissa sous la barrière pour entrer dans le champ. Nuage de Feu s'y coula après elle, suivi des autres apprentis et du chasseur.

Le soleil s'était levé. La rosée sur les haies promettait une nouvelle journée de chaleur.

Ils s'avancèrent le long du fossé. Le novice regarda dans la profonde tranchée aux pentes abruptes, couvertes d'orties. Il décelait une odeur de gibier. Ce fumet amer lui rappelait quelque chose, mais il ne l'avait pas senti depuis longtemps.

Un hurlement strident retentit. Nuage de Jais se débattait en fouillant la terre à coups de griffes. Un animal accroché à l'une de ses pattes le tirait vers le fossé.

« Des rats ! s'écria Griffe de Tigre. Gerboise nous a tendu un piège ! »

En un clin d'œil, les cinq félins se trouvèrent encerclés. Une ribambelle de gros rongeurs bruns sortit du fossé dans un concert de cris perçants. Leurs canines acérées étincelaient dans la lumière de l'aube.

L'un d'entre eux sauta soudain sur le dos du chat roux. La douleur arracha un grognement à l'apprenti : il s'était fait mordre à l'épaule. Un autre lui attrapa une patte entre ses puissantes mâchoires.

Le matou se laissa tomber au sol et rua avec l'énergie du désespoir pour se débarrasser de ses assaillants. Il avait l'avantage de la taille, mais les bestioles étaient trop nombreuses. Miaulements et feulements lui apprirent que ses compagnons étaient eux aussi en difficulté.

Nuage de Feu s'attaqua à l'adversaire agrippé à sa patte à coups de griffes désespérés. La créature lâcha prise, mais une autre s'acharnait sur sa queue. Vif comme l'éclair, poussé par la peur et la colère, le novice tourna la tête pour saisir celui qui lui tenait l'épaule. Il sentit les os du cou de la bête se broyer dans sa gueule et le petit corps soudain flasque tomba sur le chemin de terre.

Un nouvel ennemi planta des crocs pointus dans son échine ; l'apprenti poussa un cri de douleur. Du coin de l'œil, il aperçut un éclair de fourrure blanche. Il sentit qu'on faisait lâcher prise à l'animal qui était sur son dos. Déconcerté, il fit volte-face et vit Gerboise balancer son opposant dans le fossé.

Sans hésiter, le solitaire se rua vers Étoile Bleue. Elle se débattait sur le sol du chemin, couverte de rats. En un éclair, Gerboise avait mordu l'un d'entre eux à la nuque et en débarrassait la chatte avec une aisance admirable. Il le précipita au sol et passa au suivant ; la femelle était agitée de convulsions.

Nuage de Feu se rua vers Nuage Gris, pris en tenaille par deux rongeurs. Il se jeta sur le plus proche et le tua d'un coup de croc. Son ami cloua l'autre au sol, l'attrapa entre ses dents et le précipita dans la tranchée de toutes ses forces. Leur agresseur ne revint pas.

« Ils s'enfuient ! » s'écria Griffe de Tigre.

Et en effet, les survivants se sauvaient dans le trou. L'apprenti vit les bestioles disparaître parmi les orties. Les morsures qui lui déchiraient l'épaule et la patte arrière lui faisaient un mal de chien. Il lécha avec précaution sa fourrure humide et collante ; l'odeur âcre du sang se mêlait à la puanteur de leurs assaillants.

Il chercha Nuage de Jais des yeux. Le félin noir sortait du fossé, couvert de boue et de piqûres d'orties, sous les encouragements du matou cendré. Un jeune rat était encore accroché à sa queue. Pendant que l'un aidait leur ami à remonter, l'autre se hâta d'achever le petit animal.

Où était leur chef ? Le chat roux vit Gerboise guetter le retour des rats, penché sur le fossé. La femelle gisait un peu plus loin sur le sentier. Inquiet, l'apprenti se précipita vers elle. Sur sa nuque, l'épaisse fourrure grise était tachée de sang.

« Étoile Bleue ? » appela-t-il, en vain.

Un hurlement rageur éclata. Griffe de Tigre avait plaqué Gerboise au sol.

« C'était un piège !

— Je ne savais pas qu'il y avait des rats ici ! rétorqua le solitaire en se débattant pour lui échapper.

— Pourquoi nous as-tu indiqué ce chemin ?

— À cause des chiens !

— Ils étaient en laisse quand nous sommes passés devant eux hier !

— La nuit, le Bipède les détache. Ils montent la garde, répondit Gerboise d'une voix étouffée, la respiration sifflante.

— Étoile Bleue est blessée ! » intervint Nuage de Feu.

Griffe de Tigre relâcha sur-le-champ son adversaire qui se releva et s'ébroua. Le vétéran vint renifler les blessures de la reine.

« Que peut-on faire ?

— Son sort est entre les mains du Clan des Étoiles, maintenant », annonça solennellement le chasseur avant de faire un pas en arrière.

Sous le choc, le novice ouvrit des yeux ronds. Était-elle morte ? Le pelage hérissé, il regarda la chatte. Était-ce là ce dont les esprits de la Pierre de Lune l'avaient avertie ?

Les deux autres apprentis les avaient rejoints et se penchaient sur leur chef, frappés d'horreur. Plus loin, Gerboise tendait le cou pour voir ce qui se passait.

Les yeux ouverts mais vitreux, la chatte ne bougeait pas. On aurait dit qu'elle ne respirait même plus.

« Elle est morte ? murmura le matou noir.

— Je ne sais pas, répondit son mentor. Il faut attendre. »

Les quatre félins patientèrent autour d'elle en silence, tandis que le soleil commençait à monter dans le ciel. Gerboise, lui, se tenait à l'écart. Nuage de Feu se surprit à supplier le Clan des Étoiles de la protéger, de la renvoyer vers eux.

Elle finit par remuer. Le bout de sa queue tressaillit et elle leva la tête.

« Étoile Bleue ? murmura l'apprenti, frissonnant.

— Ça va bien, souffla-t-elle d'une voix faible. Je suis encore là. J'ai perdu une vie, mais ce n'était pas la neuvième. »

La joie le submergea. Il s'attendait à lire le même soulagement sur le visage du chasseur, mais il le trouva inexpressif.

« Très bien, lança le guerrier sur un ton autoritaire. Nuage de Jais, va chercher des toiles d'araignée. Nuage Gris, trouve-moi des soucis ou des prêles. »

Les deux apprentis s'éclipsèrent.

« Gerboise, je crois qu'il est temps que tu t'en ailles. »

Nuage de Feu regarda le solitaire qui s'était battu si bravement à leurs côtés. Il voulait le remercier, mais n'osait pas le faire devant le vétéran. Le novice lui adressa un imperceptible signe de tête. Le matou parut comprendre le message, car il lui rendit son salut et s'éloigna sans mot dire.

La femelle restait couchée sur le chemin de terre.

« Tout le monde va bien ? » demanda-t-elle d'un ton rauque.

Griffe de Tigre acquiesça. Nuage de Jais revint à toute allure, des toiles d'araignée autour d'une patte.

« Et voilà ! annonça-t-il.

— Puis-je bander ses plaies ? demanda le chat roux au guerrier. Croc Jaune m'a montré comment faire.

— Vas-y. »

Le chasseur s'éloigna pour scruter le fossé du regard, les oreilles dressées, à l'affût d'autres rats.

Nuage de Feu prit une couche de toiles d'araignée et l'appuya avec fermeté sur une des blessures d'Étoile Bleue. Elle grimaça.

« Sans Griffe de Tigre, ces rats m'auraient dévorée vivante, murmura-t-elle d'une voix étranglée par la douleur.

— Ce n'est pas lui qui t'a sauvée. C'est Gerboise.

— Gerboise ? répéta-t-elle, surprise. Il est là ?

— Griffe de Tigre lui a demandé de partir. Il croit que le solitaire nous a tendu un piège.

— Et toi, qu'en penses-tu ?

— C'est un solitaire, répondit sans lever les yeux l'apprenti, qui s'appliquait à mettre en place le dernier bandage. Quel intérêt aurait-il à nous tendre un piège pour nous sauver ensuite ? »

Elle reposa la tête sur le sol et ferma les paupières.

Nuage Gris revint avec des prêles. Le rouquin en mâcha les feuilles pour appliquer le jus sur les plaies de sa patiente. Il savait qu'elles aideraient à empêcher l'infection, mais l'assurance et l'immense savoir de Croc Jaune lui manquaient cruellement.

« Nous allons nous reposer ici pendant qu'Étoile Bleue récupère, annonça Griffe de Tigre.

— Non, répondit la chatte. Il faut rentrer au camp. »

Les yeux plissés par la douleur, elle se releva à grand-peine.

« On repart. »

Elle s'engagea clopin-clopant le long de la bordure du champ. Le chasseur marchait à côté d'elle, le visage sombre et pensif. Les apprentis échangèrent des regards inquiets avant de leur emboîter le pas.

« Tu n'avais pas perdu de vie depuis bien longtemps, chuchota le vétéran. Combien t'en reste-t-il, à présent ? »

Le novice fut surpris par la curiosité non dissimulée du guerrier.

« Quatre », rétorqua posément le chef du Clan du Tonnerre.

Nuage de Feu eut beau tendre l'oreille, Griffe de Tigre poursuivit son chemin sans rien ajouter, songeur.

CHAPITRE 17

❧

MIDI PASSA. Ils cheminaient en silence à travers le plateau du Vent. Le combat contre les rats avait laissé des traces. Nuage de Feu était couvert de griffures et de morsures. Le matou cendré boitait et avançait de temps à autre à cloche-patte. Mais la plus mal en point, c'était Étoile Bleue. La femelle, qui avait encore ralenti l'allure, refusait obstinément de prendre du repos. Sa détermination, malgré ses grimaces de douleur, montrait bien qu'il était vital de rentrer au camp.

« Ne vous souciez pas des guerriers du Clan de l'Ombre », leur lança-t-elle, les dents serrées, quand Griffe de Tigre s'arrêta pour humer l'air. « Ce n'est pas ici qu'on les trouvera aujourd'hui. »

Comment peut-elle en être si sûre ? s'interrogea le novice.

Ils descendirent avec précaution la pente escarpée qui menait aux Quatre Chênes avant de reprendre le chemin familier du camp. L'après-midi touchait à sa fin ; le félin roux se mit à penser avec nostalgie à sa litière, et à une pièce de gibier bien dodue.

« Je flaire encore l'odeur du Clan de l'Ombre, murmura son ami.

— Elle vient peut-être du territoire du Vent »,
suggéra-t-il.

Mais il sentait les mêmes effluves : ses moustaches se mirent à trembler. Nuage de Jais s'arrêta
soudain.

« Vous entendez ? » dit-il d'une voix étouffée.

Nuage de Feu tendit l'oreille. Au début il ne dis-
tingua que les bruits familiers de la forêt : le bruissement des feuilles, le roucoulement d'un pigeon.
Tout à coup, son sang se glaça dans ses veines. Au
loin résonnaient des cris féroces et les hurlements
stridents des petits affolés.

« Vite ! s'écria Étoile Bleue. Le Clan des Étoiles
avait dit vrai. On attaque notre camp ! »

Elle partit au galop, trébucha, se releva aussitôt
et reprit tant bien que mal sa course.

Griffe de Tigre et Nuage de Feu s'élancèrent côte
à côte. Les deux autres apprentis les suivirent, la
queue hérissée. Ses douleurs oubliées, le chat roux
chargea en direction du camp. Sa seule pensée
désormais était de protéger la tribu.

Le vacarme des combats devenait plus assourdissant à mesure qu'ils approchaient de l'entrée ;
la puanteur du Clan de l'Ombre imprégnait l'atmosphère. Lorsqu'ils traversèrent le tunnel à toute
allure, le novice était juste derrière Griffe de Tigre.

Dans la clairière, les affrontements faisaient rage.
On ne voyait les petits nulle part, et Nuage de Feu
espéra qu'ils étaient sains et saufs à l'abri de la pouponnière. Les anciens les plus faibles avaient dû se
mettre à couvert dans le tronc creux de leur arbre.

Les guerriers grouillaient aux quatre coins du camp. Pelage de Givre et Bouton-d'Or se défendaient dents et ongles contre un imposant matou gris. Même Plume Blanche se battait, alors qu'elle était sur le point de mettre bas. Éclair Noir luttait au corps à corps contre un guerrier au pelage sombre. Trois des anciens, Petite Oreille, Pomme de Pin et Un-Œil, s'acharnaient sur un chasseur écaille deux fois plus féroce qu'eux.

Les nouveaux arrivants se précipitèrent dans la bataille. Nuage de Feu se jeta sur une reine au pelage tacheté, beaucoup plus grande que lui, et lui mordit une patte de toutes ses forces. Elle poussa un miaulement de douleur avant de lui sauter dessus, cherchant son cou avec sauvagerie. Il se débattit pour éviter ses mâchoires. Comme elle était moins rapide que lui, il parvint à l'attraper par derrière et à la faire tomber dans la poussière. Avec ses pattes arrière, il lui griffa le dos jusqu'à ce qu'elle s'enfuie en hurlant dans les épaisses broussailles qui entouraient le camp.

Nuage de Feu vit qu'Étoile Bleue avait fini par les rejoindre. Malgré ses blessures, elle affrontait un chat tigré. L'apprenti ne l'avait jamais vue se battre mais, même blessée, elle était un combattant redoutable. Son adversaire avait beau lutter pour s'échapper, elle le retenait fermement et lui infligeait de tels coups de griffes qu'il en garderait des cicatrices pendant de nombreuses lunes.

Puis il vit un chasseur blanc aux membres charbonneux traîner une ancienne hors de la pouponnière. *Patte Noire, le guerrier qui était à l'Assemblée !*

Le lieutenant du Clan de l'Ombre s'empressa d'achever la vieille femelle, sans doute assignée à la protection des nouveau-nés, avant de s'approcher du taillis de ronces. Les petits sans défense piaillaient à tue-tête, mais leurs mères luttaient pour leur vie dans la clairière.

Nuage de Feu se préparait à bondir vers la pouponnière quand des griffes lui déchirèrent le flanc ; une chatte famélique lui sauta dessus. En roulant à terre, il tenta d'avertir les autres du danger qui menaçait les chatons. Luttant pour échapper à son assaillante, il tourna la tête pour regarder le roncier.

Patte Noire avait arraché deux petits à leur litière et tentait d'en attraper un troisième.

Nuage de Feu n'en vit pas plus : la femelle lui lacéra le ventre avec ses pattes arrière. L'apprenti se dégagea avant de se recroqueviller d'un air soumis. La ruse avait déjà marché – elle fonctionna encore. Quand son adversaire l'attrapa triomphalement par le cou, Nuage de Feu s'en débarrassa d'un grand coup de reins. Bondissant sur elle, il la mordit à l'épaule, sans aucune pitié cette fois. Elle détala dans les fourrés en hurlant.

Il se releva d'un bond, fila vers la pouponnière et passa la tête à l'entrée. Patte Noire avait disparu. Dans la tanière se trouvait Croc Jaune, tapie sur les petits terrifiés. La fourrure tachée de sang, elle avait un œil enflé. Elle feula d'un air féroce, avant de s'écrier : « Ils vont bien, je m'en charge ! », en reconnaissant Nuage de Feu.

Le novice la regarda rassurer les chatons épouvantés. L'avertissement d'Étoile Brisée lui revint en mémoire, mais ce n'était guère le moment d'y penser. Il allait devoir se fier à Croc Jaune. Après un bref signe de tête, il ressortit du taillis de ronces.

Il ne restait plus que quelques guerriers ennemis dans le camp. Ses deux amis se battaient côte à côte contre un matou brun qui finit par s'enfuir dans les fourrés. Tornade Blanche et Éclair Noir chassèrent les derniers intrus à coups de griffes.

Épuisé, Nuage de Feu balaya du regard la clairière dévastée. Du sang éclaboussait le sol, des touffes de poil virevoltaient. Les murs de broussailles qui l'entouraient avaient été déchiquetés pour livrer passage aux assaillants.

Les uns après les autres, les chats du Clan du Tonnerre se réunirent sous le Promontoire. Hors d'haleine, l'oreille ensanglantée, Nuage Gris vint s'asseoir près de lui. Le chat noir s'affala par terre et entreprit de lécher sa queue blessée. Les femelles coururent à la pouponnière s'assurer que leurs petits étaient hors de danger. Nuage de Feu prit conscience qu'il attendait leur retour avec angoisse. Il se détendit en entendant des cris et des ronronnements de joie sortir du buisson de ronces.

Pelage de Givre fendit la foule, suivie de la vieille guérisseuse. La reine au pelage blanc s'avança pour s'adresser à tout le Clan.

« Grâce à Croc Jaune, nos chatons sont sains et saufs. Un guerrier du Clan de l'Ombre a tué Queue Blanche et essayé de les enlever, mais elle l'a tenu en respect.

— Et ce n'était pas n'importe qui, ajouta Nuage de Feu, résolu à leur apprendre tout ce qu'ils devaient à la vieille chatte. Je l'ai vu. C'était Patte Noire.

— Leur lieutenant ! » s'exclama Plume Blanche, qui s'était battue avec acharnement pour protéger les petits qu'elle portait.

L'assistance s'écarta pour livrer passage à Étoile Bleue ; elle se dirigea clopin-clopant vers les apprentis. À son air sombre, Nuage de Feu comprit que l'heure était grave.

« Petite Feuille est avec Cœur de Lion, murmura-t-elle. Il a été blessé dans la bataille. Il y a peu d'espoir. »

De l'autre côté du Promontoire gisait une masse immobile de fourrure dorée, poussiéreuse.

Nuage Gris s'élança vers son mentor en poussant un gémissement déchirant. Penchée sur le lieutenant du Clan, la guérisseuse recula pour laisser le jeune chat faire ses adieux au vétéran. Quand le cri de douleur de son camarade retentit dans toute la clairière, la fourrure de Nuage de Feu se hérissa. C'était le hurlement qu'il avait entendu en rêve ! L'espace d'un instant, la tête lui tourna, puis il se reprit. Il fallait qu'il garde son calme, par égard pour son ami.

Quêtant du regard l'approbation d'Étoile Bleue, il alla rejoindre le novice près du Promontoire. Il s'arrêta un instant à côté de Petite Feuille. Écrasée de tristesse, elle avait l'air épuisé.

« Je ne peux plus rien pour lui, murmura-t-elle. Il est sur le chemin du Clan des Étoiles. »

Elle s'appuya contre le chat roux, qui se sentit réconforté par la caresse de sa chaude fourrure.

La foule attendait en silence ; le soleil se coucha lentement derrière les arbres. Enfin, Nuage Gris se releva pour s'écrier : « C'est fini ! » Il se rallongea tout contre le corps de son mentor et posa la tête sur ses pattes. Les autres chats s'avancèrent, recueillis, pour rendre hommage à leur lieutenant bien-aimé.

Nuage de Feu se joignit à eux. Il lécha le cou de Cœur de Lion :

« Je n'oublierai pas ta sagesse. Tu m'as beaucoup appris. »

Puis il s'assit à côté de son camarade et se mit à lui nettoyer les oreilles avec douceur.

Étoile Bleue s'avança la dernière, sans bruit. Il détourna les yeux quand la femelle dit au revoir à son vieux compagnon.

« Que vais-je faire sans toi, Cœur de Lion ? »

Nuage Gris, lui, ne sembla même pas remarquer la présence de la femelle. Elle retourna d'un pas lourd à sa tanière et se coucha à l'entrée, les yeux perdus dans le vague, sans même donner un coup de langue à son pelage sanglant. Son abattement inhabituel fit frissonner le félin roux.

La lune se leva. Nuage de Jais vint le rejoindre et, ensemble, ils tinrent compagnie à leur ami endeuillé. Griffe de Tigre finit par s'approcher pour saluer Cœur de Lion. Nuage de Feu attendait avec curiosité les dernières paroles du guerrier à son lieutenant, mais le grand chat lécha la fourrure emmêlée sans mot dire. Les yeux du chasseur semblaient plutôt fixés sur Nuage Gris que sur le vétéran tombé au champ d'honneur.

Petite Feuille parcourait le camp à pas feutrés pour soigner les uns et rassurer les autres. Elle s'approcha à deux reprises d'Étoile Bleue, en vain. La femelle grise ne se laissa examiner que lorsque la guérisseuse eut pris soin de tous les blessés.

Sa tâche terminée, la chatte écaille rentra dans sa tanière, tandis que leur chef se traînait, misérable, jusqu'au Promontoire. Guerriers et reines n'attendaient que ça. Ils se rassemblèrent devant le rocher, plus graves qu'à l'accoutumée.

Nuage Gris resta à côté du corps de Cœur de Lion. Il était toujours couché dans la même position, le nez fourré tout contre le flanc de son mentor. Nuage de Feu devina que personne ne lui reprocherait son absence.

« La lune est presque à son zénith, annonça Étoile Bleue. Et une fois de plus – bien trop tôt, hélas – je dois nommer le nouveau lieutenant du Clan du Tonnerre. »

Sa voix était altérée par la tristesse et la fatigue.

Nuage de Feu observa les guerriers les uns après les autres. Ils fixaient tous Griffe de Tigre en retenant leur souffle. Tornade Blanche lui-même le regardait. L'air intrépide, les moustaches frémissantes, le chasseur au pelage sombre pensait de toute évidence comme eux.

Étoile Bleue respira à fond et reprit :

« J'annonce ma décision devant le corps de Cœur de Lion afin que son esprit l'entende et l'approuve. »

Elle marqua une hésitation.

« Je n'ai pas oublié celui qui a vengé la mort de Plume Rousse et nous a rapporté son corps. Le Clan du Tonnerre a plus que jamais besoin de sa loyauté et de son courage. »

Elle fit une nouvelle pause, avant d'annoncer son choix d'une voix forte.

« C'est Griffe de Tigre qui me secondera désormais. »

Des cris de joie s'élevèrent ; les plus tapageurs étaient Éclair Noir et Longue Plume. Les yeux fermés, la queue enroulée autour de ses pattes, Tornade Blanche hochait lentement la tête d'un air approbateur.

Griffe de Tigre se redressa de toute sa hauteur pour écouter les acclamations, les yeux mi-clos. Il fendit la foule, majestueux, accepta les compliments d'un imperceptible hochement de tête, et sauta sur le rocher à la droite d'Étoile Bleue.

« Clan du Tonnerre ! s'écria-t-il. Je suis honoré d'accepter la charge de lieutenant. C'est une surprise pour moi, mais je vous jure sur l'âme défunte de Cœur de Lion de vous servir de mon mieux. »

Il s'inclina avec gravité, ses grands yeux jaunes fixés sur l'assistance, avant de redescendre du Promontoire.

À côté de lui, Nuage de Feu entendit le chat noir murmurer : « Oh non ! » Il regarda son camarade, intrigué. L'apprenti baissait la tête, la mine accablée.

« Elle n'aurait jamais dû le choisir !
— Tu parles de Griffe de Tigre ?
— Il meurt d'envie de devenir lieutenant depuis

qu'il s'est occupé de Plume Rousse... commença Nuage de Jais avant de s'arrêter net.

— *Occupé* de Plume Rousse ? »

Les questions se bousculaient dans la tête du matou. Que lui cachait son camarade ? Et si sa description de la bataille contre le Clan de la Rivière avait été fidèle, le soir de l'Assemblée ? Griffe de Tigre était-il responsable de la mort de Plume Rousse ?

CHAPITRE 18

❧

« **T**U EXPLIQUAIS À TON AMI comment j'ai vengé Plume Rousse ? »

Le chat roux sentit une brise froide ébouriffer sa nuque.

Nuage de Jais fit volte-face, les yeux écarquillés par la peur. Penché sur eux, Griffe de Tigre montrait les dents d'un air menaçant. Nuage de Feu se leva d'un bond.

« Il me disait qu'il aurait aimé que tu sois là aussi pour t'occuper de Cœur de Lion, c'est tout ! » déclara-t-il en réfléchissant à toute vitesse.

Le vétéran les regarda l'un après l'autre avant de s'éloigner sans un mot. Les yeux hagards, le matou noir se mit à trembler convulsivement.

« Nuage de Jais ? » appela son compagnon, pris d'inquiétude.

Mais l'apprenti ne lui jeta pas même un regard. La queue basse, il alla se tapir contre l'épaisse fourrure de Nuage Gris, comme s'il avait soudain froid.

Nuage de Feu regarda, impuissant, ses deux camarades couchés côte à côte. Faute de mieux, il s'allongea près d'eux pour la longue veillée.

À mesure que la nuit avançait, d'autres vinrent les rejoindre. Étoile Bleue arriva la dernière, une fois le camp calme et silencieux. Elle s'installa un peu à l'écart, fixant son lieutenant d'un air si triste que Nuage de Feu détourna les yeux.

À l'aube, un groupe d'anciens emporta le corps de Cœur de Lion. Nuage Gris les suivit pour aider à creuser le trou où reposerait le grand guerrier.

Le chat roux bâilla et s'étira, transi jusqu'aux os. À l'approche de la saison des feuilles mortes, les bois étaient nappés de brouillard, mais au-dessus des branches, le ciel se teintait de rose. Il regarda le matou cendré disparaître avec les anciens parmi les broussailles humides de rosée.

Nuage de Jais se leva d'un bond et fila vers leur tanière. Son ami le suivit à pas lents. Le temps qu'il arrive, la bête noire était roulée en boule, le nez sous la queue, apparemment endormie.

Nuage de Feu était trop fatigué pour bavarder. Il tourna en rond sur sa litière de mousse et se coucha, prêt à un long somme.

« Debout ! »

Nuage de Poussière les appelait à l'entrée de leur repaire. Le novice ouvrit les yeux. Droit comme un I, les oreilles dressées, Nuage de Jais était déjà réveillé. À côté de lui, le chat gris commençait à remuer. Nuage de Feu fut surpris de voir sa silhouette familière. Il ne l'avait pas entendu rentrer après l'enterrement de Cœur de Lion.

« Étoile Bleue a convoqué une nouvelle assemblée », leur expliqua Nuage de Poussière avant de s'éclipser.

Les trois apprentis sortirent de la tanière bien chaude. L'air était plus frais qu'à l'accoutumée, le soleil déjà sur son déclin. Le rouquin eut un frisson. Son estomac gargouillait. Il ne se rappelait pas à quand remontait son dernier repas et se demanda s'il aurait l'occasion de chasser ce jour-là.

Ils s'empressèrent de se joindre à la foule rassemblée sous le Promontoire.

C'était Griffe de Tigre, assis à côté d'Étoile Bleue, qui avait la parole.

« Au cours de la bataille, notre chef a perdu une autre de ses vies. Maintenant qu'il ne lui en reste plus que quatre, je vais désigner des gardes du corps qui l'accompagneront partout. Personne ne sera autorisé à l'approcher seul. » Son regard couleur d'ambre se posa un bref instant sur Nuage de Jais, avant de balayer le reste de la foule. « Éclair Noir et Longue Plume, vous serez chargés de protéger Étoile Bleue. »

Redressés de toute leur taille, les intéressés hochèrent la tête d'un air important.

Leur chef prit la parole. Après les accents autoritaires de son lieutenant, sa voix semblait encore plus douce.

« Merci pour ta loyauté, Griffe de Tigre. Mais sachez que je suis toujours à la disposition du Clan. Personne ne doit hésiter à m'approcher : je me ferai un plaisir de vous écouter, avec ou sans mes gardes du corps, expliqua-t-elle en coulant un regard au vétéran. Comme le dit le code du guerrier, la sécurité de la tribu passe avant celle d'un seul de ses membres. »

Elle s'interrompit, les yeux fixés sur Nuage de Feu.

« À présent, je voudrais inviter Croc Jaune à se joindre au Clan du Tonnerre. »

Des exclamations de surprise échappèrent à certains guerriers. La femelle regarda Pelage de Givre, qui acquiesça. Les autres reines observaient la scène sans mot dire.

« Son comportement, la nuit dernière, a montré qu'elle était courageuse et honnête, poursuivit-elle. Si elle le désire, elle peut devenir membre à part entière de ce Clan. »

Au sein de la foule, Croc Jaune leva les yeux vers leur chef :

« J'ai le grand honneur d'accepter ton offre, Étoile Bleue.

— Parfait », conclut celle-ci d'une voix ferme, comme si le problème était réglé.

Nuage de Feu ronronna avec délice et donna un petit coup de museau à son camarade. La confiance que témoignait ouvertement Étoile Bleue à Croc Jaune représentait beaucoup pour lui.

« Hier soir, reprit-elle, nous avons réussi à repousser l'ennemi, mais la menace reste sérieuse. Les réparations entamées ce matin vont se poursuivre. Nos frontières seront gardées en permanence. Nous ne devons pas considérer que la guerre est finie. »

Griffe de Tigre se leva, la queue haute, et posa un regard menaçant sur l'assistance.

« Le Clan de l'Ombre a lancé son attaque alors que nous étions loin, gronda-t-il. Ils ont bien choisi leur moment. Comment ont-ils su que le camp était si mal défendu ? Auraient-ils des complices parmi nous ? »

Le sang du chat roux se figea : leur lieutenant fixait Nuage de Jais d'un œil glacial. Certains suivirent son regard et dévisagèrent l'apprenti, perplexes. Les yeux baissés, le petit matou semblait presque coupable.

« Il nous reste du temps avant le coucher du soleil, reprit le vétéran. La reconstruction du camp est notre priorité. En attendant, si vous soupçonnez quelque chose ou quelqu'un, il faut m'en parler. Tout ce que vous me direz restera entre nous. »

Il mit fin à la réunion d'un signe de la tête et entama une discussion à voix basse avec Étoile Bleue. Les félins se dispersèrent et commencèrent à sillonner le camp pour évaluer les dégâts et former des équipes de travail.

« Nuage de Jais ! » appela le novice, secoué par les insinuations inquiétantes de Griffe de Tigre.

Mais son ami était déjà loin. Ayant proposé son aide à Demi-Queue et Tornade Blanche, il avait filé rassembler des branches pour réparer les brèches dans les fortifications. De toute évidence, il n'avait pas envie de bavarder.

« Au travail, suggéra Nuage Gris, d'une voix morose, le regard éteint.

— Vas-y, je te rejoins tout de suite. Avant, je dois passer voir Croc Jaune, histoire de m'assurer qu'elle n'a pas été blessée par Patte Noire. »

Il trouva la guérisseuse dans sa litière, près de

l'arbre abattu. Elle était couchée dans l'ombre, le regard pensif.

« Nuage de Feu ! s'exclama-t-elle. Je suis contente que tu sois venu.

— Comment te sens-tu ?

— À part ma vieille blessure à la patte qui se rappelle à mon bon souvenir, ça va, répliqua-t-elle avec un peu de son ironie de jadis.

— Comment as-tu réussi à repousser Patte Noire ? lui demanda l'apprenti, incapable de dissimuler l'admiration qui perçait dans sa voix.

— Il est fort, mais pas très intelligent. Même toi, tu m'as donné plus de fil à retordre. » Nuage de Feu chercha en vain une lueur moqueuse dans les yeux de la chatte. « Je le connais depuis sa naissance. Il n'a pas changé : une brute sans cervelle. »

Il s'assit près d'elle.

« Je ne suis pas surpris qu'Étoile Bleue t'ait demandé de rejoindre la tribu, déclara-t-il. Hier soir, tu as prouvé ta loyauté. »

Croc Jaune agita la queue.

« Un chat vraiment loyal aurait peut-être défendu le Clan où il a grandi.

— Si c'était vrai, alors je me battrais pour les Bipèdes ! » fit remarquer le novice.

Elle lui lança un regard admiratif.

« Bien dit, jeune chat. Tu t'es toujours servi de ta tête. »

Le cœur de Nuage de Feu se serra : c'étaient les paroles de Cœur de Lion.

« Le Clan de l'Ombre te manque ? »

Elle réfléchit un instant.

« L'ancien, oui, finit-elle par avouer. Celui d'autrefois.

— Avant qu'Étoile Brisée n'en devienne le chef ?

— Oui, reconnut Croc Jaune à voix basse. Il a tout bouleversé. »

Elle partit d'un rire frêle.

« Il a toujours su tourner un discours. S'il l'avait voulu, il aurait pu convaincre n'importe qui qu'un lapin était une souris. C'est peut-être pour ça que j'ai fermé les yeux sur ses défauts. »

Le regard perdu dans le vague, la vieille chatte semblait plongée dans ses souvenirs. Nuage de Feu se rappela soudain les nouvelles glanées à l'Assemblée. La soirée semblait remonter à des lunes.

« Tu ne devineras jamais qui est le nouveau guérisseur du Clan de l'Ombre ! »

Ses paroles parurent ramener la chatte au présent.

« Ne me dis pas que c'est Rhume des Foins ! grimaça-t-elle.

— Si ! »

Elle secoua la tête, incrédule.

« Il n'arrive même pas à se soigner tout seul !

— C'est exactement ce qu'a dit Nuage Gris ! » s'esclaffa l'apprenti.

Amusés, les deux compères ronronnèrent de concert quelques instants. Nuage de Feu se redressa.

« Je te laisse te reposer. Si tu as besoin d'autre chose, n'hésite pas à m'appeler.

— Au fait, on m'a raconté que tu t'étais battu contre des rats. Tu t'es fait mordre ?

— C'est bon, Petite Feuille a appliqué du jus de souci sur mes plaies.

— Parfois, ce n'est pas efficace sur les morsures de rat. Va te rouler dans un carré d'ail sauvage. Il doit y en avoir un à l'entrée du camp. Ça te débarrassera des poisons que ces rongeurs auraient pu te transmettre. Mais tes compagnons de tanière risquent de ne pas me remercier ! ajouta-t-elle, pince-sans-rire.

— Moi si ! rétorqua Nuage de Feu.

— Fais bien attention à toi, jeune chat. »

Elle lui jeta un long regard avant de poser le menton sur ses pattes et de clore les yeux. Nuage de Feu se glissa sous les branches qui masquaient la litière de Croc Jaune et se dirigea vers le tunnel d'ajoncs, à la recherche d'ail sauvage. Le soleil déclinait ; on entendait les reines coucher leurs petits pour la nuit.

« Où crois-tu aller ? grogna la voix d'Éclair Noir dans l'ombre.

— Croc Jaune m'a dit de...

— Tu n'as pas d'ordres à recevoir de cette traîtresse ! Va aider aux réparations. Ce soir, personne ne quitte le camp ! »

Le guerrier fouetta l'air de la queue.

« Très bien », céda l'apprenti, docile.

Il grommela tout bas : « Quel idiot ! », avant de se diriger vers l'orée de la clairière, où ses deux camarades rapiéçaient une grande trouée dans le mur de végétation.

« Comment va Croc Jaune ? lui demanda Nuage Gris.

— Bien. Elle m'a conseillé l'ail sauvage contre les morsures de rat, mais Éclair Noir m'a interdit de quitter le camp.

— L'ail sauvage ? J'ai bien envie d'essayer. J'ai encore mal à la patte.

— Je pourrais me glisser dehors pour en rapporter », proposa Nuage de Feu, qui n'avait pas apprécié l'attitude cavalière d'Éclair Noir. « Si je sors par ce trou, personne ne le remarquera. Ça ne prendra qu'une seconde. »

Nuage de Jais fronça les sourcils, mais le matou gris acquiesça :

« On te couvre. »

Le rouquin lui donna un petit coup de museau reconnaissant avant de se faufiler par l'ouverture.

Une fois à l'extérieur, il se dirigea vers le carré d'ail sauvage, qu'il repéra facilement à son odeur piquante. La lune se levait dans un ciel violet tandis que le soleil plongeait sous l'horizon. Un vent froid ébouriffait sa fourrure rousse. Il flaira soudain l'odeur d'un chat, apportée par la brise. Il renifla, prudent. Le Clan de l'Ombre ? Non, ce n'était que Griffe de Tigre, en compagnie de deux autres matous. Il huma de nouveau. Éclair Noir et Longue Plume ! Que faisaient-ils là ?

Curieux, le novice se plaqua au sol. Il s'avança à pas de loup dans les fourrés en prenant bien soin de rester sous le vent pour ne pas se faire repérer. Les guerriers se trouvaient à l'abri d'un massif de fougères, en plein conciliabule. Nuage de Feu fut bientôt assez proche pour surprendre leur conversation.

« Le Clan des Étoiles sait que mon apprenti n'a jamais été très doué, mais de là à ce qu'il passe à l'ennemi ! » grommelait le vétéran.

Indigné, le novice écarquilla les yeux. Griffe de Tigre n'avait de toute évidence pas l'intention de s'en tenir aux insinuations !

« Tu dis que Nuage de Jais s'est absenté combien de temps, pendant le voyage jusqu'à la Grotte de la Vie ? demanda Éclair Noir.

— Assez pour faire l'aller et retour jusqu'au camp de l'Ombre », répondit leur lieutenant sur un ton inquiétant.

La colère fit se hérisser la queue du chat roux. *C'est impossible !* pensa-t-il. *Il ne nous a pas quittés d'un pouce !*

« Il a dû les informer que notre chef et son guerrier le plus redoutable avaient quitté le camp, s'écria Longue Plume, surexcité. Pourquoi auraient-ils attaqué à ce moment-là, sinon ?

— Nous sommes les derniers à tenir tête au Clan de l'Ombre. Nous devons rester forts », susurra Griffe de Tigre.

Il parlait à présent d'une voix de velours. Puis il attendit en silence.

Éclair Noir répondit alors, avec un empressement digne d'un apprenti interrogé sur les techniques de chasse. Ses paroles laissèrent Nuage de Feu pantelant de peur.

« Et la tribu se passerait bien d'un traître comme Nuage de Jais !

— Je ne peux pas dire le contraire, murmura le vétéran. Même si c'est mon propre élève... »

Il laissa sa phrase en suspens, de sorte qu'on aurait pu le croire trop ému pour continuer.

Le chat roux en avait assez entendu. Toute pensée d'ail sauvage envolée, il retourna au camp ventre à terre, sans bruit.

Il décida de ne pas prévenir Nuage de Jais, qui serait mort de frousse. Il réfléchissait à toute vitesse. Que faire ? Griffe de Tigre était le lieutenant du Clan, un guerrier de renom, aimé de tous. Personne n'accorderait de crédit aux accusations portées par un novice. Or, le matou noir courait un grave danger. Nuage de Feu avait beau se creuser la tête, il ne voyait qu'une solution : rapporter la conversation à Étoile Bleue, et se débrouiller pour la convaincre qu'il disait la vérité !

CHAPITRE 19

❦

Ses deux compagnons réparaient toujours la brèche quand Nuage de Feu les rejoignit. Ils avaient laissé une ouverture juste assez grande pour lui permettre de s'y faufiler.

« Je n'ai pas trouvé d'ail, leur expliqua-t-il, tout essoufflé. Éclair Noir rôde dans les parages.

— Ne t'inquiète pas, le rassura Nuage Gris, on en trouvera demain.

— Je vais aller te chercher de quoi calmer la douleur chez Petite Feuille. »

Le regard morne et la patte douloureuse de son camarade le préoccupaient.

« Non, ne t'inquiète pas, ça va aller.

— Ça ne me gêne pas », insista Nuage de Feu, qui s'éloigna vers la tanière de la guérisseuse avant que son ami puisse refuser.

La chatte faisait les cent pas dans sa petite clairière, l'air soucieux.

« Les esprits s'agitent, lui confia-t-elle en le voyant approcher. Je crois qu'ils essaient de me dire quelque chose. Je peux t'aider ?

— Je pense que quelques graines de pavot seraient

bienvenues pour Nuage Gris. Sa patte le fait encore souffrir.

— Et ce n'est pas la mort de son mentor qui va l'aider à guérir. Mais il finira par aller mieux. En attendant, tu as raison, quelques graines l'aideront à passer le cap. »

Elle alla chercher dans sa tanière une fleur séchée qu'elle posa avec précaution sur le sol.

« Il suffit de secouer la corolle. Une ou deux, pas plus.

— Merci. Tu es sûre que tout va bien ?

— Dépêche-toi de retourner voir ton ami, répondit-elle sans le regarder.

Le novice fit mine de s'éloigner, le pavot entre les dents.

« Attends ! » lança-t-elle soudain d'une voix pressante.

Il se retourna, interloqué. Petite Feuille le fixait avec intensité.

« Le Clan des Étoiles m'a envoyé un message il y a quelques lunes, avant ton arrivée dans la tribu. Je sens qu'il faut que je te le répète, à présent. Nos ancêtres m'ont dit que seul le feu sauverait notre Clan. »

Il la dévisagea, perplexe, mais le regard étrange de la guérisseuse avait disparu.

« Fais attention à toi, reprit-elle.

— À bientôt », fit-il, hésitant.

Il repassa le tunnel de fougères. Les paroles mystérieuses de la jeune chatte résonnaient dans sa tête, incompréhensibles. Pourquoi avait-elle voulu les lui confier ? Le feu était pourtant l'ennemi de tous les habitants de la forêt. Il secoua la tête, troublé, et se dirigea vers la tanière des apprentis.

« Nuage Gris ! » murmura-t-il à l'oreille de son camarade endormi.

On les avait laissés se reposer toute la matinée après une nuit entière de réparations. Griffe de Tigre leur avait ordonné d'être prêts à s'entraîner à midi. La lumière indiquait à Nuage de Feu que l'heure approchait.

Son sommeil avait été agité. Des rêves confus et inquiétants venaient tourbillonner dans sa tête sitôt qu'il s'assoupissait.

« Nuage Gris ! » souffla-t-il de nouveau.

Mais son ami ne bougea pas. Il avait croqué deux graines de pavot la veille au soir et dormait à poings fermés.

« Tu es déjà debout ? » s'étonna Nuage de Jais, pelotonné dans sa litière.

Le chat roux pesta à mi-voix. Il aurait voulu parler à son camarade seul à seul.

« Oui ! » répondit-il.

Le matou noir se redressa sur sa litière de bruyère et se mit à faire sa toilette à petits coups de langue.

« Tu vas le réveiller ? » demanda-t-il.

Une voix grave s'éleva à l'entrée de leur tanière :

« J'espère bien ! L'entraînement ne va pas tarder à commencer. »

Les deux apprentis sursautèrent.

« C'est l'heure, Nuage Gris ! Griffe de Tigre nous attend ! »

Nuage de Feu souligna ces paroles d'un petit coup de museau. Le matou cendré leva la tête, les yeux encore ensommeillés.

« Alors, vous êtes prêts ? » maugréa le vétéran.

Les deux novices sortirent de la tanière, éblouis par le soleil. Leur lieutenant se tenait près de la souche.

« Et le troisième, il ne vient pas ? demanda-t-il.

— Si, répondit Nuage de Feu, sans pouvoir s'empêcher de prendre la défense de son compagnon. Mais il vient juste de se réveiller.

— L'entraînement le dégourdira. Il a porté le deuil assez longtemps. »

Ses yeux ambrés étaient lourds de menace. L'espace d'un instant, guerrier et apprenti s'affrontèrent du regard comme deux adversaires.

Nuage Gris finit par émerger du buisson, somnolent.

« Étoile Bleue sera prête dans un instant », annonça Griffe de Tigre.

Le novice en oublia sa colère. Son premier entraînement avec leur chef ! Il ne tenait plus en place. Il avait cru que son mentor, blessé, prendrait un peu plus de repos.

« Nuage Gris, tu peux te joindre à nous. J'espère que la concurrence ne sera pas trop rude, Nuage de Jais... poursuivit Griffe de Tigre, le regard noir. Après tout, tu t'es pris de vilaines piqûres d'orties dans ce fossé pendant que nous repoussions les rats...

— Ça ira », bredouilla l'animal, les yeux baissés.

Il disparut parmi les ajoncs, l'oreille basse, derrière Nuage Gris et le vétéran.

Le chat roux, lui, attendit Étoile Bleue. Elle ne tarda pas longtemps. Surgissant de son antre, elle traversa la clairière à pas lents. Elle portait encore la trace de ses récentes blessures, mais sa démarche avait retrouvé sa souplesse.

« Suis-moi », lui dit-elle.

Nuage de Feu remarqua avec étonnement qu'elle était seule. Il ne voyait Éclair Noir et Longue Plume nulle part. Une idée germa dans sa tête et son exaltation se teinta d'appréhension : c'était le moment de répéter à la reine au pelage gris la conversation surprise la nuit précédente.

Elle se dirigeait vers le tunnel quand il la rattrapa.

« Tes gardes ne viennent pas ? lui demanda-t-il d'une voix hésitante.

— Je préfère qu'ils participent aux réparations, répondit-elle sans se retourner. La protection du camp est notre priorité. »

Le cœur du matou battait la chamade. Aussitôt sortis du camp, il lui raconterait tout.

Ils empruntèrent la piste qui menait à la combe réservée à l'entraînement. Le sentier était jonché de feuilles dorées qui bruissaient sous leurs pattes. Nuage de Feu cherchait ses mots. Comment faire ? Expliquer que Griffe de Tigre complotait la mort de son apprenti ? Et si jamais leur chef lui demandait pourquoi ? Avouer qu'il soupçonnait le vétéran d'avoir tué Plume Rousse ? Sans autre preuve que le récit enflammé de Nuage de Jais à l'Assemblée ?

Arrivé à destination, le novice n'avait encore rien dit. Le vallon était désert.

« Aujourd'hui, j'ai demandé à Griffe de Tigre de nous laisser la place, expliqua Étoile Bleue avant d'aller se placer au centre du ravin. Nous allons nous concentrer sur tes techniques de combat... donc pas de distractions. »

C'est maintenant que je dois lui parler, pensa-t-il. *Il faut qu'elle sache quel danger court Nuage de Jais.* L'angoisse lui tordait le ventre. *Je n'aurai plus jamais une occasion pareille...*

Du coin de l'œil, il surprit un mouvement fugitif. Un éclair gris lui passa sous le nez, et le chat roux s'écroula : ses pattes avant avaient cédé sous lui. Il tituba, reprit son équilibre et trouva son chef assis calmement à côté de lui.

« J'ai toute ton attention, maintenant ?

— Bien sûr, Étoile Bleue. Pardon ! s'empressa-t-il de répondre.

— Tant mieux ! Il y a plusieurs lunes que tu es des nôtres, désormais. Je t'ai regardé te battre. Avec les rats, tu as été rapide ; avec les guerriers du Clan du Tonnerre, féroce. Tu t'es montré plus malin que Nuage Gris le jour de notre rencontre, et c'est aussi en te servant de ta tête que tu as vaincu Croc Jaune. »

Elle s'interrompit avant d'ajouter à voix basse, le regard pénétrant :

« Mais un jour tu croiseras un adversaire qui aura aussi toutes ces qualités : la rapidité, la férocité et l'intelligence. C'est à cette rencontre que je dois te préparer. »

L'apprenti hocha la tête, fasciné par ces paroles. Tous ses sens étaient exacerbés. Il avait oublié Nuage de Jais et Griffe de Tigre ; les odeurs d'humus, les bruits ténus de la forêt revinrent s'imposer à lui.

« Voyons ce dont tu es capable, lança-t-elle. Attaque-moi ! »

Nuage de Feu la jaugea du regard en se demandant où frapper. Elle se tenait à moins de huit pas de lui. Elle faisait le double de sa taille : commencer par les coups de patte et les corps à corps d'usage était une perte de temps. Mais s'il lui sautait directement sur le dos, il pourrait peut-être lui faire perdre l'équilibre. Les yeux bleus perçants de la chatte ne l'avaient pas quitté un instant. Intrépide, le matou se jeta sur elle.

Il comptait atterrir en plein sur ses épaules, mais elle avait prévu son attaque. Vive comme l'éclair, elle s'accroupit, roula sur le dos. Ses quatre pattes le réceptionnèrent et le repoussèrent sans mal. On aurait dit qu'elle envoyait jouer ailleurs un chaton turbulent. Il mordit la poussière et reprit haleine un instant avant de se relever.

« Une stratégie intéressante, mais tes yeux t'ont trahi, grommela Étoile Bleue, qui se redressa et se secoua. Réessaie. »

Cette fois, l'apprenti fixa les épaules mais visa les pattes. Il comptait frapper la femelle dès qu'elle se laisserait tomber au sol. Ravi de sa stratégie, Nuage de Feu tomba de haut : sa manœuvre minutée à la perfection, la chatte s'écarta soudain avant de se jeter sur lui à l'endroit exact où elle se tenait une seconde auparavant. Le choc coupa le souffle du matou.

« Maintenant, essaie de me surprendre », lui glissa-t-elle à l'oreille, avant de le relâcher, une lueur de défi au fond de l'œil.

Une fois debout, il s'ébroua, hors d'haleine. Même Croc Jaune ne s'était pas montrée si retorse. Il cracha, agacé, avant de bondir à nouveau. Cette fois, il tendit les pattes en avant. Cabrée, la reine grise le repoussa. Sentant qu'il perdait pied, il pédala avec ses pattes arrière dans le sable. Trop tard ! Il retomba lourdement sur le flanc.

« Tu es rapide et fort, miaula-t-elle avec calme au novice qui se redressait, mais tu dois apprendre à contrôler ta vitesse et ton poids pour éviter que je ne te déséquilibre. Recommence. »

En sueur, couvert de poussière, il recula. Enragé, le matou était bien décidé à avoir le dessus. Accroupi, il se mit à ramper vers Étoile Bleue. Elle imita sa position en feulant d'un air menaçant. Nuage de Feu tenta de la frapper à l'oreille gauche, mais elle l'esquiva, se cabrant de toute sa hauteur. Il roula sur le dos, se glissa sous la chatte et, rapide comme la foudre, lui décocha ses deux pattes arrière dans le ventre. La femelle bascula en arrière et retomba sur le sol sablonneux avec un grognement.

Le novice se retourna et se dressa d'un bond, aux anges. Mais en voyant Étoile Bleue couchée dans la poussière, il se rappela ses blessures. Les avait-il rouvertes ? Il se précipita à son chevet. À son grand soulagement, la chatte lui rendit son regard, les yeux brillants de fierté.

« C'est beaucoup mieux, lui lança-t-elle, essoufflée. À mon tour, maintenant. »

Elle le renversa aisément, battit en retraite et le laissa récupérer avant de repartir à l'attaque. Le matou eut beau s'arc-bouter, elle le fit encore basculer sans difficulté.

« Regarde nos tailles respectives ! N'essaie pas de me résister. Sers-toi de ta tête. Si tu es assez rapide pour ça, tente de m'éviter ! »

Nuage de Feu se remit en garde. Cette fois, au lieu de se camper fermement, il choisit de se tenir sur la pointe des pieds. Lorsqu'elle se jeta sur lui, il s'écarta d'un bond, se cabra et envoya bouler la chatte emportée par son élan.

Elle retomba gracieusement sur ses pattes et fit volte-face pour le féliciter.

« Bravo ! Tu apprends vite ! Mais cette attaque n'était pas très compliquée. Voyons comment tu vas te sortir de celle-là ! »

Ils s'entraînèrent jusqu'au coucher du soleil. L'apprenti poussa un soupir se soulagement quand Étoile Bleue déclara :

« Ça suffira pour aujourd'hui. »

Elle semblait fatiguée, un peu ankylosée, mais elle sortit avec aisance de la combe sablonneuse.

Il la suivit à grand-peine, les muscles douloureux. Dans sa tête se bousculait tout ce qu'il avait appris. Il avait hâte de raconter la séance à ses deux amis. À l'approche de la clairière, il s'aperçut – trop tard – qu'il avait oublié de confier ses craintes à son mentor.

CHAPITRE 20

❧

AU RETOUR DE NUAGE DE FEU, le camp commençait à avoir meilleure mine. Les équipes avaient dû passer la journée à restaurer et réparer sans trêve ni repos. Pelage de Givre et Bouton-d'Or consolidaient encore les cloisons de la pouponnière, mais les autres fortifications semblaient à nouveau impénétrables.

Le novice traversa la clairière au petit trot, à la recherche d'un peu de gibier. Il croisa Nuage de Poussière et Nuage de Sable, qui se préparaient à partir avec la patrouille suivante.

« Désolée ! dit la jeune femelle en le voyant renifler avec espoir l'endroit où on empilait le gibier. On a mangé les deux dernières souris. »

Le chat roux haussa les épaules. Il se trouverait à manger plus tard. Il retourna à la tanière des apprentis, où Nuage Gris se léchait une patte, adossé à la souche.

« Où est Nuage de Jais ?

— Il n'est pas encore revenu de mission. Regarde-moi ça ! »

Il tendit la patte pour que son camarade l'examine. L'un de ses coussinets, déchiré, était couvert de sang.

« Griffe de Tigre m'a envoyé pêcher et j'ai marché sur une pierre tranchante au fond du ruisseau.

— La plaie m'a l'air assez profonde. Tu devrais demander à Petite Feuille d'y jeter un coup d'œil. Où Nuage de Jais a-t-il été envoyé, au fait ?

— Je ne sais pas, j'étais dans l'eau glacée jusqu'au cou », marmonna le matou cendré.

Il se leva et se dirigea à cloche-patte vers l'antre de la guérisseuse. Les yeux fixés sur l'entrée du camp, Nuage de Feu s'installa pour attendre le petit chat noir. Après la conversation qu'il avait surprise la nuit précédente, il ne pouvait s'empêcher de penser que son ami était en danger. Quand il vit Griffe de Tigre rentrer seul au camp, son sang se glaça.

Il prit son mal en patience. La lune était haut dans le ciel. Nuage de Jais aurait dû être de retour depuis longtemps ! Le félin roux regretta soudain de ne pas s'être confié à Étoile Bleue quand l'occasion s'était présentée. À présent, Éclair Noir et Longue Plume montaient la garde devant l'antre de leur chef : il n'avait pas la moindre envie qu'on surprenne les révélations qu'il avait à faire.

Griffe de Tigre avait ramené du gibier qu'il partageait avec Tornade Blanche devant la tanière des guerriers. Le novice se rendit compte qu'il mourait de faim. S'il allait chasser, qui sait, il se pouvait qu'il croise Nuage de Jais. Il était en train d'hésiter quand il vit le matou couleur d'encre entrer dans

247

le camp au trot, plusieurs proies entre les dents. Il soupira de soulagement.

L'apprenti vint droit vers Nuage de Feu et laissa tomber le gibier sur le sol.

« Assez pour nous trois ! clama-t-il fièrement. Et il a intérêt à avoir bon goût : il vient des terres du Clan de l'Ombre. »

Son ami faillit s'étrangler :

« Tu as chassé en territoire ennemi ?

— C'était ma mission.

— C'est Griffe de Tigre qui t'a envoyé là-bas ? s'écria le chat roux, qui n'en croyait pas ses oreilles. Il faut le signaler à Étoile Bleue. C'est bien trop dangereux ! »

Nuage de Jais secoua la tête. Il avait des yeux de bête traquée.

« Écoute, ce n'est pas la peine, souffla-t-il. Je suis revenu. J'ai même ramené du gibier. Ça s'arrête là.

— Cette fois-ci, oui ! Mais la prochaine ?

— Chut ! Griffe de Tigre nous regarde. Mange ta part et tiens-toi tranquille ! »

Nuage de Feu baissa ses moustaches et saisit une pièce de gibier. Le matou noir se dépêcha de manger sans le regarder.

« On en garde un peu pour Nuage Gris ? proposa-t-il au bout d'un moment.

— Il est allé voir Petite Feuille, marmonna son camarade, la bouche pleine. Il s'est coupé à la patte. Je ne sais pas quand il va rentrer.

— Mets-lui ce que tu veux de côté. Je suis fatigué, je vais me coucher. »

Il se leva et entra dans la tanière. Nuage de Feu resta dehors à contempler le reste du camp se préparer pour la nuit. Il allait devoir répéter à son compagnon la conversation qu'il avait surprise dans la forêt la veille au soir. Il fallait que le chat noir sache le danger qu'il courait.

Couché à côté de Tornade Blanche, Griffe de Tigre faisait sa toilette tout en surveillant la tanière des apprentis, l'air de rien. Le novice bâilla de manière ostensible. Puis il se redressa et suivit Nuage de Jais à l'intérieur.

Le félin noir dormait à poings fermés ; aux tressaillements de ses pattes et de ses moustaches, on devinait qu'il était en plein rêve. En plein cauchemar, même, à en juger par les petits cris qu'il poussait. Soudain il se leva d'un bond, les yeux hagards, le dos rond.

« Calme-toi ! murmura le chat roux, inquiet. Tu es dans notre tanière. Il n'y a que nous deux, ici ! »

Le novice regarda autour de lui, affolé.

« Il n'y a personne d'autre ! » répéta son ami.

Nuage de Jais cligna des yeux, sembla enfin le reconnaître. Il s'écroula sur sa litière.

« Écoute-moi, commença Nuage de Feu d'une voix grave. Je dois te confier quelque chose. Ça remonte à hier soir, quand je suis sorti chercher l'ail sauvage. »

Il ignora la pauvre bête qui tournait obstinément la tête, encore tremblante.

« J'ai entendu Griffe de Tigre dire à Éclair Noir et à Longue Plume que tu avais trahi la tribu. Il leur a raconté que tu t'étais éclipsé pendant notre voyage pour avertir le Clan de l'Ombre que notre camp n'était pas surveillé. »

Le matou noir fit volte-face.

« C'est faux ! s'exclama-t-il, horrifié.

— Bien sûr. Mais ils l'ont cru et Griffe de Tigre les a persuadés de se débarrasser de toi. »

Suffoqué, Nuage de Jais en resta coi.

« Pourquoi ton mentor veut-il te faire disparaître ? lui demanda son camarade d'une voix douce. C'est un des guerriers les plus forts du Clan. Qu'a-t-il à craindre de toi ? »

Il soupçonnait déjà la réponse, mais il voulait entendre la vérité de la bouche même de l'intéressé. Il attendit que le petit chat trouve ses mots.

L'apprenti finit par s'approcher de lui pour murmurer à son oreille d'un ton rauque :

« Parce que ce n'est pas le lieutenant du Clan de la Rivière qui a tué Plume Rousse, c'est Griffe de Tigre. Je l'ai vu. »

Voyant que son compagnon hochait la tête en silence, il poursuivit, tendu :

« Plume Rousse a terrassé Cœur de Chêne...

— Plume Rousse, et pas Griffe de Tigre ? ne put s'empêcher d'insister Nuage de Feu.

— Non ! Ensuite, Griffe de Tigre m'a donné l'ordre de rentrer au camp. Je voulais rester, mais il m'a hurlé de partir ; je me suis enfui dans la forêt. J'aurais dû continuer à courir, mais je ne pouvais pas m'en aller alors qu'ils se battaient encore. J'ai rebroussé chemin en rampant pour voir si mon mentor avait besoin d'aide. Quand je me suis approché, tous les guerriers du Clan de la Rivière s'étaient enfuis, il ne restait qu'eux deux. Plume Rousse regardait détaler les derniers chasseurs quand Griffe de Tigre... » Nuage de Jais s'arrêta un instant, la gorge serrée. « Griffe de Tigre s'... s'est jeté sur lui. Il l'a mordu à la nuque et notre lieutenant s'est écroulé, mort. C'est à ce moment-là que je me suis sauvé. Je ne sais pas si on m'a vu. J'ai filé jusqu'au camp sans m'arrêter.

— Pourquoi n'as-tu rien dit à Étoile Bleue ? le pressa Nuage de Feu avec douceur.

— Est-ce qu'elle m'aurait cru ? demanda son ami en roulant des yeux affolés. Et toi, tu me crois au moins ?

— Bien sûr, je te crois ! »

Il donna au matou noir un coup de langue entre les oreilles pour le réconforter. Il allait devoir trouver une autre occasion de confier à Étoile Bleue la trahison de Griffe de Tigre.

« Ne t'inquiète pas, je vais arranger ça. En attendant, essaie de rester près de moi ou de Nuage Gris.

— Il est au courant ? Qu'ils veulent se débarrasser de moi, je veux dire ?

— Pas encore. Mais je vais devoir le lui dire. »

Nuage de Jais se coucha sans bruit sur le ventre, les yeux fixes.

« Tout ira bien, le rassura le chat roux en effleurant son corps efflanqué du bout du museau. Je vais te sortir de là. »

Leur camarade se faufila dans la tanière à l'aube. Tout juste rentrés de patrouille, Nuage de Sable et

Nuage de Poussière dormaient d'un sommeil de plomb.

« Salut ! » lança le chat cendré à la cantonade, plus joyeux que les jours précédents.

Nuage de Feu se réveilla aussitôt.

« Tu vas mieux », remarqua-t-il.

Il eut droit à un coup de langue sur le front.

« Petite Feuille a mis un baume sur ma plaie et m'a forcé à rester immobile pendant des heures. J'ai dû m'endormir. Au fait, j'espère que le pinson, dehors, était pour moi. J'avais une faim de loup !

— Oui. C'est Nuage de Jais qui l'a attrapé hier. Figure-toi que Griffe de Tigre...

— Un peu de silence ! grogna la jeune femelle. Il y en a qui essaient de dormir, ici. »

Le matou gris roula des yeux excédés.

« Viens. Plume Blanche a eu sa portée. Allons les voir. »

Le chat roux se mit à ronronner. Enfin un motif de réjouissance pour le Clan ! Il s'assura que leur ami dormait toujours avant de se glisser dehors. Il traversa la clairière au trot jusqu'à la pouponnière, son compagnon à son côté. Le soleil levant réchauffait sa fourrure, et il s'étira voluptueusement, ravi de la souplesse de son dos et de la force de ses pattes.

« C'est fini, oui, espèce de crâneur ! » jeta Nuage Gris par-dessus son épaule.

Tornade Blanche montait la garde devant la pouponnière.

« Vous êtes venus pour les petits ? » leur demanda-t-il.

Ils acquiescèrent.

« Un seul visiteur à la fois. Et il va falloir attendre : Étoile Bleue est à l'intérieur.

— Passe devant, proposa Nuage de Feu à son ami. Je vais aller voir Croc Jaune en attendant. »

Il salua le vétéran avec déférence et s'éclipsa.

Les yeux mi-clos, la vieille chatte se passait une patte derrière les oreilles.

« Ne me dis pas qu'il va pleuvoir ! la taquina l'apprenti.

— Tu as trop écouté les racontars des anciens, rétorqua-t-elle. Explique-moi pourquoi un chat se laverait les oreilles s'il sait qu'il va se faire tremper ? »

Amusé, il remua les moustaches.

« Tu iras rendre visite à Plume Blanche et sa portée ?

— Je ne crois pas que je serais la bienvenue, grommela-t-elle avec raideur.

— Mais... ils savent bien que tu as sauvé...

— L'instinct de protection d'une mère est exacerbé quand elle vient de mettre bas. En particulier si c'est sa première portée. Je préfère ne pas m'y risquer, répliqua-t-elle sur un ton tranchant.

— Comme tu voudras. Moi en tout cas, j'y vais. Ce doit être bon signe, d'avoir des nouveau-nés au camp. »

Croc Jaune haussa les épaules.

« Ça dépend », marmonna-t-elle d'un air sombre.

Il retourna à la pouponnière. Des nuages étaient venus cacher le soleil et le temps avait fraîchi. Un vent violent lui ébouriffait le pelage et secouait les branches.

Étoile Bleue était assise devant le taillis de ronces. Derrière elle, la queue de Nuage Gris disparaissait par l'étroite entrée.

« Nuage de Feu ! lui lança-t-elle. Tu es venu admirer les nouveaux guerriers du Clan ? »

Elle avait l'air triste et fatigué. Il fut surpris. Les petits n'étaient-ils pas une bonne nouvelle pour la tribu ?

« Oui.

— Quand tu auras terminé, rejoins-moi dans ma tanière.

— Avec plaisir », répondit-il tandis qu'elle s'éloignait à pas lents.

Le novice piaffait d'impatience. Il tenait une autre occasion de parler à leur chef en tête à tête. Peut-être le Clan des Étoiles était-il avec lui, après tout.

Son ami ressortit de la pouponnière.

« Ils sont vraiment mignons ! s'exclama-t-il. Quant à moi, je meurs de faim. Je file me trouver du gibier. Je t'en garderai si j'en trouve ! »

Après un coup de museau affectueux, il s'éloigna à la hâte. L'apprenti posa un regard interrogateur sur Tornade Blanche, qui lui donna la permission d'entrer. Il se faufila par l'étroite ouverture.

Quatre minuscules nouveau-nés étaient blottis bien au chaud dans une litière tapissée d'une épaisse couche de mousse. Ils avaient des robes gris perle constellées de petites taches sombres, comme leur mère, à l'exception d'un minuscule mâle presque noir. Les yeux clos, ils miaulaient et se tortillaient contre le ventre de Plume Blanche.

« Comment te sens-tu ? chuchota Nuage de Feu à la mère.

— Un peu fatiguée, marmonna-t-elle, les yeux fixés avec fierté sur sa portée. Mais ils sont tous robustes et en bonne santé.

— Ils font honneur au Clan. J'étais justement en train de parler d'eux à Croc Jaune. »

La femelle ne répondit rien, mais une lueur d'inquiétude s'alluma dans ses yeux tandis qu'elle ramenait près d'elle un chaton égaré.

Le matou eut un frisson. Si leur chef avait accepté Croc Jaune au sein du Clan, tout le monde ne faisait pas pour autant confiance à la vieille guérisseuse. D'un geste affectueux, il effleura le flanc de Plume Blanche avant de ressortir dans la clairière.

Étoile Bleue l'attendait à l'entrée de sa tanière. Longue Plume était assis à côté d'elle. Le guerrier fixa d'un œil sévère le novice qui approchait. Nuage de Feu l'ignora et posa sur la chatte grise un regard interrogateur.

« Entre », fit-elle.

Il suivit au petit trot la reine qui le précédait à l'intérieur. Aussitôt, Longue Plume se leva pour l'imiter. Mais il fut interrompu.

« Je ne pense pas être en très grand danger avec le jeune Nuage de Feu », ironisa Étoile Bleue.

Son garde du corps hésita un instant avant de se rasseoir. L'apprenti n'était jamais entré dans l'antre de leur chef. Il franchit le rideau de lichen qui en masquait l'accès.

« Les petits de Plume Blanche sont adorables, avança-t-il.

— Peut-être, mais ce sont de nouvelles bouches à nourrir, et la saison des neiges sera bientôt là », répondit-elle, le visage grave.

Remarquant l'étonnement du matou, elle secoua la tête avec irritation :

« Oh ! Il ne faut pas m'écouter. Je m'inquiète toujours aux premiers froids. Entre, fais comme chez toi. »

Elle désigna du museau le sol sec et sablonneux. Il se coucha sur le ventre, les pattes tendues devant lui. Étoile Bleue décrivit des ronds sur sa litière de mousse.

« Je garde des courbatures de notre entraînement d'hier, lui avoua-t-elle une fois installée, la queue enroulée autour de ses pattes. Tu t'es bien battu. »

Pour une fois, il ne prit pas le temps de savourer ces compliments. Son cœur battait la chamade. Le moment était parfaitement choisi pour tout lui avouer. Il ouvrit la bouche. Mais elle le devança, les yeux perdus dans le vague.

« Je sens encore l'odeur du Clan de l'Ombre dans le camp, murmura-t-elle. J'avais espéré ne jamais voir nos ennemis pénétrer ici. »

Il se doutait qu'elle allait poursuivre, et se contenta d'acquiescer en silence.

« Que de morts, soupira-t-elle. D'abord Plume Rousse, ensuite Cœur de Lion. Je remercie le Clan des Étoiles : au moins les guerriers qui nous restent sont forts et loyaux, tout comme eux. Avec Griffe de Tigre pour lieutenant, le Clan du Tonnerre est peut-être capable d'en réchapper. »

Le cœur de Nuage de Feu se serra, et un frisson glacé courut le long de son échine quand elle ajouta :

« Autrefois, quand Griffe de Tigre était un jeune guerrier, je craignais qu'il ne se laisse entraîner par ses passions. Une telle énergie a parfois besoin d'être canalisée. Aujourd'hui, je suis fière de voir l'estime que le Clan a pour lui. Je sais qu'il a de l'ambition, mais elle fait de lui l'un des chats les plus courageux au côté desquels il m'ait été donné de combattre. »

Le novice sut aussitôt qu'il ne pouvait pas lui confier ses soupçons. Pas alors qu'elle comptait sur son lieutenant pour protéger la tribu. L'apprenti allait devoir sauver Nuage de Jais tout seul. Il respira à fond et composa son visage : quand la reine se tourna vers lui, toute trace de surprise et de déception avait disparu.

« Tu sais qu'Étoile Brisée va revenir, reprit-elle d'une voix soucieuse. À l'Assemblée, il nous a bien fait comprendre qu'il voulait faire main basse sur tous les territoires.

— Nous l'avons repoussé une fois, nous recommencerons.

— C'est vrai, reconnut-elle en hochant la tête avec lassitude. Le Clan des Étoiles célébrera ton courage, jeune Nuage de Feu. »

Elle s'interrompit pour lécher une blessure sur son flanc.

« Je crois que tu as le droit de savoir que, au cours de la bataille contre les rats, ce n'est pas ma cinquième vie que j'ai perdue, mais la septième. »

Il se redressa, abasourdi.

« J'ai laissé croire le contraire, car je ne veux pas qu'on s'inquiète pour ma sécurité. Mais dans deux vies, je devrai rejoindre nos ancêtres. »

Les questions se bousculaient dans la tête du novice. Pourquoi lui ouvrait-elle son cœur ?

« Merci de ta confiance, déclara-t-il avec déférence.

— Je voudrais me reposer, maintenant, conclut-elle d'une voix rauque. Allez, file. Ah ! Tout ça reste entre nous, bien sûr.

— Bien sûr, Étoile Bleue », confirma Nuage de Feu, avant de franchir le rideau de lichen.

Longue Plume était toujours assis à l'entrée. Sans lui accorder un regard, le novice se dirigea vers sa tanière. Il ne savait pas quel moment de sa conversation avec Étoile Bleue avait été le plus étrange.

Il s'arrêta net quand un cri d'horreur s'éleva de la pouponnière. Pelage de Givre sortit dans la clairière, la queue hérissée, folle d'inquiétude. Ses chatons étaient nés trois mois auparavant

« Mes petits ! Ils ont disparu ! »

Griffe de Tigre se précipita vers elle.

« Vite, fouillez le camp ! s'écria-t-il. Tornade Blanche, reste où tu es. Guerriers, patrouillez les fortifications ! Apprentis, cherchez dans toutes les tanières ! »

Nuage de Feu courut à l'intérieur de l'antre le plus proche, celui des guerriers. Il était vide. Il farfouilla dans les litières mais ne trouva aucune trace des chatons.

Il ressortit ventre à terre et fila chez lui. Ses deux amis l'y avaient devancé et retournaient leurs nids en reniflant dans tous les coins. Nuage de Poussière et Nuage de Sable, eux, s'étaient rués chez les anciens. L'apprenti les laissa à leur tâche et courut de touffe d'herbe en touffe d'herbe pour y fourrer le museau sans se soucier des orties. Pas le moindre indice. Il fureta aux frontières du camp. Des chasseurs allaient et venaient avec agitation, le nez au vent.

Soudain, Nuage de Feu repéra Croc Jaune un peu plus loin. Elle avait choisi un endroit désert du mur de fougères pour s'y frayer un chemin. Elle avait dû trouver une piste ! Il s'élança vers elle au moment où sa queue disparaissait dans la végétation. Quand il atteignit le passage, la chatte n'était plus là. Il huma l'air. Nulle odeur de chatons, rien que le fumet âcre de la peur de Croc Jaune. Que craignait-elle ? se demanda Nuage de Feu.

Des taillis situés derrière la pouponnière monta un miaulement. Tous les chats s'y précipitèrent, Pelage de Givre en tête. Ils se rassemblèrent en une troupe compacte, se bousculant pour mieux voir à travers les épaisses broussailles. Le chat roux fendit la foule et aperçut Griffe de Tigre, incliné sur une masse immobile de fourrure écaille.

Petite Feuille !

Sonné, le novice ne pouvait détacher les yeux du corps sans vie. Son cœur battait à tout rompre, une colère noire s'empara de lui. Qui était le coupable ?

On s'écarta pour laisser Étoile Bleue se pencher sur la guérisseuse.

« C'est un guerrier qui a porté le coup fatal », dit doucement la femelle.

Nuage de Feu tendit le cou et vit une unique blessure sur le cou de Petite Feuille. Sa gorge se serra, sa vue se brouilla.

Malgré son chagrin, il entendit un murmure enfler jusqu'à devenir une unique clameur haineuse.

« Croc Jaune a disparu ! »

❧

CHAPITRE 21

« Croc Jaune a tué Petite Feuille et enlevé mes petits ! » s'écria Pelage de Givre.

Les autres reines l'entourèrent pour essayer de la calmer avec des coups de langue et des caresses, mais la jeune mère les repoussa pour hurler sa douleur au ciel assombri. Comme en réponse, le tonnerre gronda ; un vent froid ébouriffa les fourrures.

« J'ai toujours su qu'elle nous trahirait ! cracha Griffe de Tigre. Maintenant, nous savons comment elle a réussi à repousser le lieutenant du Clan de l'Ombre. C'était un coup monté pour gagner notre confiance ! »

Des éclairs ponctuèrent ces paroles, zébrant le ciel d'un blanc aveuglant, et le tonnerre gronda dans les bois.

Nuage de Feu n'en croyait pas ses oreilles. Le chagrin l'empêchait de réfléchir. Croc Jaune avait-elle vraiment tué Petite Feuille ?

Au-dessus du brouhaha indigné, Éclair Noir s'exclama d'une voix forte :

« Étoile Bleue ! Qu'en dis-tu ? »

Soudain silencieux, les félins se tournèrent vers leur chef.

Le regard de la femelle parcourut l'assistance pour finir par se poser sur le corps de Petite Feuille. Les premières gouttes de pluie étincelaient sur la fourrure lustrée de la guérisseuse.

Étoile Bleue ferma les paupières. Son visage était sombre et, un instant, Nuage de Feu craignit que cette nouvelle mort ne soit trop insupportable pour elle. Mais quand elle rouvrit les yeux, la détermination y brillait. Elle releva la tête.

« Si Croc Jaune a tué Petite Feuille et volé les petits de Pelage de Givre, elle sera poursuivie sans pitié. »

La foule hurla son approbation.

« Pour le moment, il faut attendre, continua-t-elle. Un orage se prépare, et je ne veux pas mettre d'autres vies en danger. Si le Clan de l'Ombre a enlevé nos chatons, ils ne risquent rien dans l'immédiat. Je soupçonne Étoile Brisée de vouloir les enrôler, ou s'en servir comme otages, pour nous forcer à le laisser chasser sur notre territoire. Dès que la tempête sera passée, une patrouille suivra Croc Jaune pour ramener les nouveau-nés.

— Mais il n'y a pas de temps à perdre, la pluie va effacer leurs traces ! » protesta son lieutenant.

Elle agita la queue avec irritation.

« Si nous partons maintenant, nos efforts seront de toute façon inutiles. Par ce temps, leur piste aura déjà disparu avant que nous soyons prêts. Attendons la fin de l'orage, nous aurons de meilleures chances de succès. »

Il y eut des murmures approbateurs. Il était à peine midi, pourtant le ciel s'assombrissait rapidement. Perturbés par les éclairs et le tonnerre, les félins semblaient disposés à écouter l'avis de la femelle. Elle regarda son lieutenant.

« J'aimerais discuter de nos plans avec toi, s'il te plaît, Griffe de Tigre. »

Le guerrier acquiesça et se dirigea vers l'antre de leur chef. Étoile Bleue marqua une hésitation. Les yeux fixés sur Nuage de Feu, elle agita les moustaches pour montrer qu'elle voulait lui parler seule à seul.

Les gémissements de chagrin couvraient les grondements du tonnerre. Réunis autour du corps, les autres chats se mirent à en faire la toilette. La femelle grise fendit la foule et se dirigea vers le tunnel de fougères qui menait à l'antre de Petite Feuille.

Sans bruit, le novice fit le tour des matous endeuillés pour la suivre à l'intérieur. Il faisait très sombre sous le taillis. L'orage avait masqué le soleil du matin ; on avait presque l'impression que la nuit était tombée. À présent, une pluie torrentielle crépitait sur les feuilles, mais au moins la petite clairière était-elle à l'abri.

« Où est passée Croc Jaune ? murmura Étoile Bleue d'un ton pressant. Tu le sais ? »

Le chat roux l'entendit à peine. Il repensait à la dernière fois qu'il était venu là. Il revoyait encore la guérisseuse sortir de sa tanière au petit trot, le pelage luisant, et ferma les yeux pour conserver intacte son image.

« Nuage de Feu, le tança leur chef, tu la pleureras plus tard. »

L'apprenti se secoua.

« Je... J'ai vu Croc Jaune sortir du camp après la disparition des petits. Tu crois vraiment qu'elle a tué Petite Feuille et emporté les nouveau-nés ? »

Elle soutint son regard sans broncher.

« Je ne sais pas, avoua-t-elle. Je veux que tu la retrouves et que tu la ramènes vivante. Je dois savoir la vérité.

— Tu n'envoies pas Griffe de Tigre ?

— C'est un grand guerrier, mais aujourd'hui, sa loyauté au Clan pourrait altérer son jugement. Il veut donner à la tribu la vengeance qu'elle désire. Personne ne peut le lui reprocher. Pour tout le monde, Croc Jaune est coupable, et si Griffe de Tigre croit pouvoir les rassurer en leur offrant un nouveau cadavre, c'est ce qu'il fera. »

Nuage de Feu acquiesça. Elle avait raison : leur lieutenant tuerait la vieille guérisseuse sans hésiter. L'espace d'un instant, l'expression d'Étoile Bleue se fit sévère.

« S'il s'avère que Croc Jaune nous a trahis, je la tuerai moi-même. Sinon... ajouta-t-elle, le regard brûlant, je ne laisserai pas mourir une chatte innocente.

— Et si elle refuse de revenir ?

— Elle acceptera, si c'est toi qui le lui demandes. »

Le novice était stupéfait de la confiance que lui témoignait leur chef. Malgré tout, la difficulté de la tâche l'accablait ; il se demanda s'il aurait assez de courage pour l'accomplir.

« Pars tout de suite ! lui ordonna-t-elle. Mais fais bien attention, tu ne pourras compter sur personne et il pourrait y avoir des patrouilles ennemies dans les parages. Cet orage devrait retenir nos guerriers au camp au moins quelque temps. »

Le tonnerre grondait lorsque Nuage de Feu ressortit dans la clairière. La pluie tombait à verse, criblant sa fourrure d'une grêle de gouttes dures comme la pierre. Un éclair illumina les visages d'Éclair Noir et de Longue Plume qui le regardaient traverser le camp.

Le chat roux passa devant la pouponnière. Les autres avaient abandonné le corps de leur guérisseuse sous le déluge pour courir s'abriter. Blottis sous les fougères ruisselantes, ils gémissaient de peur et de chagrin.

L'apprenti fourra le museau contre la fourrure trempée de Petite Feuille et inspira son odeur une dernière fois.

« Adieu, Petite Feuille », souffla-t-il.

Perce-Neige et Pelage de Givre discutaient non loin de là. Il se figea et tendit l'oreille.

« Croc Jaune devait avoir un complice, grondait la première.

— L'un des nôtres ? répondit la seconde d'une voix inquiète.

— Tu as entendu ce que Griffe de Tigre disait de Nuage de Jais ? Il trempe peut-être là-dedans. Moi, je n'ai jamais été très à l'aise avec lui. »

Sa fourrure se hérissa sur l'échine de l'apprenti. Si Griffe de Tigre répandait ses rumeurs jusque dans la pouponnière, le matou noir n'était plus à l'abri nulle part dans le camp.

Il se rendit compte qu'il lui fallait agir vite. Il irait d'abord chercher Croc Jaune, puis s'occuperait de Nuage de Jais. Il se précipita à l'endroit où il avait vu la vieille femelle pour la dernière fois. Il connaissait si bien son odeur qu'il la décela malgré la pluie. Il entreprit de se frayer un chemin dans les buissons, le nez sur les feuilles pour mieux suivre sa trace.

« Nuage de Feu ! »

L'apprenti sursauta ; il se détendit en reconnaissant la voix de Nuage Gris, qui se hâta vers lui.

« Je t'ai cherché partout ! »

Le chat roux sortit des fougères à reculons. Son ami plissait les yeux pour se protéger de la pluie battante.

« Où vas-tu ?

— Chercher Croc Jaune.

— Tout seul ? » rétorqua-t-il, la mine soucieuse.

Après un instant de réflexion, Nuage de Feu décida de lui avouer la vérité.

« Étoile Bleue m'a demandé de la ramener moi-même.

— Quoi ? s'exclama son camarade d'un air abasourdi. Pourquoi toi ?

— Elle pense peut-être que je suis le mieux placé pour la retrouver, puisque je la connais bien.

— Un groupe de guerriers serait plus efficace, non ? Griffe de Tigre est le meilleur pisteur du Clan : si quelqu'un peut la ramener, c'est bien lui.

— Peut-être qu'il ne le ferait pas, justement... murmura Nuage de Feu.

— Que veux-tu dire ?

— Il veut se venger. Il se contenterait de la tuer.

— Eh bien, si elle a tué Petite Feuille et emporté les petits...

— Tu en es sûr ? »

Nuage Gris le regarda en secouant la tête, troublé.

« Tu crois qu'elle est innocente ?

— Je n'en sais rien. Étoile Bleue non plus. Elle veut simplement la vérité. C'est pour ça qu'elle m'envoie à la place de Griffe de Tigre.

— Mais enfin, si elle lui ordonnait de la ramener vivante... »

Ses paroles se perdirent dans un coup de tonnerre retentissant ; un éclair illumina les arbres autour d'eux. Dans la lumière aveuglante, ils virent Pelage de Givre chasser Nuage de Jais de la pouponnière. Le visage déformé par la fureur, la reine au pelage blanc cracha et le mordit à la patte arrière.

Nuage Gris se tourna vers son camarade.

« Et ça, qu'est-ce que ça veut dire ? » l'interrogea-t-il.

Le chat roux le dévisagea : une nouvelle idée germait dans sa tête. Le matou noir n'avait plus beaucoup de temps devant lui. Autant demander de l'aide à son vieil ami. Mais le croirait-il sur parole ? Le vent commençait à mugir dans les arbres et le chat roux dut hausser le ton.

« Nuage de Jais court un grand danger !

— Quoi ?

— Il faut que je l'éloigne du camp. Tout de suite, avant qu'il ne lui arrive malheur.

— Pourquoi ? demanda-t-il, abasourdi. Et Croc Jaune, alors ?

— Je n'ai pas le temps de t'expliquer, déplora l'apprenti d'une voix pressante. Il va falloir que tu me fasses confiance. Il doit bien y avoir un moyen d'éloigner Nuage de Jais. Étoile Bleue va retenir les guerriers au camp jusqu'à la fin de l'orage, mais ça ne nous laisse pas beaucoup de temps. »

Il passa en revue mentalement les recoins cachés de la forêt.

« Conduisons-le quelque part où Griffe de Tigre ne le trouvera pas, et où il pourra survivre sans le soutien du Clan. »

Le félin cendré réfléchit un instant.

« Tu as pensé à Gerboise ?

— Gerboise ! Tu veux dire : emmener Nuage de Jais près de la tanière du Bipède ? s'écria Nuage de Feu, les oreilles frémissantes d'excitation. Oui, c'est sans doute notre meilleure chance.

— Alors c'est parti ! Qu'est-ce qu'on attend ? »

Le rouquin poussa un gros soupir de soulagement. Il aurait dû se douter que son camarade ne le laisserait pas tomber. Il s'ébroua, effleura la fourrure de Nuage Gris du bout de son museau.

« Merci, fit-il. Allons le chercher. »

Ils le trouvèrent blotti dans leur tanière, la mine abattue. Dans leur litière, leurs deux aînés, terrifiés par les éclairs, n'en menaient pas large.

« Nuage de Jais ! » appelèrent-ils à l'entrée.

Le matou noir leva la tête et les rejoignit dehors sous la pluie.

« Viens. On t'emmène chez Gerboise.

« — Chez Gerboise ? rétorqua-t-il, éberlué, les yeux plissés sous l'averse. Mais pourquoi ?

— Parce que tu y seras en sécurité, répondit Nuage de Feu d'un air entendu.

— Vous avez vu Pelage de Givre ? souffla-t-il. Je voulais seulement jeter un coup d'œil aux petits...

— Allez viens ! Il faut qu'on se dépêche ! »

Le chat couleur d'encre regarda son camarade droit dans les yeux.

« Merci, Nuage de Feu », murmura-t-il.

Et les trois compagnons traversèrent la clairière au galop.

Le pelage couché par le vent violent, ils se précipitèrent vers l'entrée du camp. Ils entraient dans le tunnel d'ajoncs quand une voix les interpella.

« Vous trois ! Où allez-vous ? »

Griffe de Tigre !

Le félin roux fit volte-face, la gorge sèche. Il se creusait la tête pour trouver une excuse quand il vit Étoile Bleue s'avancer vers eux. Un instant, elle fronça les sourcils, puis son visage s'éclaira.

« Bravo, Nuage de Feu, lança-t-elle. Je vois que tu as persuadé tes deux amis de t'accompagner. Les apprentis du Clan ont bien du courage, Griffe de Tigre, de rendre service malgré la tempête.

— Quoi ! Dans un moment pareil ? protesta le vétéran.

— L'un des petits de Plume Blanche tousse, rétorqua Étoile Bleue avec un sang-froid impeccable. Nuage de Feu s'est proposé pour aller lui chercher des fleurs de tussilage.

269

— Ils ont vraiment besoin d'être trois ?

— Dans cet orage, il a bien de la chance d'avoir de la compagnie ! »

Elle fixa le novice, qui comprit soudain l'énorme confiance qu'elle plaçait en lui.

« Allons, filez, dit-elle.

— Merci », fit-il, soulagé.

Avec un coup d'œil rapide à ses compagnons, il les mena sur le chemin des Quatre Chênes. Le vent mugissait dans les branches, les arbres oscillaient et leurs troncs craquaient comme s'ils risquaient de tomber à tout moment. Les torrents de pluie qui tambourinaient sur les feuilles trempaient les apprentis jusqu'aux os.

Ils atteignirent le ruisseau, mais les pierres du gué qu'ils empruntaient d'habitude avaient été submergées. Consternés, ils firent halte sur la rive et regardèrent tourbillonner les eaux boueuses de la rivière.

« Par ici ! lança Nuage de Feu. Il y a un arbre abattu, pas loin. On peut s'en servir pour traverser. »

Il guida ses compagnons en amont jusqu'à un rondin posé juste au-dessus du niveau des flots.

« Faites attention, le tronc est sûrement glissant ! » les prévint-il, avant de s'y aventurer avec précaution.

L'écorce du chêne ayant été grattée, il était d'autant plus difficile de se tenir en équilibre sur le bois lisse et humide. Les trois chats progressèrent avec la plus grande prudence. Arrivé à bon port, Nuage de Feu s'assura que ses amis s'en sortaient eux aussi.

Ils repartirent ventre à terre. Les arbres, plus grands de ce côté du ruisseau, offraient une meilleure protection contre l'orage.

« Vas-tu enfin me dire pourquoi Nuage de Jais est en danger, exactement ? s'exclama Nuage Gris, hors d'haleine.

— Parce qu'il sait que Griffe de Tigre a tué Plume Rousse, déclara d'une traite le rouquin.

— Quoi ? ! »

Le chat cendré, incrédule, s'arrêta net pour regarder ses deux amis tour à tour.

« Au cours de la bataille contre le Clan de la Rivière, expliqua le matou noir, tout essoufflé. Je l'ai vu.

— Mais pourquoi ferait-il une chose pareille ? »

Ils se remirent en route et descendirent la colline vers les Quatre Chênes.

« Je ne sais pas. Il espérait sans doute être nommé lieutenant », suggéra Nuage de Feu, qui dut hausser la voix pour se faire entendre malgré les bourrasques.

Le visage sombre, son camarade resta muet.

Sautant de rocher en rocher, ils s'engagèrent sur la pente escarpée qui menait au plateau du Vent. L'apprenti voulait que son ami comprenne quel danger courait le matou noir au sein du Clan.

« Le lendemain de la mort de Cœur de Lion, j'ai entendu Griffe de Tigre parler à Éclair Noir et à Longue Plume, reprit-il. Il veut se débarrasser de Nuage de Jais.

— Comment ça ? Tu veux dire... le tuer ? »

Nuage Gris s'affala sur un rocher. Son compagnon l'imita. Nuage de Jais avait fait halte un peu plus bas sur la pente pour reprendre haleine. La fourrure collée sur son corps efflanqué, il avait l'air plus petit que jamais.

« Tu as vu la façon dont Pelage de Givre s'est attaquée à lui, aujourd'hui ? En fait, son propre mentor répand une rumeur qui l'accuse d'avoir trahi la tribu, expliqua Nuage de Feu. Mais avec Gerboise, Nuage de Jais sera en sécurité. Maintenant, dépêchons-nous ! »

Il était impossible de parler sur le plateau exposé à tous les vents. Le tonnerre grondait, les bourrasques mugissaient, des éclairs aveuglants déchiraient le ciel. Tête baissée, les trois novices poursuivirent leur route au cœur de l'orage.

Ils finirent par atteindre le bord du plateau.

« On ne peut pas t'accompagner plus loin, cria le chat roux entre deux rafales. Il faut qu'on retourne chercher Croc Jaune avant la fin de l'orage. »

Leur camarade se recroquevilla sous la pluie battante, affolé. Puis il hocha la tête.

« Tu arriveras à trouver Gerboise tout seul ? lui demanda Nuage de Feu.

— Oui, je me rappelle le chemin.

— Prends bien garde aux chiens, l'avertit le matou cendré.

— Ne t'inquiète pas ! Mais comment savez-vous que le solitaire voudra bien de moi ? ajouta-t-il, les sourcils froncés.

— Tu n'auras qu'à lui dire que tu as attrapé une vipère, une fois ! » répliqua Nuage Gris en lui donnant un petit coup de museau affectueux à l'épaule.

Conscient que le temps leur était compté, Nuage de Feu lécha le poitrail efflanqué du félin noir.

« File, et ne te tracasse pas : je me débrouillerai pour que tout le monde sache que tu n'as pas trahi le Clan.

— Et si Griffe de Tigre vient me chercher ? » osa Nuage de Jais d'une toute petite voix, qu'on entendait à peine dans la tempête déchaînée.

Son ami soutint son regard sans broncher.

« Ça n'arrivera pas. Je lui dirai que tu es mort. »

CHAPITRE 22

❧

Les deux apprentis rebroussèrent chemin. Ils étaient exténués et trempés jusqu'aux os, mais Nuage de Feu maintint l'allure. L'orage commençait à s'éloigner. Une patrouille ne tarderait pas à se lancer à la poursuite de Croc Jaune. Ils devaient trouver la vieille chatte les premiers.

Le ciel demeurait sombre, même si les nuages noirs se retiraient à l'horizon : le chat roux devina que le crépuscule approchait.

« Pourquoi ne pas nous diriger directement vers le territoire de l'Ombre ? suggéra Nuage Gris sur la pente escarpée de la clairière aux Quatre Chênes.

— Il faut d'abord qu'on retrouve la piste de Croc Jaune, expliqua Nuage de Feu. Tout ce que j'espère, c'est qu'elle ne nous mène pas au camp ennemi. »

Son ami lui jeta un regard de côté sans répondre.

Une fois le ruisseau franchi, ils se retrouvèrent sur les terres de leur Clan. Ils ne décelèrent aucune trace de la guérisseuse avant de pénétrer dans le bois de chênes qui bordait le camp.

À présent que la pluie avait cessé, les parfums de la forêt resurgissaient peu à peu. Nuage de Feu espérait que l'averse n'avait pas effacé toute preuve du passage de la chatte. Il s'arrêta pour poser le museau sur une fougère et reconnut une senteur familière. L'odeur de la peur de Croc Jaune lui chatouilla les narines.

« Elle est passée par ici ! » s'écria-t-il.

Il se faufila dans les broussailles humides, son compagnon sur les talons.

À son grand désarroi, les traces de Croc Jaune les conduisaient en effet droit vers le territoire adverse. Son cœur se serra. Les accusations de Griffe de Tigre étaient-elles donc fondées ? Il se mit à espérer que chaque nouvelle odeur les emmènerait dans une direction différente, mais la piste ne dévia pas d'un pouce.

Parvenus au Chemin du Tonnerre, ils s'arrêtèrent. Plusieurs monstres passèrent dans un bruit assourdissant, en soulevant des jets d'eau sale. Les deux novices attendirent sur le bas-côté que le flot de créatures s'interrompe. Ils traversèrent la route à toute allure pour pénétrer sur les terres du Clan de l'Ombre.

L'ennemi y avait fortement marqué son territoire et les odeurs donnaient le frisson. Nuage Gris s'arrêta pour balayer la forêt du regard, nerveux.

« Je m'étais toujours imaginé un peu mieux entouré quand je finirais par m'aventurer ici, avoua-t-il.

— Tu n'as pas peur, tout de même ?

— Pas toi, peut-être ? Ma mère m'a mis en garde contre la férocité du Clan de l'Ombre plus d'une fois.

— La mienne ne m'en a jamais parlé ! » rétorqua Nuage de Feu.

Mais pour la première fois, il était soulagé que sa fourrure mouillée lui colle à la peau : ainsi, son camarade ne verrait peut-être pas que la peur lui hérissait l'échine.

Les deux chats avancèrent à pas de loup, attentifs au moindre bruit. Nuage Gris guettait les patrouilles adverses ; Nuage de Feu, le groupe du Clan du Tonnerre qui n'allait pas tarder à surgir.

Les traces les menaient droit au cœur du territoire ennemi. La forêt était sombre, le sous-bois plein d'orties et de ronces.

« Je n'arrive pas à suivre sa piste, se plaignit Nuage Gris. Tout est trop humide.

— Elle est bien là, pourtant.

— Par contre, ça, je le sens ! s'écria-t-il soudain.

— Quoi donc ? souffla son compagnon, qui s'arrêta net, inquiet.

— L'odeur des petits. Regarde, du sang ! »

Nuage de Feu huma l'air de nouveau, à l'affût des chatons.

« Tu as raison. Et ce n'est pas tout ! »

Il agita vivement la queue pour réduire Nuage Gris au silence. Puis, sans bruit, il indiqua du bout du museau les restes calcinés d'un frêne, un peu plus loin.

Nuage Gris remua les oreilles d'un air interrogateur. Son camarade lui fit un signe de tête affirmatif. Croc Jaune s'était réfugiée derrière le large tronc fendu.

Les deux chats se séparèrent d'instinct afin de la prendre en tenaille. Pour s'avancer sur le sol spongieux, ils eurent recours à toutes les ruses qu'ils avaient apprises : marcher avec légèreté, se plaquer au sol le plus possible.

Une fois en place, ils bondirent.

Croc Jaune poussa un grognement de surprise quand les deux chats, surgis de nulle part, la clouèrent au sol. Elle se dégagea en crachant et se réfugia dans un creux ménagé à la base du tronc. Les apprentis s'avancèrent pour lui couper toute retraite.

« Je savais bien que le Clan du Tonnerre me tiendrait pour responsable ! lança-t-elle, des éclairs hostiles dans les yeux, comme autrefois.

— Où sont les petits ?

— On a trouvé des taches de sang ! renchérit Nuage Gris. Tu leur as fait du mal ?

— Ce n'est pas moi qui les ai pris, gronda-t-elle, furieuse. Si je suis partie, c'est pour les ramener. Je me suis arrêtée parce que, moi aussi, j'ai senti l'odeur du sang. Mais ils ne sont pas là. »

Les deux novices échangèrent un regard.

« Puisque je vous dis que ce n'est pas moi ! répéta Croc Jaune.

— Pourquoi t'être enfuie, alors ? Pourquoi avoir tué notre guérisseuse ? »

Le matou posait les questions que Nuage de Feu n'osait pas formuler.

« Petite Feuille est... morte ? »

La surprise de la femelle n'était pas feinte. Un immense soulagement envahit le chat roux.

« Tu l'ignorais ? demanda-t-il d'une voix rauque.

— Comment aurais-je pu le savoir ? J'ai quitté le camp aussitôt que j'ai entendu dire que les chatons avaient disparu. »

Son accent de vérité ne trompait pas, même si Nuage Gris semblait encore méfiant.

« Je sais qui les a enlevés, reprit-elle. J'ai senti sa trace près de la pouponnière.

— Qui était-ce ? s'enquit Nuage de Feu.

— Museau Balafré, un des guerriers d'Étoile Brisée. Et tant qu'ils sont au sein du Clan de l'Ombre, les petits sont en grand danger.

— Les tiens ne leur feraient pas de mal, quand même !

— N'en sois pas si sûr. Étoile Brisée compte bien les faire combattre dès que possible.

— Ils n'ont que trois lunes ! s'étrangla Nuage Gris.

— Ça n'est pas ça qui lui fait peur. Depuis qu'il est devenu chef, il a mis à l'entraînement des jeunes de moins de quatre lunes. Dès cinq lunes, il les envoie au combat !

— Comment pourraient-ils se battre ? » protesta le chat roux.

Mais une image lui revint, celle des apprentis du Clan de l'Ombre qu'il avait vus à l'Assemblée. Ils n'étaient pas seulement mal nourris : c'étaient des bébés !

« Étoile Brisée n'en a que faire, proféra Croc Jaune avec mépris, frémissante de rage. Des chatons à envoyer au massacre, ce n'est pas ça qui manque, et puis il peut même les voler aux autres tribus ! Il est allé jusqu'à tuer des petits de son propre Clan ! »

Les deux matous étaient atterrés.

« Si c'est le cas, pourquoi n'a-t-il pas été puni ? finit par demander Nuage de Feu.

— Parce qu'il a menti, gronda la vieille chatte d'une voix mordante, pleine d'aigreur. Il m'a accusée de leur mort et tout le monde l'a cru ! »

Le novice eut une illumination.

« C'est pour ça qu'on t'a chassée ! comprit-il. Viens ! Tu dois tout raconter à Étoile Bleue.

— Pas avant d'avoir sauvé vos petits ! »

Levant la tête, Nuage de Feu huma l'air. La pluie avait cessé, le vent se calmait. La patrouille du Clan du Tonnerre devait déjà être en chemin. Ils ne pouvaient pas rester là.

Nuage Gris semblait encore sous le choc des révélations de Croc Jaune.

« Comment un chef pourrait-il tuer les chatons de son propre Clan ?

— Étoile Brisée insistait pour leur faire subir très jeunes un entraînement bien trop strict. Il avait emmené deux des petits perfectionner leurs techniques de combat. »

Elle respira à fond avant de continuer :

« Ils n'avaient que quatre lunes. Quand il me les a ramenés, ils étaient déjà morts. Ils portaient les griffures et les morsures d'un guerrier confirmé, pas d'un apprenti. Il avait dû les affronter lui-même. Je ne pouvais plus rien pour eux. Quand leur mère est venue les voir, notre chef était là. Il lui a dit qu'il m'avait trouvée penchée sur leurs cadavres. »

Sa voix se brisa et Croc Jaune détourna les yeux.

« Pourquoi ne pas avoir répondu qu'Étoile Brisée était coupable ? » demanda Nuage de Feu, incrédule.

Elle secoua la tête.

« Je ne pouvais pas.

— Pourquoi pas ? »

La chatte hésita.

« Étoile Brisée est le chef du Clan de l'Ombre, expliqua-t-elle avec amertume. Le fils du noble Étoile Grise. Sa parole fait loi. »

Le matou baissa la tête. Tous trois se tinrent silencieux un moment, puis il reprit la parole.

« Nous allons délivrer les petits ensemble. Cette nuit. Mais nous ne pouvons pas rester ici. La patrouille du Clan du Tonnerre n'est plus très loin. Si Griffe de Tigre est avec eux, Croc Jaune est condamnée. Il la tuera avant que nous puissions lui donner la moindre explication. »

La guérisseuse posa sur lui un regard qui avait retrouvé sa vivacité et sa détermination.

« Il y a une tourbière par là-bas. Elle sera détrempée après l'orage, leur dit-elle. On ne pourra pas y retrouver notre piste. »

Elle bondit dans les fougères ; les deux apprentis s'empressèrent de la suivre. Ils entendaient au loin bruire les taillis. Ce n'était plus le vent qui agitait les buissons, mais une troupe de guerriers sans doute assoiffés de vengeance, à l'esprit enflammé par les mensonges de Griffe de Tigre.

Un silence inquiétant s'abattit sur les bois où une petite brume commençait à s'élever entre les arbres. Des gouttelettes perlaient sur la fourrure de Nuage de Feu, qui s'ébroua et ôta avec impatience une feuille accrochée à sa poitrine.

Croc Jaune poursuivit son chemin. Le sol devint plus lourd et leurs pattes commencèrent à s'enfoncer dans la tourbe spongieuse. Une odeur de végétaux en décomposition les prit à la gorge ; au moins, elle masquerait leur piste. Derrière eux, les bruissements se rapprochaient.

« Vite, cachons-nous là », leur souffla la guérisseuse en se glissant sous un buisson à larges feuilles.

Les trois chats s'y tapirent et ramenèrent leur queue sous eux. Immobile telle une statue, s'efforçant de ne pas penser à l'humidité du sol contre son ventre, Nuage de Feu prêta l'oreille aux frémissements sinistres qui se faisaient toujours plus proche.

CHAPITRE 23

❧

Nuage de Feu entendit passer plusieurs félins lancés à vive allure. Les parfums de la tourbière l'empêchèrent de distinguer leur identité, mais leur odeur était celle du Clan du Tonnerre. Le novice retint son souffle ; les bruits s'éloignèrent.

« Tu vas vraiment essayer de délivrer les petits tout seul ? chuchota Nuage Gris.

— Je pourrais peut-être nous trouver de l'aide au sein du Clan de l'Ombre, intervint Croc Jaune. Tous les chats de la tribu ne soutiennent pas Étoile Brisée. »

Nuage de Feu pointa aussitôt les oreilles en avant. Quant à son ami, il agita la queue, surpris.

« Lorsqu'il est devenu chef, poursuivit la chatte, il a forcé les anciens à quitter l'enceinte du camp. Ils ont dû vivre en marge et chasser pour subsister. Ces vétérans ont été élevés dans le respect du code du guerrier. Certains d'entre eux pourraient nous soutenir... »

L'apprenti réfléchissait à toute vitesse.

« Je vais essayer de convaincre les nôtres, ajouta-t-il. Si j'arrive à leur parler avant qu'ils ne voient

Croc Jaune, ils croiront sans doute son histoire.
Nuage Gris, attends-nous près du frêne mort, là où
nous avons trouvé le sang des petits.

— Tu crois vraiment qu'elle va ramener des ren-
forts ? lui murmura le matou cendré, méfiant.

— Il faut me faire confiance, gronda la guérisseuse. Je reviendrai. »

Nuage Gris regarda le rouquin, qui acquiesça.

Sans ajouter un mot, Croc Jaune disparut dans
les buissons.

« A-t-on fait ce qu'il fallait ?

— Je n'en sais rien, reconnut Nuage de Feu. Si
oui, nous sommes des héros et les petits sont
sauvés. Dans le cas contraire, nous sommes
fichus. »

Le novice pourchassa la patrouille à travers
ronces, ajoncs et orties. Leurs traces étaient faciles
à suivre. Dans leur colère, les félins du Clan du
Tonnerre n'essayaient pas de camoufler leur présence en plein territoire ennemi.

Dans le ciel, les nuages avaient fini par disparaître. À travers la cime des arbres, Nuage de Feu
voyait scintiller la Toison Argentée dans le ciel
nocturne. La lune se levait, mais sa lumière blafarde ne perçait pas la brume qui envahissait les
sous-bois.

Le matou se concentra sur la piste. Il flaira
l'odeur de Tornade Blanche. Il huma de nouveau :
Griffe de Tigre n'était pas de la partie. Il accéléra
l'allure pour les rattraper et dérapa avant de
s'arrêter juste derrière la troupe de sa tribu.

Les guerriers firent volte-face, le poil hérissé, les oreilles couchées en arrière, prêts au combat. Il reconnut Éclair Noir, la jeune Poil de Souris et Vif-Argent, le chasseur au pelage tacheté. Fleur de Saule participait elle aussi à l'expédition.

« Nuage de Feu ! gronda Tornade Blanche. Que fais-tu ici ?

— Étoile Bleue m'a envoyé ! répondit-il, hors d'haleine. Elle voulait que je retrouve Croc Jaune avant que...

— Ah ! Elle m'avait averti que je tomberais peut-être sur un allié en chemin. Maintenant je comprends ce qu'elle entendait par là. »

Il fixa le chat roux, songeur.

« Griffe de Tigre est-il dans les parages ? demanda Nuage de Feu, plutôt fier du regard entendu qu'ils venaient d'échanger.

— Étoile Bleue a voulu qu'il reste au camp pour protéger les petits. »

L'apprenti hocha la tête, soulagé.

« J'ai besoin de ton aide, Tornade Blanche. Je sais où sont les chatons. Nuage Gris m'attend, nous avons l'intention de les libérer cette nuit. Veux-tu nous aider ?

— Bien sûr ! répondirent en chœur les chasseurs, dont les moustaches frémissaient d'excitation.

— Mais il faudra attaquer le camp de l'Ombre, les prévint le novice.

— Tu connais le chemin ? demanda Vif-Argent, tout excité.

— Moi non, mais Croc Jaune oui. Et elle a

promis de nous apporter le soutien de ses vieux alliés dans le Clan adverse. »

Furieuse, Poil de Souris le foudroya du regard en fouettant l'air de la queue.

« Tu as trouvé la traîtresse ? cracha-t-elle.

— Je ne comprends pas, souffla le vétéran, perplexe. Pourquoi nous aiderait-elle à sauver les petits qu'elle a volés ? »

Nuage de Feu respira à fond pour se calmer, puis regarda Tornade Blanche bien en face.

« Ce n'est pas elle qui les a enlevés, expliqua-t-il. Ni elle qui a tué Petite Feuille. Elle veut nous aider à les retrouver. »

Le guerrier ferma les yeux un bref instant.

« Montre-nous le chemin, Nuage de Feu. »

Devant le frêne abattu, Nuage Gris faisait les cent pas avec agitation. Il s'arrêta aussitôt qu'il vit surgir de la brume la patrouille et remua les moustaches en guise de salut.

« Des nouvelles de Croc Jaune ? lui demanda son ami.

— Pas encore.

— Nous ne savons pas à quelle distance se trouve le camp ennemi, s'empressa de signaler l'apprenti, qui avait senti Tornade Blanche se raidir. Elle est sans doute en chemin.

— Ou en train de tailler une bavette avec ses vieux camarades pendant qu'on attend comme des idiots de tomber dans une embuscade ! » rétorqua le matou gris.

Tornade Blanche observa tour à tour les deux novices. Troublé, il agita les oreilles.

« Nuage de Feu ? interrogea-t-il.

— Elle va revenir.

— Bien dit, mon jeune ami ! lança Croc Jaune en sortant de derrière le frêne. Tu n'es pas le seul à savoir te déplacer sans bruit, vois-tu. Tu te souviens du jour de notre rencontre ? Tu regardais déjà dans la mauvaise direction ! »

Trois autres guerriers ennemis s'avancèrent et s'installèrent calmement de part et d'autre de la femelle. Les chasseurs du Clan du Tonnerre se hérissèrent, méfiants.

Les deux groupes se dévisagèrent en silence. Nuage de Feu n'en menait pas large : il ne savait pas quoi faire. L'un des nouveaux venus, un félin gris, finit par prendre la parole. Son corps était décharné, sa fourrure terne.

« Nous sommes venus en alliés. Vous êtes à la recherche de vos petits ? Nous allons vous aider à les délivrer.

— Qu'avez-vous à y gagner ? lui demanda Tornade Blanche, prudent.

— Nous voulons nous débarrasser d'Étoile Brisée. Il a enfreint le code du guerrier, et notre tribu en souffre.

— C'est aussi simple que ça ? gronda Vif-Argent. On débarque dans votre camp, on s'empare des chatons, on tue votre chef et on rentre chez nous !

— Vous ne rencontrerez pas autant de résistance que vous le pensez », murmura l'ancien.

Croc Jaune se leva.

« Laissez-moi vous présenter mes vieux camarades, déclara-t-elle, désignant le mâle. Voici Pelage
Cendré, l'un des doyens de la tribu. Lune Noire,
guerrier vétéran avant la mort d'Étoile Grise, ajouta-
t-elle en passant devant un matou noir en piteux
état, qui les salua d'un signe de tête. Et enfin, l'une
de nos reines les plus âgées, Orage du Matin. Deux
de ses chatons sont morts en affrontant le Clan du
Vent.

— Je ne veux plus perdre un seul de mes petits »,
ajouta la petite femelle tachetée.

Tornade Blanche lissa la fourrure de sa poitrine
d'un rapide coup de langue.

« Vous êtes sans aucun doute des chasseurs aguer-
ris pour être parvenus à vous approcher de nous
sans vous faire remarquer. Mais êtes-vous assez
nombreux ? Nous devons savoir à qui nous aurons
affaire lors de l'attaque.

— Au sein de notre tribu, vieux et malades dépé-
rissent petit à petit, expliqua Pelage Cendré. Le
nombre des morts parmi nos jeunes est très élevé.

— Si le Clan de l'Ombre est si mal en point,
lança Éclair Noir, comment expliquez-vous toutes
vos conquêtes ? Et pourquoi Étoile Brisée est-il
encore votre chef ?

— Il est entouré d'une petite troupe d'élite. Ce
sont eux qu'il faut craindre, car ils donneraient leur
vie pour lui sans hésiter. Il tient les autres par la
peur. Ils ne se battront à ses côtés qu'aussi longtemps qu'ils le croiront vainqueur. Sinon...

« — Ils se retourneront contre lui ! acheva Éclair Noir, écœuré. Quelle loyauté admirable ! »

Les chats du Clan de l'Ombre se hérissèrent.

« Il n'en a pas toujours été ainsi, intervint Croc Jaune. Quand Étoile Grise était notre chef, on nous craignait. Mais à cette époque-là, c'est la droiture et le respect du code du guerrier qui faisaient notre force, pas la terreur et la brutalité. Si seulement il avait vécu plus longtemps...

— Comment est-il mort ? demanda Tornade Blanche avec curiosité. À l'Assemblée, les rumeurs allaient bon train, mais personne ne semblait vraiment le savoir. »

Les yeux de la vieille chatte se voilèrent de tristesse.

« Il a été pris en embuscade par une patrouille ennemie. »

Tornade Blanche acquiesça, songeur.

« Oui, c'est ce que la plupart avaient l'air de penser. C'est sur un champ de bataille que devrait mourir un chef... nous sommes tombés bien bas. »

Les sourcils froncés, Nuage de Feu échafaudait divers plans de bataille.

« Y a-t-il un moyen de libérer les petits sans éveiller l'attention de toute la tribu ? demanda-t-il.

— Ils sont sous bonne garde, lui répondit Orage du Matin. Étoile Brisée s'attend à ce que leur Clan tente de les reprendre. Vous n'arriverez pas à les délivrer en secret. Il n'y a qu'un seul espoir : donner l'assaut.

— Alors nous devons concentrer notre attaque

sur Étoile Brisée et sa garde rapprochée », déclara Tornade Blanche.

La guérisseuse avait une idée.

« Et si mes amis m'escortaient dans le camp ? Ils pourraient raconter qu'ils m'ont capturée. Il faut nous assurer qu'Étoile Brisée et ses guerriers seront sortis de leur tanière. Quand la nouvelle de ma capture les attirera dans la clairière, je vous donnerai le signal d'attaquer. »

Tornade Blanche resta silencieux un instant. Puis il acquiesça, le visage grave.

« Très bien, Croc Jaune, conclut-il. Montre-nous le chemin du camp de l'Ombre. »

❧

CHAPITRE 24

CROC JAUNE TOURNA LES TALONS et se faufila dans les fougères. Tornade Blanche et les autres la suivirent.

Nuage de Feu frémissait d'excitation. Il ne sentait ni l'humidité ni le froid, et sa fatigue était oubliée.

La chatte les mena jusqu'à une petite combe entourée d'épaisses broussailles et leur indiqua l'entrée du camp. Elle n'était pas dissimulée par un tunnel d'ajoncs, mais par un labyrinthe de ronces enchevêtrées. Les fortifications étaient pleines de brèches, et des relents de viande avariée flottaient dans l'air.

« Vous mangez des charognes ? grimaça Nuage Gris.

— Nos guerriers combattent, mais ne chassent pas, lui expliqua Pelage Cendré. Nous nous contentons de ce que nous trouvons.

— Cachez-vous dans ce massif de bruyères, là-bas, leur chuchota Croc Jaune. Il est plein de champignons qui masqueront votre odeur. Attendez là que je vous appelle. »

Elle recula pour laisser ses camarades passer devant elle, et se glissa au centre du groupe, comme si elle était leur prisonnière. Ils se dirigèrent en silence vers le camp.

Sur le qui-vive, la patrouille et les deux apprentis s'installèrent dans les buissons. Nuage de Feu sentait ses poils se dresser le long de son dos. Tapi à son côté, son ami haletait, fébrile.

Soudain une plainte sinistre s'éleva. Sans hésiter, ils sortirent de leur cachette et franchirent le roncier.

Croc Jaune, Pelage Cendré, Orage du Matin et Lune Noire affrontaient six redoutables guerriers dans une clairière boueuse. Parmi eux, le novice reconnut Étoile Brisée et son lieutenant, Patte Noire. Couturés de cicatrices, les chasseurs semblaient mal nourris, mais on voyait jouer des muscles noueux sous leur fourrure pelée.

Autour de la clairière, des groupes de chats faméliques regardaient l'affrontement d'un air hésitant. Leurs corps décharnés paraissaient se recroqueviller devant une telle violence. Ils suivaient les combats d'un regard éteint. Du coin de l'œil, Nuage de Feu vit Rhume des Foins filer se cacher sous un buisson.

Au signal de Tornade Blanche, les nouveaux venus se lancèrent dans la bataille.

Nuage de Feu, qui s'était jeté sur un matou gris pommelé, ne tarda pas à perdre prise. Il tomba de tout son long ; son adversaire fit volte-face pour s'agripper à lui avec des griffes acérées. Parvenant à tourner la tête, l'apprenti mordit le chasseur

291

jusqu'au sang. Au hurlement poussé par le guerrier, il comprit qu'il avait touché un point sensible, et serra encore les mâchoires. Son ennemi poussa un nouveau cri, lui échappa et s'enfuit dans les fourrés.

Le chat roux se releva. Un jeune novice lui sauta dessus, son pelage soyeux de chaton tout hérissé de peur.

Nuage de Feu rentra aussitôt ses griffes et le repoussa sans peine à coups de patte.

« Ce combat n'est pas le tien ! » lui cracha-t-il au visage.

Tornade Blanche avait déjà cloué Patte Noire à terre. Il mordit à pleines dents le lieutenant qui courut se réfugier dans la forêt.

« Nuage de Feu ! hurla soudain Orage du Matin. Attention ! Museau Balafré... »

L'apprenti n'en entendit pas plus : un chat brun à la carrure imposante le percuta de plein fouet. *Museau Balafré !* L'assassin de Petite Feuille ! Ivre de rage, Nuage de Feu se jeta sur le matou.

Il renversa le guerrier, lui pressa la tête dans la boue. Aveuglé par la fureur, il se préparait à plonger ses dents dans le cou de Museau Balafré quand Tornade Blanche s'interposa.

« Les guerriers de notre Clan ne tuent pas à moins d'y être obligés, gronda-t-il à l'oreille de Nuage de Feu. Contentons-nous de leur faire assez peur pour les voir déguerpir à jamais ! »

Il donna un bon coup de dent à Museau Balafré qui s'enfuit en gémissant de douleur. Nuage de Feu regarda autour de lui, les yeux fous. Cinq guerriers sur six avaient disparu.

Un cri de rage s'éleva. Quand Nuage Gris s'écarta d'un bond, on vit Croc Jaune poser sur Étoile Brisée des pattes boueuses et ensanglantées. Le vétéran montrait plusieurs plaies qui saignaient abondamment. Les oreilles couchées en arrière, cloué au sol par le poids de la femelle, il montrait les dents.

« Je n'aurais jamais cru que tu me donnerais plus de fil à retordre que mon père ! » lui cracha-t-il au visage.

La guérisseuse se recroquevilla comme si elle avait été piquée par une abeille, le visage soudain déformé par l'horreur et le chagrin. Elle relâcha son étreinte et le guerrier la repoussa d'un grand coup de reins.

« C'est toi qui as tué Étoile Grise ? gémit-elle, incrédule.

— Voyons, c'est toi qui as trouvé son corps. Tu n'as pas reconnu ma fourrure entre ses griffes ? » rétorqua-t-il, l'œil froid, tandis qu'elle le contemplait avec répulsion. « C'était un chef trop timoré. Il méritait de mourir.

— Non ! » souffla-t-elle, atterrée.

Le dos rond, elle se secoua et considéra son adversaire.

« Et les petits de Reine-des-Prés ? demanda-t-elle d'une voix rauque. Eux aussi méritaient de mourir ? »

Le matou poussa un grognement et se jeta sur Croc Jaune pour la renverser. La vieille chatte n'essaya même pas de se défendre contre ses griffes acérées. Inquiet, Nuage de Feu s'aperçut qu'elle avait les yeux vitreux.

« Ces chatons étaient faibles, murmura Étoile Brisée à l'oreille de la femelle. Ils n'étaient d'aucune utilité au Clan. Si je ne les avais pas tués, un autre l'aurait fait. »

Une reine au pelage noir et blanc poussa un gémissement affligé. Son chef n'en tint aucun compte.

« J'aurais dû te tuer quand j'en ai eu l'occasion, jeta-t-il à la guérisseuse. Je dois être trop timoré, comme mon père. Je n'aurais jamais dû te laisser partir vivante ! »

Il se pencha pour lui plonger ses crocs dans le cou mais Nuage de Feu le devança. Avant que le guerrier ne puisse donner le coup de grâce à la chatte épuisée, il lui sauta dessus. Plantant ses griffes dans la fourrure tachetée d'Étoile Brisée, il lui fit lâcher prise et l'envoya rouler à l'orée de la clairière.

Le matou retomba sur ses pattes. Il regarda le chat roux droit dans les yeux en crachant avec férocité :

« Ne perds pas ton temps, l'apprenti ! J'ai partagé les rêves du Clan des Étoiles. Il faudra me tuer neuf fois avant que je le rejoigne. Tu penses vraiment être de taille ? »

Il parlait avec aplomb. Nuage de Feu lui rendit son regard, l'estomac noué. Étoile Brisée était le chef d'une tribu ! Comment un simple novice pouvait-il espérer le battre ? Mais les chats du Clan de l'Ombre grognaient leur colère ; ils avaient commencé à s'avancer à pas lents vers le guerrier vaincu. Ils étaient en piteux état, à moitié morts de faim, mais bien plus nombreux que lui. Le guerrier agita la queue, nerveux, se ramassa sur lui-même et recula dans les taillis. Dans l'ombre, ses yeux qui brillaient d'un éclat menaçant cherchèrent ceux de Nuage de Feu.

« Ce n'est pas fini, l'apprenti » lança-t-il avant de faire volte-face et de s'enfoncer dans la forêt derrière ses chasseurs en déroute.

Le novice se tourna vers Tornade Blanche.

« Faut-il qu'on se lance à sa poursuite ?

— C'est inutile. Je crois qu'ils ont compris qu'ils n'étaient plus les bienvenus ici.

— Laissez-les filer, confirma Lune Noire, le vétéran du Clan de l'Ombre. S'ils osent remettre les pieds ici, la tribu sera à nouveau assez forte pour se charger d'eux. »

Les autres étaient blottis côte à côte au milieu des ruines de leur camp, comme éberlués par le départ de leur chef. *La reconstruction prendra du temps*, songea Nuage de Feu.

« Les petits ! » s'écria Nuage Gris, à l'autre bout de la clairière.

Le chat roux se précipita vers son ami, Poil de Souris et Tornade Blanche sur les talons. En s'approchant, ils entendirent des miaulements affolés monter d'un tas de feuilles. Ils fouillèrent dans les branchages et finirent par trouver les chatons disparus au fond d'une fosse étroite.

« Tout va bien ? demanda Tornade Blanche, dont la queue frémissait d'inquiétude.

— Oui, le rassura le matou cendré. La plupart n'ont que quelques égratignures. Mais celui-là a une vilaine coupure à l'oreille. Tu peux y jeter un coup d'œil, Croc Jaune ? »

La femelle, qui léchait ses plaies, se hâta de s'approcher du trou près duquel l'apprenti avait délicatement déposé le blessé.

Les deux novices sortirent les rescapés de la cavité. La dernière était grise, comme les braises éteintes d'un feu mourant. Elle miaula et se débattit quand Nuage de Feu la plaça sur le sol. Poil de Souris réunit tous les petits autour d'elle et les réconforta à grands coups de langue. Croc Jaune examina l'oreille déchirée avec attention.

« Il faut arrêter ces saignements », déclara-t-elle.

Rhume des Foins sortit de l'ombre. Sans mot dire, il lui tendit une patte enveloppée d'une couche de toiles d'araignée. La vieille chatte le remercia et entreprit de panser la plaie.

Lune Noire s'approcha d'eux.

« Vous avez aidé notre tribu à se débarrasser d'un chef cruel et dangereux, et nous vous en remercions. Mais il est temps de rentrer chez vous. Je vous promets que vos terres resteront inviolées tant que nous trouverons assez de gibier sur notre territoire.

— Et vous, chassez en paix pendant une lune, répondit Tornade Blanche. Le Clan du Tonnerre sait qu'il vous faudra du temps pour tout reconstruire. Toi, Croc Jaune, veux-tu rentrer avec nous, ou rester ici avec tes anciens compagnons ?

— Je vais vous suivre, lui répondit-elle après un

coup d'œil appuyé à une profonde entaille qu'il avait à la patte. Vous allez avoir bien besoin d'une guérisseuse, toi et les petits.

— Merci », fit le vétéran.

Il donna le signal du départ à son escouade du bout de la queue et quitta la clairière à leur tête. Poil de Souris et Fleur de Saule aidaient les chatons abasourdis et épuisés à avancer clopin-clopant. Croc Jaune marchait à la hauteur du blessé, qu'elle rattrapait par la peau du cou à chaque glissade. Les deux apprentis franchirent les derniers le labyrinthe de ronces avant de s'enfoncer dans la forêt.

La lune montait toujours dans le ciel quand la troupe se mit en marche vers le camp du Tonnerre. Autour d'eux, des cascades de feuilles brunes virevoltaient jusqu'au sol de la forêt.

CHAPITRE 25

❧

Soulagés d'être de retour, les deux novices dépassèrent la patrouille pour entrer les premiers dans le camp du Tonnerre. Pelage de Givre était couchée au milieu de la clairière, la tête tristement posée sur ses pattes. Lorsque les apprentis firent leur apparition, elle leva le museau pour humer l'air.

« Mes petits ! » s'écria-t-elle.

Elle se redressa d'un bond pour se précipiter à la rencontre du groupe qui émergeait du tunnel. Les chatons coururent se blottir contre elle. Elle se roula en boule et se mit à les lécher l'un après l'autre avec des ronronnements sonores.

Restée en arrière, Croc Jaune la regarda faire en silence.

Étoile Bleue s'avança vers la patrouille qui rentrait. Elle jeta un coup d'œil attendri à la mère et à ses petits avant de se tourner vers le vétéran.

« Ils n'ont rien ?

— Ça va.

— Bravo, Tornade Blanche. Le Clan du Tonnerre est fier de toi. »

Le guerrier accepta ces louanges d'un signe de tête avant d'ajouter :

« C'est grâce à ce jeune apprenti que nous les avons trouvés. »

La queue fièrement dressée, Nuage de Feu s'apprêtait à répondre quand un grognement accusateur retentit de l'autre côté de la clairière.

« Pourquoi avez-vous ramené la traîtresse ? »

Griffe de Tigre vint se planter à côté de leur chef.

« Elle n'a trahi personne ! » rétorqua le novice.

Il balaya le camp du regard. Le reste de la tribu n'avait pas tardé à se réunir dans la clairière pour accueillir les chatons et féliciter leurs sauveteurs. Certains avaient repéré la vieille femelle, à qui ils jetaient des regards haineux.

« Mais c'est une meurtrière ! s'écria Longue Plume.

— Regardez sous les griffes de Petite Feuille, suggéra Nuage Gris. Vous trouverez les poils bruns de Museau Balafré, pas la fourrure grise de Croc Jaune ! »

Étoile Bleue fit signe à Poil de Souris de s'approcher de la guérisseuse, dont l'enterrement était prévu à l'aube. Le Clan attendit son retour en silence. La tension était à son comble.

« C'est vrai, lança la jeune femelle, qui revint hors d'haleine. Petite Feuille n'a pas été attaquée par un chat gris. »

Un murmure de surprise courut dans l'assistance.

« Elle a peut-être aidé à enlever nos petits !
gronda Griffe de Tigre.

— Sans Croc Jaune, nous ne serions jamais
arrivés à les retrouver ! rétorqua Nuage de Feu, que
la fatigue ne rendait guère patient. Elle savait qu'un
guerrier ennemi les avait emportés. Elle était sur
sa piste quand je l'ai retrouvée. Elle a risqué sa vie
en retournant au camp de l'Ombre. C'est elle qui
a mis au point notre plan de bataille et nous a
donné une chance de vaincre Étoile Brisée ! »

Les autres chats l'écoutaient, abasourdis.

« Il dit vrai, ajouta Tornade Blanche. Croc Jaune
est de notre côté.

— Je suis contente de l'entendre », murmura
Étoile Bleue, dont le regard croisa celui de l'apprenti.

De la foule monta une question anxieuse :

« Étoile Brisée est-il mort ? demandait Pelage de
Givre.

— Non, il s'est échappé, lui répondit Tornade
Blanche. Mais il a perdu sa place de chef. »

La mère soupira, soulagée, et se remit à dorloter
ses chatons. Le vétéran se tourna vers leur chef.

« J'ai promis au Clan de l'Ombre que nous leur
accordions une trêve jusqu'à la prochaine pleine
lune, lui expliqua-t-il. Étoile Brisée a laissé sa tribu
dans un piteux état.

— C'était une offre sage et généreuse », répondit-
elle, satisfaite.

Elle passa devant Tornade Blanche et le reste de
la patrouille pour s'approcher de Croc Jaune. La
femelle grise baissa les yeux quand Étoile Bleue
toucha du museau son pelage hirsute.

« Je souhaite que tu deviennes la guérisseuse du Clan du Tonnerre à la place de Petite Feuille. Je suis sûre que tu trouveras toutes ses affaires en place. »

Il y eut des murmures excités. La vieille chatte regarda autour d'elle avec inquiétude.

Pelage de Givre jeta un coup d'œil aux autres reines avant de lui faire face et d'acquiescer lentement de la tête. Croc Jaune lui rendit son salut, puis se tourna vers son nouveau chef.

« Merci, Étoile Bleue. Le Clan de l'Ombre n'est plus la tribu que je connaissais autrefois. J'appartiens au Clan du Tonnerre, désormais. »

Nuage de Feu se mit à ronronner. La vieille chatte qu'il avait appris à aimer était désormais leur guérisseuse : voilà qui lui faisait chaud au cœur. Mais il se rappela soudain, la queue basse, qu'il ne reverrait plus jamais Petite Feuille sortir de sa tanière, sa fourrure soyeuse illuminée par le soleil, une lueur accueillante dans ses yeux couleur d'ambre.

« Où est Nuage de Jais ? demanda soudain Étoile Bleue, tirant le novice de ses souvenirs doux-amers.

— C'est vrai, où est passé mon apprenti ? renchérit Griffe de Tigre. N'est-il pas étrange qu'il ait disparu en même temps qu'Étoile Brisée ? »

Il jeta un regard éloquent aux félins qui l'entouraient.

« Si tu crois que c'était un traître, lança hardiment Nuage de Feu, eh bien tu te trompes ! »

Le guerrier se raidit, le regard menaçant.

« Nuage de Jais est mort, reprit le chat roux en baissant la tête, comme accablé par le chagrin. Nous avons trouvé son corps sur les terres du Clan de l'Ombre. À en juger par les odeurs qui l'entouraient, il a dû être tué par une patrouille ennemie. »

Il regarda Étoile Bleue.

« Je te raconterai tout, plus tard », lui promit-il.

Croc Jaune jeta un coup d'œil inquisiteur au novice, qui l'implora du regard de tenir sa langue. Elle agita les oreilles pour lui indiquer qu'elle avait compris.

« Je n'ai jamais dit que Nuage de Jais était un traître », souffla Griffe de Tigre.

Il s'interrompit et prit un air affligé.

« Il aurait fait un excellent guerrier, déclara-t-il d'une voix forte. Il est mort trop tôt et il nous manquera. »

Mensonges ! pensa Nuage de Feu avec amertume. Que dirait le vétéran s'il savait que son apprenti, sain et sauf, chassait le rat avec Gerboise de l'autre côté de la forêt ?

Étoile Bleue rompit le silence.

« Il nous manquera, mais nous ne pourrons le pleurer que demain. Un autre rituel doit d'abord être accompli... Je sais que Nuage de Jais y aurait pris grand plaisir. »

Elle se tourna vers Nuage de Feu et Nuage Gris.

« Aujourd'hui, vous avez fait preuve d'un grand courage. Se sont-ils bien battus, Tornade Blanche ?

— Comme des guerriers », assura celui-ci, solennel.

La chatte hocha imperceptiblement la tête. Elle contempla la traînée d'étoiles de la Toison Argentée. Sa voix claire et posée retentit dans la forêt silencieuse.

« Moi, Étoile Bleue, chef du Clan du Tonnerre, j'en appelle à nos ancêtres pour qu'ils se penchent sur ces deux apprentis. Nos jeunes se sont entraînés dur pour comprendre les lois de votre noble code. Ils sont maintenant dignes de devenir des chasseurs à leur tour. »

Elle considéra les novices, les yeux réduits à deux fentes.

« Nuage de Feu, Nuage Gris, promettez-vous de respecter le code du guerrier, de protéger et de défendre le Clan au péril de votre vie ? »

Nuage de Feu sentit s'allumer dans son ventre une douce chaleur. Ses oreilles tintaient. Il comprit soudain que tous les efforts accomplis pour la tribu jusque-là – toutes ces proies attrapées, ces ennemis affrontés – le menaient à ce seul moment.

« Oui, répondit-il, très ferme.

— Oui, répéta Nuage Gris, fébrile, l'échine hérissée.

— Alors, par les pouvoirs qui me sont conférés par le Clan des Étoiles, je vous donne vos noms de chasseurs : Nuage Gris, à partir de maintenant, tu t'appelleras Plume Grise. Nos ancêtres n'oublieront pas ta bravoure et ta force, et nous t'accueillons dans nos rangs en tant que guerrier à part entière. »

Étoile Bleue fit un pas en avant pour poser le nez sur la tête inclinée du matou. Celui-ci se pencha pour lécher son épaule avec déférence, se redressa et alla rejoindre les autres guerriers.

Leur chef se redressa et considéra le chat roux un long moment avant de reprendre la parole.

« Nuage de Feu, à partir de maintenant, tu t'appelleras Cœur de Feu. Nos ancêtres n'oublieront pas ta bravoure et ta force, et nous t'accueillons dans nos rangs en tant que guerrier à part entière. »

Elle effleura son front du bout du museau avant de lui murmurer :

« Je suis fière de te compter parmi mes chasseurs. Sers bien ton Clan. »

Cœur de Feu tremblait tellement qu'il put à peine se baisser pour lécher l'épaule d'Étoile Bleue. La voix rauque, il murmura un remerciement avant d'aller se glisser au côté de Plume Grise.

Des acclamations retentirent, et les voix des félins du Clan s'élevèrent dans l'air tranquille de la nuit pour entonner les noms des nouveaux guerriers.

« Cœur de Feu ! Plume Grise ! Cœur de Feu ! Plume Grise ! »

Tout autour de lui, le chat roux voyait des visages qu'il avait appris à connaître au cours de ces dernières lunes. Bouleversé par la joie et le respect qu'il voyait briller dans leurs yeux, il les écouta scander son nouveau nom.

« La lune est presque à son zénith, dit leur chef. Selon la tradition de nos ancêtres, Cœur de Feu et Plume Grise doivent veiller en silence jusqu'au lever du soleil et garder le camp seuls pendant que nous dormons. »

Les deux nouveaux chasseurs acquiescèrent solennellement.

La foule commençait à se disperser et les chats à regagner leurs tanières quand Griffe de Tigre passa devant Cœur de Feu. Arrivé à sa hauteur, le lieutenant lui souffla à l'oreille :

« Ne crois pas que tu peux jouer au plus malin avec moi, chat domestique. Fais attention à ce que tu diras à Étoile Bleue. »

Un frisson glacé courut le long de son échine. Il fallait que la femelle apprenne la traîtrise du vétéran !

Tandis que Griffe de Tigre s'éloignait, le chat roux laissa Plume Grise assis seul dans la clairière et se précipita derrière elle. Il la rattrapa devant sa tanière.

« Je sais que je brise mon vœu de silence, mais je *dois* te parler avant le début de la veillée. »

Elle posa sur lui un regard sévère.

« C'est un rituel important. Reviens me voir demain matin. »

Il inclina la tête avec docilité. Griffe de Tigre n'était pas un problème qui se résoudrait du jour au lendemain, de toute façon. Cœur de Feu retourna s'asseoir près de son ami au milieu de la clairière. Ils se regardèrent sans mot dire.

Le matou contempla la lune au-dessus de sa tête. Sa robe rousse prenait des reflets argentés dans la lumière pâle. Buissons et arbres baignaient dans une brume humide qui lui collait à la fourrure.

Cœur de Feu ferma les yeux et se rappela ses rêves de chaton. L'odeur vivifiante de la forêt était bien réelle, à présent, et une vie de guerrier l'attendait. Il sentit monter en lui une joie sans limites. Il rouvrit les paupières d'un seul coup. Dans la tanière des guerriers, deux points luisants le fixaient.

Griffe de Tigre !

Le jeune félin lui rendit son regard sans broncher. Il était chasseur, désormais ! Il s'était fait un ennemi du lieutenant du Clan, mais le vétéran l'avait bien cherché. Lui-même n'avait plus rien à voir avec le chaton naïf qui avait rejoint la tribu, des lunes auparavant. Il avait grandi, gagné en force, en vitesse et en sagesse. Si le destin voulait qu'il s'oppose à Griffe de Tigre, soit. Cœur de Feu était prêt à relever le défi.

Découvre vite un extrait de

LA GUERRE DES CLANS

Livre II

À feu et à sang

Des livres plein les poches, des histoires plein la tête

PROLOGUE

🍀

AU-DESSUS DES FLAMMES ORANGE qui léchaient l'air
froid, des étincelles montaient dans le ciel nocturne. Les silhouettes de quelques Bipèdes blottis
autour du feu se dessinaient dans la lumière qui
jetait des ombres vacillantes sur les herbes folles.

Deux lueurs blanches au loin annonçaient l'approche d'une créature de fer. Accompagnée d'une
fumée âcre, elle passa en rugissant sur un Chemin
du Tonnerre perché dans les airs.

Un chat se faufila le long du terrain vague, les
prunelles luisant dans l'obscurité. Au bruit des péta-
rades, ses oreilles dressées tressaillirent, se couchè-
rent en arrière. D'autres félins le suivirent un par
un sur le tapis de verdure crasseuse. La tête baissée,
les babines retroussées, ils humaient l'atmosphère
toxique.

« Et si les Bipèdes nous aperçoivent ? murmura
l'un d'eux.

— Aucune chance. La nuit, ils ont mauvaise
vue », lui répondit un mâle de grande taille, dont
les yeux ambrés reflétaient l'éclat du brasier.

Il poursuivit son chemin, sa fourrure noire et

blanche illuminée par la fournaise. La queue haute, il tentait d'insuffler du courage à sa tribu.

Pourtant ses congénères tremblaient, couchés contre la végétation. Quel endroit étrange ! Le vacarme des monstres écorchait leurs oreilles délicates, la puanteur les prenait à la gorge. Une chatte grise remua les moustaches, inquiète :

« Étoile Filante ! Pourquoi ici ? »

Le guerrier se retourna.

« On nous a chassés de partout, Patte Cendrée. Ici, nous pourrons peut-être vivre en paix.

— En paix ? » répéta la reine, incrédule. Elle poussa son chaton à l'abri sous son ventre. « Avec ce feu et ces créatures, mes petits sont en danger ici !

— Mais chez nous aussi ! » intervint un mâle au pelage charbonneux. Il s'avança en boitant bas, la patte tordue. Il soutint le regard de leur chef. « Nous n'avons pas pu les protéger du Clan de l'Ombre. Pas même dans notre propre camp ! »

Des miaulements anxieux s'élevèrent : les pauvres bêtes se rappelaient la terrible bataille qui leur avait coûté leur territoire sur les hauts plateaux, à la lisière de la forêt.

« Étoile Brisée et ses guerriers sont peut-être encore à notre recherche ! » gémit un jeune apprenti.

Ce cri attira l'attention de l'un des Bipèdes réunis autour du feu : il se leva, les jambes flageolantes, pour scruter la pénombre. Silencieux, les chats se plaquèrent aussitôt au sol. Même Étoile Filante baissa la queue. Une silhouette lança un objet en poussant des cris. Le missile passa juste au-dessus d'eux ; il s'écrasa sur le Chemin du Tonnerre, où il vola en une multitude de petits morceaux coupants.

L'un des éclats érafla l'épaule de Patte Cendrée. Elle tressaillit sans un bruit, le corps pelotonné autour de son petit terrifié.

« Baissez-vous ! » chuchota le chef.

Après avoir craché par terre, les hommes se rassirent.

Le vétéran attendit encore un instant avant de se redresser. Grimaçante, la jeune mère l'imita malgré sa douleur à l'épaule.

« Cet endroit n'est pas sûr ! souffla-t-elle. Qu'allons-nous manger ? Il n'y a pas trace du moindre gibier. »

Étoile Filante lui toucha délicatement la tête du bout de son museau.

« Je sais que tu as faim, reconnut-il. Mais nous serons plus en sécurité ici que sur notre ancien territoire, ou dans les champs et les bois habités par les Bipèdes. Regarde ! Le Clan de l'Ombre lui-même ne nous suivrait pas jusqu'ici. Aucun chien à la ronde. Quant à ces hommes, ils peuvent à peine se lever. » Il se tourna vers le chasseur boiteux. « Patte Folle ! Moustache et toi, je vous charge de nous trouver à manger. Là où il y a des Bipèdes, les rats ne sont jamais très loin.

— Des rats ? jeta Patte Cendrée quand l'éclaireur s'éloigna en compagnie d'un jeune mâle tacheté de brun. Et pourquoi pas des charognes ?

— Silence ! souffla une chatte brune tapie à côté d'elle. Ça vaut toujours mieux que de mourir de faim ! »

D'un air renfrogné, la reine grise lécha son chaton entre les oreilles.

« Nous devons trouver un nouveau camp, reprit sa compagne plus doucement. J'ai besoin de repos et de nourriture. Je ne vais pas tarder à mettre bas. Il faut que je recouvre mes forces. »

Les silhouettes fuselées des deux éclaireurs surgirent des ténèbres.

« Tu avais raison, Étoile Filante, déclara Patte Folle. L'odeur des rats est partout, et je crois que nous avons trouvé un abri.

– Montre-nous le chemin », lui ordonna le chef, avant de réunir la tribu d'un signal de la queue.

Les félins traversèrent le terrain vague avec prudence vers le Chemin du Tonnerre. Le feu projetait leurs formes vacillantes sur ses immenses piliers de pierre. Quand une créature passa en vrombissant au-dessus de leurs têtes, le sol se mit à trembler. Mais même les nouveau-nés, sentant qu'il fallait se taire, se firent tout petits.

« C'est là », annonça Patte Folle.

C'était une ouverture ronde, haute comme deux chats. Un tunnel sombre s'enfonçait en pente douce dans le sol. Un filet d'eau s'y engouffrait.

« Elle est potable, ajouta-t-il. On aura de quoi boire. Nous serons à l'abri des Bipèdes et des monstres. »

La tête haut dressée, Étoile Filante s'avança.

« Le Clan du Vent a erré trop longtemps. Presque une lune que nos ennemis nous ont chassés de notre territoire. Le temps se rafraîchit, bientôt ce sera la saison des neiges. Nous n'avons pas d'autre choix : il nous faut rester ici. »

CHAPITRE PREMIER

❦

Cœur de Feu grelottait. Il avait encore sa fourrure de mi-saison ; sa robe couleur de flamme ne
serait pas prête à affronter le froid avant plusieurs
lunes. Il piétina la terre durcie. Malgré ses pattes
engourdies, le félin roux ne put réprimer sa fierté.
Après tant de lunes d'initiation, il était désormais
un guerrier.

Il se remémora la victoire de la veille au camp
de l'Ombre : les yeux luisants et les menaces du
chef ennemi, qui avait fini par battre en retraite et
abandonner les siens pour rejoindre dans les bois
quelques compagnons en fuite. Soulagé du départ
de leur chef, le reste des troupes adverses, bien mal
en point, avait accepté la trêve temporaire proposée
par le Clan du Tonnerre. Avant sa défaite, Étoile
Brisée ne s'était pas contenté de semer la discorde
dans ses propres rangs : il avait aussi chassé le Clan
du Vent de ses terres ancestrales. À l'époque où
Cœur de Feu vivait encore chez les Bipèdes, la
cruauté de ce monstre endeuillait déjà la forêt.

Mais une nouvelle menace inquiétait l'ancien chat
domestique : Griffe de Tigre, le lieutenant du Clan

du Tonnerre. Cœur de Feu et Plume Grise, son complice de toujours, avaient aidé Nuage de Jais, l'apprenti du vétéran, qui le terrorisait, à gagner le territoire des Bipèdes, de l'autre côté des hauts plateaux. Les siens le croyaient mort, tué par le Clan de l'Ombre. Sa vie restait cependant menacée.

Griffe de Tigre semblait prêt à tout pour l'empêcher de révéler son terrible secret : il avait assassiné Plume Rousse, leur ancien lieutenant, dont il convoitait la place. Du moins, c'était ce qu'avait révélé Nuage de Jais.

Cœur de Feu secoua la tête afin de dissiper ces pensées bien sombres. Il se tourna vers Plume Grise, assis à côté de lui, la fourrure ébouriffée pour se protéger du froid. Aucun ne pipa mot.

Cœur de Feu risqua un œil vers la tanière des guerriers, de l'autre côté de la clairière. À travers les branches du buisson, il reconnut la large carrure de Griffe de Tigre endormi.

Au pied du Promontoire, le rideau de lichen qui drapait l'entrée du repaire de leur chef s'agita. Étoile Bleue surgit sans bruit de l'ombre, ses longs poils gris-bleu auréolés de lumière. *Je dois la mettre en garde contre Griffe de Tigre*, pensa Cœur de Feu. Elle devait savoir qu'un meurtrier se cachait parmi eux.

L'assassin sortait justement de son antre : il rejoignit Étoile Bleue à l'orée de la clairière, lui murmura quelques mots. Nerveux, il agitait la queue.

Cœur de Feu devait parler à Étoile Bleue aussitôt que possible. Il se contenta d'incliner la tête, plein de respect, quand les deux félins passèrent à sa hauteur.

Plume Grise lui donna un petit coup de museau et désigna le ciel. Une lueur orange apparaissait à l'horizon.

« Contents de voir arriver l'aube, tous les deux ? »

La voix grave de Tornade Blanche prit le chat roux par surprise. Il n'avait pas vu approcher le mentor à la robe immaculée. Les deux amis acquiescèrent.

« C'est bon, vous pouvez parler, maintenant. Votre veillée est terminée. Le silence n'est plus de rigueur. »

Son miaulement ne manquait pas de douceur. La veille, il s'était battu à leurs côtés contre le Clan de l'Ombre. Dans ses yeux brillait un respect tout neuf.

« Merci, Tornade Blanche », répondit Cœur de Feu, soulagé.

Il se redressa et étira l'une après l'autre ses pattes ankylosées. Plume Grise fit de même.

« Brrr ! s'écria le félin cendré en s'ébrouant. Je commençais à croire que le soleil ne se lèverait jamais !

— Le grand guerrier a parlé ! »

C'était Nuage de Sable, hautaine. Elle était campée devant la tanière des apprentis, son pelage roux pâle hérissé d'animosité. Nuage de Poussière était assis à côté d'elle. Avec sa fourrure brun moucheté, on aurait dit l'ombre de la chatte. Il gonfla le poitrail d'un air important.

« Je suis surpris que de tels héros soient sensibles au froid ! » railla-t-il.

Nuage de Sable ronronna, amusée. Tornade Blanche leur lança un regard sévère.

« Restaurez-vous et allez vous reposer, intima-t-il aux deux nouveaux chasseurs, avant de se diriger vers l'antre des novices. Vous deux, il est l'heure de s'entraîner.

— J'espère qu'il leur fera chercher des écureuils bleus toute la journée ! murmura Plume Grise à son compagnon, tandis qu'ils se dirigeaient vers le coin de la clairière où restaient quelques-unes des pièces de gibier de la veille.

— Mais ça n'existe pas...

— Justement ! rétorqua Plume Grise, le regard brillant.

— Comment leur en vouloir ? Ils ont commencé leur entraînement avant nous. S'ils s'étaient battus hier, ils auraient sans doute été faits guerriers, eux aussi.

— J'imagine. Oh, regarde ! » Ils avaient atteint la réserve. « On a une souris chacun et un pinson pour deux ! Je suppose qu'on va manger dans le coin des *chasseurs* ! s'exclama Plume Grise.

— On dirait bien ! » gloussa son complice, qui le suivit jusqu'au bouquet d'orties où ils avaient souvent regardé Tornade Blanche, Griffe de Tigre et les autres partager leur festin.

« Et maintenant, au dodo ! » décréta Plume Grise après avoir avalé sa dernière bouchée.

Les deux amis se dirigèrent vers la tanière des guerriers. Cœur de Feu passa la tête à travers les branches basses qui en masquaient l'entrée. Poil de Souris et Longue Plume dormaient encore.

Il se glissa à l'intérieur et se trouva un carré de mousse près de la paroi de verdure. À l'odeur, on devinait que personne n'occupait l'endroit. Son ami s'allongea tout près.

Le chat roux écouta la respiration régulière de Plume Grise se changer en ronflements étouffés. Malgré son épuisement, il devait absolument parler à Étoile Bleue. De là où il était couché, la tête contre le sol, il apercevait l'entrée du camp. Il la fixa dans l'espoir de voir revenir leur chef, mais peu à peu ses paupières se fermèrent. Il céda à la fatigue.

Il entendait s'élever autour de lui un bruit semblable au rugissement du vent dans les arbres. L'odeur âcre du Chemin du Tonnerre, lui picotait les narines, ainsi qu'une autre, plus forte et plus terrifiante. Le feu ! Les flammes montaient à l'assaut de la nuit noire, des étincelles scintillaient sur le ciel sombre. À sa grande surprise, il vit des silhouettes de félins passer devant le brasier. Pourquoi n'avaient-ils pas fui ?

L'un d'eux s'arrêta pour le regarder en face. Les yeux noirs du grand chat scintillaient dans l'obscurité ; en guise de salut, il dressa haut sa longue queue.

Cœur de Feu se mit à trembler au souvenir des mots que Petite Feuille, l'ancienne guérisseuse de sa tribu, lui avait répétés avant de mourir : « Le feu sauvera notre Clan ! » Cette prédiction concernait-elle ces chats inconnus qui ne craignaient pas les flammes ?

« Réveille-toi, Cœur de Feu ! »

Le jeune chasseur leva la tête, éveillé en sursaut par le grognement du lieutenant.

« Tu gémissais dans ton sommeil ! »

Encore désorienté, il se redressa en se secouant.

« O... Oui, Griffe de Tigre ! »

Inquiet, il se demanda s'il avait répété les paroles de Petite Feuille à haute voix. Il avait déjà fait plusieurs rêves de ce genre, si réels. De ces songes qui se réalisaient ensuite. Il ne voulait pas que le vétéran le soupçonne de posséder des pouvoirs que le Clan des Étoiles accordait d'habitude aux guérisseurs.

Le clair de lune brillait à travers le mur de feuilles de la tanière. Cœur de Feu comprit qu'il avait dû dormir la journée entière.

« Plume Grise et toi, vous devez vous joindre à la patrouille de nuit, lui ordonna Griffe de Tigre. Dépêchez-vous ! »

Aussitôt, le lieutenant ressortit de leur antre. Il ne se doutait visiblement de rien : Cœur de Feu se détendit. Il se sentait pourtant déterminé à révéler le rôle joué par Griffe de Tigre dans la mort de Plume Rousse.

[...]

Cet ouvrage a été composé par
PCA - 44400 REZE

Impression réalisée par

Brodard & Taupin

La Flèche (Sarthe), le 09-01-2009
N° d'impression : 50678

Dépôt légal : mars 2007
Suite du premier tirage : décembre 2008

Imprimé en France

12, avenue d'Italie

75627 PARIS Cedex 13